À PROPOS DE L'AUTRICE

Melissa Oliver écrit ses romances historiques depuis le sud-est de Londres où elle vit avec son mari et ses trois filles, qui partagent sa passion pour les châteaux anciens et l'Histoire. En 2020, elle gagne le *Romantic Novelists' Association's Joan Hessayon Award* consacré aux nouveaux auteurs pour ses débuts dans le monde littéraire grâce à son roman *The Rebel Heiress and the Knight* (*L'héritière indomptable*, publié en novembre 2021 en France chez Harlequin). Lorsqu'elle n'écrit pas, elle aime voyager, peindre, se rendre dans les musées et les galeries d'art.

[illegible]

[illegible]

Pacte avec un chevalier

MELISSA OLIVER

Pacte avec un chevalier

Traduction française de
HÉLÈNE ARNAUD

Les Historiques

HARLEQUIN

Collection : LES HISTORIQUES

Titre original :
THE KNIGHT'S CONVENIENT ALLIANCE

HARPERCOLLINS FRANCE
83-85, boulevard Vincent-Auriol, 75646 PARIS CEDEX 13
Service Lectrices — Tél. : 01 45 82 47 47 - www.harlequin.fr
ISBN 978-2-2804-7247-0 — ISSN 1159-5981

Composé et édité par HarperCollins France.
Imprimé en décembre 2022 par CPI Black Print (Barcelone)
en utilisant 100% d'électricité renouvelable.
Dépôt légal : janvier 2023.

FSC
www.fsc.org
MIXTE
Papier issu de sources responsables
FSC® C159065

Pour limiter l'empreinte environnementale de ses livres, HarperCollins France s'engage à n'utiliser que du papier fabriqué à partir de bois provenant de forêts gérées durablement et de manière responsable.

À mon magnifique garçon aux yeux verts.

Prologue

Été 1221 – Château de Kinnerton,
à la frontière du pays de Galles

Brida O'Conaill quitta la grande salle et se rendit dans la cour du château. La nuit était chaude, l'ambiance agréable, au moins autant que la fête de mariage qui battait son plein à l'intérieur. Rejetant la tête en arrière, elle ferma les yeux et prit une profonde inspiration. Elle avait l'impression que cela lui permettrait peut-être d'absorber un peu de l'enchantement de la journée. Le festin avait été parfait, tout comme la cérémonie qui l'avait précédé – la célébration d'une union entre deux personnes faites pour être ensemble. Pourtant, elle n'avait pu empêcher une tristesse et un désespoir croissants de l'envahir au fil des heures. Et ces émotions l'étouffaient presque, à présent.

Par tous les saints, qu'est-ce qui n'allait pas, chez elle ?

Elle était heureuse que son amie Gwenllian ferch Hywel ait enfin trouvé le bonheur entre les bras de Sir Ralph de Kinnerton, son amour autrefois disparu. Tant d'épreuves les avaient séparés ! Du fond du cœur, elle leur souhaitait un avenir heureux… Elle aussi aurait voulu pouvoir un jour vivre sa vie comme elle l'entendait, mais c'était malheureusement impossible. Jamais elle ne pourrait se marier, avoir des enfants. Il ne fallait pas y penser. Pas après ce qui était arrivé, tant d'années plus tôt, à sa propre famille en Irlande. La terrible prophétie qui s'était abattue sur elle à l'époque la condamnait à une existence solitaire, contemplative. Elle s'y était résignée tant bien que mal, depuis cette journée horrible où presque tous ses parents avaient disparu ; et elle avait fait serment de ne jamais se marier avant que sa mère en deuil entre au couvent.

Cependant, lors de nuits comme celle-ci, emplies d'espoir et de joie, elle prenait conscience avec amertume de tout ce à quoi elle avait renoncé et à quelle vie monotone elle s'était destinée. Agacée, elle grimaça et refoula ces pensées désagréables. Elle était une femme rationnelle, après tout – une femme stable et sérieuse. Elle avait longtemps été une demoiselle de compagnie utile pour Gwenllian, même si tout cela était sans doute voué à changer, maintenant que son amie allait devoir endosser son nouveau rôle d'épouse et de maîtresse de Kinnerton.

Elle chassa la rêverie qui s'était peu à peu emparée d'elle et eut un petit sourire en voyant deux hommes ivres sortir de la grande salle. Ils braillaient des refrains grivois au sujet de femmes légères qui avaient croisé leur route. En titubant, ils se dirigèrent vers la poterne, effleurant au passage les guirlandes de fleurs qu'avec l'aide des servantes elle avait accrochées dans la cour du château.

Des compagnons rouges et bleus, fleurs originaires du pays de Galles, la région natale de l'épouse, se mêlaient aux bruyères roses et mauves, liées avec des brins de sauge et de verveine provenant de la région des Marches. Les guirlandes ainsi tressées ornaient toutes les arches et les portes du château. Des lianes de chèvrefeuille couraient le long des piliers et des colonnes, emplissant l'air d'un délicat parfum sucré – qui ressortait plus encore à la faveur de la nuit. Brida inhala de nouveau ces senteurs suaves et soupira.

— Je me demandais où vous étiez passée, demoiselle Brida, fit soudain une voix grave et rauque à quelques pas d'elle – une voix qui la fit immédiatement serrer les dents. Et vous voilà toute seule dehors, l'air affreusement triste…

Elle ne prit même pas la peine de se tourner pour lui faire face. Elle savait qui c'était. *Sir Thomas Lovent*. Le grand, beau et puissant chevalier qui avait le don de l'amuser parfois mais qui, depuis leur rencontre, quelques semaines plus tôt, l'agaçait la plupart du temps…

Leurs chemins s'étaient croisés lors du tournoi pendant lequel Gwen avait retrouvé Sir Ralph de Kinnerton, l'homme qu'elle croyait mort depuis des années, qui avait autrefois été son fiancé et qu'elle n'avait jamais cessé d'aimer. La route qui les avait ramenés l'un à l'autre avait été longue, enchaînant épreuves cruelles et deuils déchirants. Pour aider leurs amis à se rejoindre enfin, Brida et Sir Thomas avaient réussi à s'allier, d'une certaine manière. Malheureusement, le merveilleux dénouement de cette histoire, le bonheur que ce mariage apportait à Ralph et Gwen ne faisaient que rappeler à Brida l'amertume de sa propre destinée.

Et voilà que ce chevalier insupportable avait quitté le banquet dans le seul but de la contrarier une fois de plus – un petit jeu qu'il semblait apprécier. C'était toujours la même chose, avec lui. Il semblait incapable d'éveiller en elle autre chose qu'une profonde exaspération…

— Mon humeur ne vous concerne absolument pas ! rétorqua-t-elle en espérant le voir renoncer et retourner dans la salle avec les autres convives.

Peine perdue. Cet homme persévérait dans son désir de s'imposer là où sa présence n'était pas désirée.

— Ce n'est pas tout à fait vrai, demoiselle, répondit-il en se campant devant elle avec un sourire malicieux.

Un sourire qui la fit frémir de colère.

— Voyez-vous, je ne servirais pas bien mon ami si, lors

d'une soirée aussi importante que celle-ci, je ne m'assurais pas du bien-être de tous ses invités. Et je n'aime pas vous voir fuir le château pour vous réfugier ainsi dans la solitude.

— Je ne me suis réfugiée nulle part ! protesta-t-elle. J'avais juste besoin d'un peu d'air frais.

Et de temps pour penser à l'avenir. Son avenir. Bien que cette perspective soit peu attractive.

— Dans ce cas, je vais rester pour vous tenir compagnie.

Elle se redressa vivement.

— Je ne voudrais pas vous paraître impolie, mais je préfère rester seule, Sir Thomas.

— Oh ! Brida, Brida, Brida…, murmura-t-il avec un sourire en secouant la tête. Nous savons tous les deux que c'est faux. Vous appréciez les moments que nous passons en tête à tête. Vous aimez vous promener avec moi, discuter avec moi. Et maintenant, vous nourrissez l'espoir que je parvienne à vous tirer de votre mélancolie.

Comment pouvait-il être aussi arrogant et présomptueux ?

À vrai dire, il n'avait pas tout à fait tort. Mais comment était-il parvenu à si bien jauger son humeur ? Et sans la moindre difficulté, en plus ! Il n'y avait rien d'étonnant à ce que cet homme ait tant de succès avec les femmes. Il était capable de percevoir les émotions des gens et de les comprendre à demi-mot. Et il le savait ! La confiance inébranlable qui émanait de lui était aussi troublante qu'exaspérante.

— Ne vous donnez pas cette peine, répondit-elle. Je n'ai pas besoin d'aide, et je ne suis absolument pas mélancolique.

— Je suis soulagé de l'apprendre, dit-il avec un petit gloussement. Quoi qu'il en soit, je pense que je vais profiter un peu de cette belle nuit, moi aussi, si vous n'y voyez pas d'inconvénient.

— Faites ce que vous voulez. N'est-ce pas ainsi que vous procédez toujours ?

Elle s'écarta de lui pour marcher le long du rempart, mais il la rattrapa bien vite.

— Dans le cas présent, il est de mon devoir d'assurer votre sécurité, demoiselle Brida. Je ne peux pas vous laisser seule ici, en pleine nuit.

— Merci, mais je n'ai nul besoin d'une escorte. Je suis tout à fait capable de prendre soin de moi-même.

Il haussa un sourcil avec un nouveau sourire.

— Je n'en doute pas, Brida. Mettez donc plutôt mon insistance sur le compte de la galanterie.

— C'est ce que vous essayez de faire ? Vous montrer galant ?

— Oui, et je nourris même l'espoir de parvenir à vous arracher un sourire.

Il y parvint presque et elle dut faire un effort pour garder son sérieux.

— Vraiment ? Vous en croyez-vous capable ?

— Quel homme serais-je, si je n'essayais même pas ?

Elle le regarda droit dans les yeux.

— Un homme moins délicat, j'imagine.

Pour la première fois de la soirée, elle sentit son humeur s'améliorer un peu en observant son compagnon. Il portait une fine tunique de lin assortie à ses yeux verts qui lui rappelaient l'éclat des collines de son enfance juste après un orage d'été. Un gambison de cuir souple et des braies brun foncé soulignant les muscles de ses cuisses complétaient sa tenue – non qu'elle prêtât *réellement* attention à sa silhouette… Avec sa nonchalance habituelle, il s'était adossé au mur de pierre, les bras croisés, et soutenait son regard curieux. Avec son humour bien particulier, il semblait toujours chercher à la faire rire, et ce depuis leur première rencontre.

— Exactement, répondit-il. Comprenez mon dilemme :

quand je vous vois si triste, je me sens obligé de remédier au problème, quoi qu'il m'en coûte.

Elle leva les yeux au ciel et pinça les lèvres avec fermeté.

— Ah... Serait-ce un début de sourire que je vois ? demanda-t-il.

Cette fois, elle sourit malgré elle. Décidément, cet homme était un vrai séducteur.

— Quelle joie de voir mes efforts porter leurs fruits ! reprit-il avant d'agiter la main avec insouciance. Et ne me remerciez pas. C'est inutile.

— Au contraire, vous êtes convaincu que je devrais le faire.

Il sourit lui aussi, laissant apparaître l'éclat blanc de ses dents.

— Bien entendu.

Ses cheveux châtains en désordre retombaient sur ses yeux pétillants.

— J'ai souvent été complimenté pour ma perspicacité, sans compter mon agréable compagnie ainsi que mon charme. Et je crois que ma joie de vivre est une qualité qui se transmet plutôt facilement...

— Cela ne me surprend pas, de la part d'un homme qui se tient en si haute estime, lâcha-t-elle sèchement.

— C'est évident. Vous pourrez toujours compter sur moi pour vous tenir compagnie.

— Et me transmettre votre joie de vivre ?

— Vous oubliez mon charme irrésistible, dit-il en lui adressant un petit clin d'œil. Ce ne sont que des sornettes, je sais, mais c'est ce que l'on m'a souvent répété.

— Oh ! je n'en doute pas, Sir Thomas. Mais ces gens doivent cruellement manquer de bon sens. Quoi qu'il en soit, je n'ai pas besoin de votre charme, qu'il soit irrésistible ou non.

Il pouffa.

— Décidément, vous êtes la douceur faite femme, chère Brida. Si vous continuez ainsi, vous allez me faire rougir !

Elle ne put s'empêcher de lever une nouvelle fois les yeux au ciel.

— Et vous, vous allez finir par me faire perdre patience, entre autres choses.

— Oh ! douce demoiselle, quelles gentilles paroles de votre part, comme d'habitude ! dit-il en se penchant vers elle, les yeux plus brillants que jamais. Mais vous savez que je plaisante, n'est-ce pas ?

Voilà. C'était exactement ainsi qu'il parvenait à lui faire perdre pied. Ses sottises et son insouciance commençaient par l'exaspérer et, juste après, elle sentait son estomac se nouer et un embarrassant désir envahir son corps tout entier.

Heureusement pour elle, il ne semblait pas remarquer ce trouble si gênant.

— Puis-je vous demander ce qui vous a poussée à chercher la solitude, en cette joyeuse soirée ? reprit-il.

En un instant, elle sentit son malaise s'aggraver.

— Non, Sir Thomas. Cela ne vous concerne pas.

— Très bien. Dans ce cas, parlons donc du temps et des pluies imprévisibles de ces derniers jours…

— Il est vrai que le ciel s'est montré plutôt changeant, répondit-elle dans un soupir, soulagée de pouvoir se réfugier dans une conversation moins risquée. Nous n'étions pas certains de devoir accrocher des décorations dehors, tant nous redoutions de voir un orage gâcher nos efforts.

— Cela ne m'étonne pas. Cet été, nul ne peut dire le matin quel temps il fera l'après-midi. Heureusement pour tout le monde, il a fait beau, aujourd'hui.

— Oui, lâcha-t-elle dans un murmure. Très beau.

Ils reprirent leur promenade côte à côte. Après quelques instants, Sir Thomas brisa le silence.

— Je vous comprends, Brida, dit-il à mi-voix.

— Que voulez-vous dire ?

Il s'arrêta et poussa un long soupir.

— Vous ne souhaitez peut-être pas vous confier à moi, mais sachez que je partage votre besoin de solitude et de réflexion, dans des moments comme celui-ci. Lorsque l'on est témoin d'un mariage si heureux, qui a mis tant d'années à se conclure, on ne peut s'empêcher de penser à son propre avenir et de douter…

Brida déglutit. Il était sincère, cela s'entendait à sa voix. Elle lui jeta un coup d'œil. Immobile, il contemplait quelque chose de lointain. D'où lui venait cette soudaine humeur pensive ? Cela ne lui ressemblait pas. Décidément, les émotions de cet homme paraissaient aussi changeantes que le ciel !

— Vous avez sans doute raison, admit-elle.

Il ne répondit pas et elle se demanda s'il avait voulu parler d'elle ou de lui. Nourrissait-il les mêmes incertitudes et les mêmes craintes qu'elle au sujet de son avenir ? À en croire sa gravité inattendue, c'était possible. Étrange… Quoi qu'il en soit, cette facette plus sérieuse de son caractère l'intrigua plus qu'elle n'aurait voulu l'admettre. Il soupira encore, puis se tourna vers elle.

— Venez. Assez de solennité pour ce soir.

Elle hocha la tête. Elle avait soudain envie de l'entendre plaisanter, de le voir sourire. De retrouver cette camaraderie irritante qui était devenue si normale entre eux. Quelque chose lui disait que ce serait moins dangereux.

— Nous pouvons toujours continuer à discuter de la pluie et du beau temps, suggéra-t-elle.

— Oui, et je pourrais m'étonner de la chaleur de cette nuit, après les nuages menaçants que nous avons vus dans la matinée.

Brida fut soulagée de sentir l'atmosphère se détendre un peu.

— Et je vous répondrais en disant que tant d'autres choses paraissent encore tristement incertaines. Voire décevantes.

— Peut-être, mais certainement pas cette magnifique soirée et la lune qui nous offre son éclat nacré comme une perle dans le ciel.

— Je ne vous savais pas poète. N'avez-vous rien à dire au sujet des étoiles ?

— Oh si, elles brillent aussi…

Un petit sourire dansa un instant sur les lèvres de Brida.

— Je crois que vous vous êtes engagé dans la mauvaise profession, Sir Thomas. Vous auriez dû écrire des ballades ou de belles odes pour les demoiselles sentimentales.

— Si seulement je savais où trouver une telle demoiselle, à une heure aussi tardive !

— Oui, si seulement.

Elle sentit ses joues s'échauffer.

— Décidément, vous êtes encore plus amusant qu'un fou du roi, ajouta-t-elle.

L'air navré, il secoua la tête.

— Vous me blessez, Brida !

— Je ne le fais pas exprès, croyez-moi. Au contraire, j'admire beaucoup votre talent pour l'absurde.

— Sans oublier mon irrésistible charme.

— Comme si je pouvais l'ignorer…

En se rendant compte de ce qu'elle venait de dire, elle se figea. Quand elle releva les yeux, elle vit que Sir Thomas souriait d'un air tranquille. L'air s'immobilisa autour d'eux tandis qu'ils se dévisageaient. Seigneur ! Pourquoi fallait-il que cet homme soit si beau ? Sa proximité et sa chaleur étaient une tentation bien trop forte. Elle l'observa, fascinée, et l'amusement qu'elle voyait pétiller dans son regard se mua lentement en autre chose – une lueur de désir inattendue, si vive qu'elle en eut le souffle coupé.

Un frisson la traversa, embrasant tout son corps. Elle ne put s'empêcher de jeter un coup d'œil à ses lèvres et, avant de réaliser ce qu'elle était en train de faire, elle se hissa sur la pointe des pieds pour l'embrasser avec fougue.

Oh ! Seigneur ! Elle avait dû boire plus de vin qu'elle le pensait, pendant le repas.

Thomas Lovent eut un mouvement de surprise. De choc, même. De toute évidence, il ne s'attendait pas à ce qu'elle agisse avec une telle audace. Une telle indécence. D'un autre côté, elle fut étrangement heureuse de constater qu'elle avait le pouvoir de le déstabiliser. Il se pétrifia un instant, sans doute trop stupéfait pour bouger, puis lui rendit son baiser comme un homme qui s'éveille d'un rêve. Ses bras puissants l'enveloppèrent, l'attirèrent à lui. Jamais encore elle ne s'était trouvée plaquée contre un corps de cette manière, ses courbes pressées contre des muscles fermes…

Ce contact était à la fois enivrant, vertigineux et merveilleux. Tout comme le baiser. Tant de fièvre soudaine lui fit perdre toutes ses forces, et elle eut l'impression que ses jambes allaient se dérober sous elle.

Il laissa courir ses lèvres sur les siennes, glissant sa langue au coin de sa bouche, la mettant au défi de réagir. Et elle le fit.

Comment un simple baiser pouvait-il être si… si merveilleux ? Si délicieux ? Un baiser de Thomas Lovent, qui plus est !

Après tout, elle ne le connaissait pas depuis bien longtemps. Elle ne l'avait rencontré que par le biais de leurs amis communs. Convaincue qu'il n'était qu'un débauché, un charmeur, elle l'avait même fui avec obstination pendant des semaines. Avant ce soir, les fois où elle n'avait pu l'éviter, elle n'avait échangé avec lui que quelques banalités, quelques plaisanteries légères. Jamais ils n'avaient eu la moindre conversation sérieuse. Et jamais encore elle n'avait agi avec une telle hardiesse – avec personne. Cela ne lui ressemblait pas du tout !

Pour tout dire, Thomas Lovent n'était pas simplement attirant. Il était aussi doté d'un charme irrésistible, et son baiser était aussi brûlant que ses sourires. Elle aurait dû se retenir, ne pas s'abandonner à cette passion qui la poussait à goûter ses lèvres, à les dévorer. Oh ! ciel ! Elle ne pouvait pas laisser cet homme l'approcher. Elle ne pouvait pas lui permettre d'éveiller en elle des désirs qu'elle devait étouffer à tout jamais, ou de lui rappeler ce qu'elle ne pouvait avoir. Tout cela allait très mal finir. Thomas Lovent était un homme trop dangereux pour une femme comme elle – et elle le savait parfaitement.

Elle trouva enfin la force de s'écarter de lui et fit quelques pas chancelants en arrière.

— Non…, fit-elle, le souffle court.

Il essaya de la prendre de nouveau dans ses bras, mais elle se déroba vivement et s'essuya la bouche du revers de la main.

— C'était une erreur.

— Brida ?

Sa voix basse et grave vibra en elle. Elle frissonna.

— Je ne peux pas, balbutia-t-elle en secouant la tête pour en chasser le vertige. Je n'arrive pas à croire que j'ai fait cela !

Elle crut voir un éclair de tristesse passer dans ses yeux… Non, elle avait dû rêver.

— Voyons, murmura-t-il. Ce n'était qu'un baiser.

Pourquoi n'était-elle pas surprise de l'entendre dire cela ? Il devait avoir l'habitude d'embrasser les femmes qui lui plaisaient et, à ses yeux, elle n'avait sans doute rien d'exceptionnel.

— Pour vous, peut-être, mais pas pour moi, répliqua-t-elle.

— Oubliez-vous que vous avez fait le premier pas, Brida ?

— Et vous vous êtes évidemment senti obligé de me rendre ce baiser…

— Bien sûr. Toutefois, je crois que vous donnez trop d'importance à ce geste.

Elle eut un éclat de rire amer.

— Quelle sottise de ma part !

Il était certainement convaincu que sa réaction était excessive. Comment cet homme insupportable aurait-il pu se douter qu'elle ne pourrait jamais se permettre de céder à ce genre de désirs ? Qu'elle devait à tout prix éviter la moindre intimité entre eux ?

— Cela n'aurait pas dû arriver, ajouta-t-elle. Pas avec vous. Pas avec quelqu'un comme vous.

Il se raidit.

— Quelqu'un comme moi ? Que suis-je censé comprendre ?

— Vous êtes convaincu que la vie n'est qu'une succession de plaisirs superficiels. Vous voyagez de village en village, prenant tout ce qui vous fait envie, sans le moindre scrupule, sans vous arrêter, sans vous soucier des autres ou de ce que vous laissez sur votre passage.

En un instant, les joues de Sir Thomas pâlirent et son regard se fit froid. Distant.

— Vraiment ? demanda-t-il d'une voix blanche et implacable.

Seigneur, qu'avait-elle fait ? Elle se rendit compte trop tard qu'elle avait laissé ses frustrations l'aveugler. Elle venait d'insulter Sir Thomas Lovent… Aussi exaspérant qu'il soit, il ne méritait pas cela.

Quand il reprit la parole, ses mots trahirent un profond dédain et une indignation glaçante.

— Quelle chance que vous soyez là pour m'éclairer sur mes nombreuses défaillances, demoiselle !

Brida savait bien qu'elle n'aurait pas dû l'accuser comme elle l'avait fait. Elle n'aurait pas dû le blâmer pour son comportement volage. Si quelqu'un était en tort, ce soir, c'était elle, pas lui.

Elle aurait dû protester, mais les mots restèrent coincés dans sa gorge chaque fois qu'elle ouvrait la bouche. Elle ne put rien y faire. Il ne lui resterait plus qu'à s'excuser le lendemain et à prétendre qu'elle avait trop bu, qu'elle s'était laissé influencer par la lune, les étoiles, n'importe quoi ! Ce soir, parler était inutile. Si elle tentait de s'expliquer, elle risquait de fondre en larmes. Elle préféra donc tourner les talons et regagner la grande salle.

Hélas ! Brida O'Conaill n'eut jamais l'occasion de se faire pardonner. Sir Thomas quitta le château le lendemain à l'aube et n'y revint pas.

Chapitre 1

Londres – 1224, trois ans plus tard

Thomas Lovent remonta l'étroit pont pavé conduisant à la porte sud, une poterne surmontée d'une tour en pierre qui marquait l'entrée de l'île de Thorney. Il avait toujours préféré emprunter ce chemin tranquille plutôt que la route plus directe qui reliait la porte ouest à l'abbaye de Westminster. Contourner le moulin de l'île lui donnait en général le temps de bien réfléchir à ses paroles avant de retrouver son maître, Hubert de Burgh, le lord-chambellan d'Angleterre.

Mais pas ce soir. De Burgh était parti en compagnie du roi Henry pour rencontrer Llewelyn de Galles, prince de Gwynedd, près de la frontière entre leurs pays. Non, ce soir, il était préoccupé par autre chose, quelque chose sur quoi il ne parvenait pas à mettre le doigt. Pour un homme qui se flattait de savoir se servir de son instinct, de son intuition et de sa rapidité de jugement lorsqu'il en avait besoin pour mieux servir son seigneur, cela ne présageait rien de bon. Il se sentait agité. Pire : mal à l'aise.

Soudain, la chose lui apparut clairement. Il revit la servante de l'auberge où il avait dîné, à Westcheap. Avec ses boucles sombres, son teint velouté et ses yeux bleu orage, elle lui avait amèrement rappelé une femme qu'il avait pourtant juré d'oublier : Brida O'Conaill. Cette femme avait su le blesser profondément par ses moqueries cruelles, et il n'avait jamais compris pourquoi son dédain l'avait à ce point affecté. Quoi qu'il en soit, elle était l'une des nombreuses raisons qui le poussaient à éviter la région de Kinnerton depuis trois ans. Il n'avait même revu son ami Ralph qu'à la cour. Moins il pensait à Brida, mieux il se portait…

Par le ciel ! Comment avait-il pu se rendre aussi ridicule, le soir du mariage de Ralph et de Lady Gwenllian ? Maintenant encore, il se souvenait du plaisir qu'il avait pris à plaisanter avec la jeune femme. Quelque chose, chez Brida O'Conaill, l'avait poussé à la provoquer sans relâche à chacune de leurs rencontres, et ce dès le jour où il avait fait sa connaissance.

Peut-être était-ce sa condescendance hautaine et rigide, ou bien les regards impérieux et méprisants qu'elle lui adressait… Toujours est-il qu'il avait aimé plaisanter avec elle et la voir perdre patience. Puis son monde s'était transformé à l'instant où elle l'avait embrassé. En un éclair, tous ses sens s'étaient éveillés – même si ce baiser n'avait duré que quelques instants. Cette femme avait su attiser son désir à tel point qu'il ne pourrait jamais oublier ce flot de sensations, même s'il s'efforçait de bannir son souvenir de sa mémoire.

Il entendait encore ses paroles blessantes. Bien qu'elle ne l'ait pas réellement connu, elle avait été convaincue qu'il considérait la vie comme une simple succession de plaisirs superficiels.

Bien sûr, il ne pouvait la blâmer : cette image de dilettante était exactement celle qu'il voulait offrir au monde entier. Il avait toujours fait cela car il avait très tôt compris l'avantage de n'être vu que comme un individu aussi charmant qu'oisif, un homme qui n'avait pour lui que ses muscles, son talent à l'épée et sa langue bien pendue. Cette façade soigneusement entretenue lui permettait de servir son seigneur avec efficacité et d'être l'un des meilleurs agents clandestins de la Couronne. On l'envoyait remplir des missions qui exigeaient un esprit vif, une bonne capacité d'adaptation et une pointe de brutalité lorsque c'était nécessaire.

Hélas, cette fameuse nuit, les accusations que Brida lui avait lancées au visage juste après l'avoir embrassé lui avaient laissé un goût amer en bouche. Il aurait bien aimé pouvoir s'en débarrasser et faire comme si rien ne s'était passé. Malheureusement, une petite voix ne cessait de lui murmurer que certaines de ces paroles étaient peut-être méritées, en dépit de ses efforts pour changer, pour devenir un homme meilleur. Serait-il un jour assez bon pour racheter ses erreurs passées ?

Au fond, tout cela n'avait aucune importance. *Elle* n'avait aucune importance. Tout ce qui comptait était le travail qu'il accomplissait en secret pour la Couronne et l'argent qu'il lui rapportait : assez d'or pour améliorer sa situation et aider la seule femme digne de son intérêt – sa pauvre et malheureuse sœur Joan. Voilà quel était son unique but, dans la vie. Il espérait être un jour assez riche pour rendre leur existence plus facile, après toutes les épreuves qu'ils avaient traversées.

Il avait l'intention, dès que ce serait possible, d'acheter un manoir, voire un petit domaine, et de s'y installer avec Joan. Ensuite, il veillerait sur elle comme il se doit, en évitant que la situation déjà dramatique pour elle s'aggrave. Dieu lui en était témoin, il ne faillirait plus jamais à cette tâche !

Pas comme autrefois, lorsqu'il avait senti le poids de la culpabilité pendre à son cou, comme une chaîne qui le tirait de plus en plus bas dans un abîme. Simplement parce qu'il n'avait pas été présent pour empêcher le feu de tuer tous les membres de sa famille, à l'exception de sa jeune sœur. Plus jamais il ne négligerait ainsi ses devoirs. Plus jamais il ne tournerait le dos à ses responsabilités. Il protégerait Joan contre le monde entier s'il le fallait et priait pour trouver un jour le moyen de se faire pardonner.

Chassant ces pensées, il se concentra sur la mission qui l'attendait. Il coupa par le verger voisin, resserra sa cape autour de lui et rabattit le capuchon sur sa tête pour se protéger du vent froid et humide qui montait du fleuve. Après avoir ouvert discrètement un portail, il scruta les alentours avant de s'engager sur le sentier qui le conduirait à l'homme qu'il devait rencontrer clandestinement. Il était essentiel qu'il demeure anonyme, ce soir ; celui qu'il devait rencontrer avait insisté sur ce point. Le fait que son informateur, si prudent, ait choisi pour leur entrevue un lieu à découvert, tout proche du siège du pouvoir, le laissait cependant perplexe.

Peut-être l'enceinte sacrée de l'abbaye de Westminster lui apporterait-elle une certaine protection, malgré tout. L'homme avait tenu à ce qu'il lui fournisse quelques preuves de sa sincérité, ainsi qu'une bourse bien garnie en échange de l'information qu'il promettait de lui donner. Sans doute s'agissait-il de quelqu'un de bien placé, établi à proximité. Quoi qu'il en soit, ce rendez-vous était à la fois inquiétant et intriguant.

Tom ne pouvait s'empêcher de penser que quelque chose ne tournait pas tout à fait rond. Il était troublé, et pas uniquement à cause de la serveuse qui lui avait rappelé si cruellement la femme qu'il tentait d'oublier depuis trois ans.

Bon sang ! Il ne savait même pas *qui* il s'apprêtait à rencontrer ! L'affaire était cependant trop sérieuse pour hésiter : son contact se ferait bientôt connaître et lui permettrait probablement de déjouer un complot contre le roi. S'il devait réellement découvrir quelque chose d'aussi important, la preuve d'une trahison à venir, cela lui permettrait de prouver enfin sa valeur à Hubert de Burgh, qui commençait à douter de ses capacités.

Certes, Tom était entré au service de son nouveau maître grâce à la recommandation enthousiaste de son ancien mentor, William Geraint, mais il sentait sa position au sein de la maison du lord-chambellan encore bien fragile. Il devait lui démontrer l'étendue de ses talents, et quoi de mieux pour y parvenir que démasquer ceux qui cherchaient à le faire tomber ou à attenter aux jours du roi ?

Il scruta de nouveau les alentours avant de contourner furtivement l'angle d'un mur et d'emprunter une allée pavée qui le mena vers le côté sud de l'abbaye. La lune, qui éclairait vaguement les hautes arches de bois du cloître, jetait de longues ombres sur le décor immobile. On n'entendait que le bruit sourd de ses pas dans le silence. Quelque chose n'allait pas… L'endroit était trop calme, trop désert. Il ne semblait y avoir personne.

Aux aguets il ralentit le pas, et crispa la main sur la garde de sa dague. Cette obscurité commençait à le rendre nerveux.

— Qui va là ?

Dès le départ, cette étrange mission l'avait inquiété. C'était comme s'il avait senti que les choses ne se dérouleraient pas comme prévu. On l'avait désigné pour accomplir cette expédition nocturne, en lui disant seulement que l'inconnu à l'origine de cette rencontre n'aurait confiance qu'en lui. Mais plus les minutes passaient, moins il était convaincu que cela avait été la vraie raison de ce choix.

Se trompait-il, ou cette situation avait-elle tout d'une embuscade bien préparée ? Il avait la sensation d'être sur le point de s'engager dans une affaire plus grave qu'il l'avait cru, quelque chose qui dépassait de loin sa compréhension. Quel était le but de tout cela ? Alors qu'il aurait pu tourner les talons et s'en aller, une chose le retenait. Certes, il était méfiant, soupçonneux, mais il était aussi intrigué et tenait à découvrir ce qui se cachait derrière cette mission inattendue.

— Il y a quelqu'un ?

Il relâcha sa respiration, l'air formant un petit nuage de buée devant ses yeux, tandis que son cœur se mettait à battre plus vite. La peur commençait à resserrer son étreinte. Il saisit l'une des rares torches glissées dans des embases en métal le long d'un mur, et examina le long couloir du cloître. Il chercha le moindre indice d'une présence, en vain. Il n'y avait rien d'inhabituel ici, et personne en vue.

Soudain, il entendit un bruit – un pas étouffé qui s'arrêta quelque part devant lui, puis repartit vivement dans la direction opposée. S'élançant à la poursuite de l'inconnu, il courut presque pour ne pas perdre sa piste. Il tourna vers l'est à l'angle du cloître, tout en scrutant les ombres à gauche et à droite pour tenter de voir l'homme en fuite. Son instinct lui hurlait d'agir avec prudence, mais il ne pouvait s'empêcher de traquer son mystérieux informateur. Enfin, il perçut un mouvement, une silhouette.

— Halte ! cria-t-il aussitôt. Que veut dire tout ceci ?

L'inconnu s'immobilisa et jeta un coup d'œil par-dessus son épaule. Le profond capuchon de sa cape dissimulait entièrement son visage.

— Sir Thomas Lovent ? fit une voix lointaine.

— Qui le demande ?

— Venez, suivez-moi. Mais ne vous approchez pas tant que je ne serai pas certain d'être en sécurité.

— Dites-moi d'abord qui vous êtes, Sir.

— Pas ici.

Sa cape voletant dans son dos, l'homme se remit en marche. Peu après, il ouvrit une porte grinçante et disparut sous une arche qui menait à un escalier de pierre, puis à une crypte. Tom le suivit, baissant la tête quand il pénétra sous les voûtes basses de la chambre Pyx, puis dans la salle du trésor royal. Était-ce une erreur ? La pièce était plongée dans une profonde obscurité. Seule la torche qu'il portait créait un halo autour de lui.

— Où êtes-vous ? Montrez-vous !

Levant la torche, il essaya d'éclairer la salle, mais l'homme semblait une fois de plus avoir disparu.

Il regarda autour de lui, observant l'espace encombré de coffres remplis de vêtements de cérémonie d'un côté et de hautes piles de longues caisses de l'autre, le séparant de l'endroit où l'on entreposait les traités d'alliance et les documents les plus importants de l'État. Où donc était caché son homme ?

— Où êtes-vous ? murmura-t-il dans le noir. Expliquez-moi le sens de ce ridicule jeu du chat et de la souris.

Seul un silence angoissant lui répondit. Non qu'il se fût attendu à une réaction. Il avait simplement espéré percevoir un bruit, aussi ténu soit-il, qui l'aurait guidé jusqu'à l'homme. Or, il ne se passa rien.

Seigneur, cette mission ressemblait de plus en plus à un piège, mais dans quel but ? Il devait à tout prix découvrir ce que tout cela voulait dire et, plus important, *qui* l'avait fait venir ici ce soir.

Soudain, sans prévenir, quelqu'un se jeta sur lui. Surpris, il vacilla et lâcha sa torche. L'instant d'après, on le frappa au visage tandis qu'il s'efforçait de se protéger de ses mains. Bien qu'un peu étourdi, il parvint à tirer sa dague et à donner des coups à l'aveuglette, dans l'espoir d'atteindre son assaillant invisible.

Hélas ! sa défense maladroite n'eut pas l'effet escompté. Sous l'effet d'un violent coup au ventre, il se plia en deux avant qu'un autre coup, dans son dos, le fasse s'effondrer sur le sol dallé. Le souffle coupé, il se mit péniblement à quatre pattes pour se relever… puis il entendit les pas de l'homme s'éloigner et une porte se refermer en claquant.

Une main plaquée sur son estomac, il se traîna sur le sol en gémissant pour récupérer sa torche.

À quoi rimait cette attaque ? On l'avait attiré dans les entrailles de l'abbaye de Westminster sous prétexte d'une rencontre clandestine avec un informateur. Non seulement cette rencontre n'avait pas eu lieu, mais on l'avait agressé sauvagement. Pourquoi ? S'agissait-il d'une sorte de mise en garde ? Et adressée à qui ? À Hubert de Burgh ?

Saisissant sa torche, il se releva enfin. Quand il fit un pas en arrière, son talon heurta quelque chose de mou et d'inerte. Il éclaira le sol et ne put retenir une exclamation. Un corps avait été abandonné là, baignant dans une mare de sang.

Par le diable !

Il s'agenouilla et, avec douceur, retourna l'inconnu. L'homme vivait encore, mais sa respiration était très faible. Tentant de respirer et de parler en même temps, il émit un gargouillis.

Tom ne perdit pas une seconde. Il trouva bien vite la plaie sur le torse de l'homme et découpa un pan de sa tunique pour le plaquer contre la blessure dans l'espoir d'endiguer le flot de sang. Quelle boucherie ! Le blessé tenta de parler de nouveau, le souffle haché.

— Calmez-vous. Ne vous agitez pas, lui conseilla Tom.

Il lui redressa la tête et essaya de le faire boire à sa gourde.

— Thomas Lovent ? murmura l'homme.

— Oui, pour vous servir. Je suppose que c'est vous que je devais rencontrer ici, ce soir…

L'homme hocha la tête et ferma un instant les yeux avec une grimace.

— Ma bourse, lâcha-t-il d'une voix blanche. Prenez-la… Au fond de la salle…

Tom se hâta vers l'endroit indiqué et trouva une bourse de cuir qui semblait avoir été jetée dans un panier rempli de rouleaux de parchemin.

Il la prit et revint s'accroupir près du blessé, qui respirait de plus en plus mal.

— Portez-la… à Hubert de Burgh.

Son regard se fit suppliant et il s'agrippa à la tunique de Tom.

— Je vous en supplie !

Tom acquiesça, incapable de comprendre la portée des événements de cette épouvantable soirée.

— Il y a… un complot. Un traître…

L'homme inspira avec peine.

— Quel complot ? Qui ? Qui est le traître ? demanda Tom.

Pour toute réponse, l'homme émit un gargouillis et expira, une coulée de sang au coin des lèvres. Tom lui ferma les yeux, se signa, puis se releva pour glisser la bourse à sa ceinture.

Quel désastre… Tout à coup, la porte en haut de l'escalier grinça et des pas résonnèrent sur les marches de pierre. Les choses allaient empirer ! Il alla vivement se plaquer contre le mur, près de l'escalier, et attendit. Quelques instants plus tard, deux hommes débouchèrent dans la salle et passèrent à côté de lui à toute allure. À peine furent-ils passés qu'il se rua dans l'escalier et grimpa les marches quatre à quatre. Entre-temps, les hommes qui devaient avoir découvert le corps et qui entendirent Tom courir dans le cloître se lancèrent à sa poursuite.

— Arrêtez-vous ! cria l'un d'eux dans son dos.

Sans l'écouter, il continua à courir aussi vite que ses jambes le lui permettaient. Ses vêtements étaient couverts du sang du malheureux… Qui croirait à ses protestations d'innocence ? De plus, il ne pouvait faire confiance à personne. Ni aux clercs de l'abbaye, ni aux officiers du roi, ni même aux autres agents qui, comme lui, œuvraient dans l'ombre pour la Couronne. C'était ainsi que les espions britanniques s'organisaient. Par mesure de sécurité, chacun travaillait seul et ne rendait de comptes qu'à son seigneur.

Tom savait qu'il devait rejoindre de Burgh au plus vite, mais celui-ci était au pays de Galles où il resterait encore au moins deux semaines. Si jamais il parvenait à échapper à ses poursuivants, il allait devoir trouver un moyen de voyager discrètement pour se rendre auprès de lui.

Il traversa le cloître désert, prit au nord et déboucha dans la cour carrée. Hélas ! ses poursuivants étaient toujours derrière lui, et gagnaient du terrain. S'il voulait les semer, il n'avait plus qu'une option : se réfugier dans l'abbaye.

— Arrêtez ! Voleur ! Assassin !

Tom remonta la nef et se dirigea vers les fondations fraîchement creusées de la future chapelle de la Vierge. Arrivé là, il sauta dans le trou et s'accroupit. Cherchant à reprendre son souffle, il évalua ses chances de sortir vivant de ce piège. Elles n'étaient pas très bonnes, et il allait devoir réfléchir très vite. Déjà, les voix se rapprochaient dangereusement.

À quatre pattes, il se cacha entre deux énormes pierres pas encore taillées, sous un échafaudage de bois qui le dissimulait plus ou moins. Il sentait son cœur tambouriner contre ses côtes au rythme des pas de ses poursuivants. Seigneur, dans quel pétrin s'était-il fourré ? Et comment allait-il pouvoir s'en sortir vivant ?

Il rabattit davantage son capuchon sur sa tête et se roula en boule – un exploit difficile pour un homme aussi grand que lui… Puis il attendit, attendit, respirant sans faire le moindre bruit. Quelqu'un approcha du bord de la fosse en agitant une torche au hasard.

Damnation !

Prêt à tout, il serra sa dague dans son poing. L'instant de vérité était arrivé. Soit il parvenait à s'échapper discrètement, soit il allait devoir combattre pour quitter l'abbaye. Quel qu'il soit, le dénouement approchait.

Mais rien ne se passa. Au contraire, les pas parurent s'éloigner et, bientôt, le chantier de la chapelle fut plongé dans le noir, à l'exception d'un mince rayon de lune qui filtrait entre les poutres nues.

Dieu merci…

Il était temps de partir.

Silencieusement, il se hissa hors du trou et se glissa d'un coin du mur au pilier voisin avant de se risquer dans la nef. L'endroit était désert. Il soupira, soulagé, et sortit de l'abbaye.

À peine eut-il franchi le seuil que deux hommes se jetèrent sur lui et tentèrent de l'empoigner. Il en frappa un au visage, parvint à asséner un coup de pied dans le ventre de l'autre et leur échappa de justesse. Après avoir passé la porte ouest en courant, il jeta un rapide coup d'œil par-dessus son épaule.

Seigneur, ce n'était pas encore terminé !

De toute évidence, d'autres hommes avaient été alertés par le bruit, car une demi-douzaine de voix s'élevaient à présent derrière lui.

Il s'engagea à toute vitesse dans Tothill Street et disparut dans le dédale de ruelles et d'allées pavées qui entouraient la cathédrale pour finir par se retrouver à son point de départ, sur les berges de la Tamise.

Priant pour avoir enfin réussi à semer ses poursuivants, il se cacha sous une arche du quai et attendit qu'une barge passe assez près pour qu'il puisse sauter à bord. Il allait continuer son chemin ainsi jusqu'au London Bridge puis récupérerait son cheval, confié au guet de la chapelle de St Thomas Becket, qui travaillait parfois pour lui.

Après cela, il n'y aurait pas un instant à perdre. Encore hanté par les événements de cette soirée, il songea qu'il allait devoir agir très vite. Une chose était certaine : il fallait à tout prix qu'il quitte Londres dès cette nuit et rejoigne la frontière pour remettre à Hubert de Burgh le message du mort.

Chapitre 2

Brida leva les yeux au ciel et ne put réprimer une moue agacée en voyant un homme venir dans sa direction dans cette rue du petit village de Kinnerton, où elle vivait depuis trois ans. Elle n'avait jamais eu l'intention de demeurer dans cette région aussi longtemps, mais devant l'insistance de Lady Gwenllian, son amie et nouvelle châtelaine de Kinnerton, elle avait cédé et était restée. Finalement, cela n'avait pas été une si mauvaise décision… Dans ces belles vallées verdoyantes, si proches de la frontière du pays de Galles, elle avait découvert une certaine paix et une sérénité qu'elle n'avait jamais espéré connaître avant.

Elle menait une existence qu'elle avait choisie, non dans l'enceinte du château comme l'avait suggéré Gwen, mais au village, dans une jolie petite maison. Beaucoup de ses voisins ne comprenaient pas son refus de profiter de la splendeur et du luxe de la demeure familiale de Sir Ralph, mais elle s'en moquait. Elle disposait enfin d'un refuge à elle, où elle était libre de faire tout ce qui lui plaisait – même si elle passait tout de même le plus clair de son temps au château, dans les appartements de Gwen.

Son cottage était petit, certes, néanmoins elle l'avait aménagé à son goût et pouvait y savourer sa solitude lorsqu'elle le souhaitait. C'était le seul endroit au monde où elle pouvait s'entourer de ses quelques possessions et être elle-même. Plus important encore, c'était devenu son *foyer*.

Cette existence simple et agréable lui valait malgré tout un souci de taille : elle avait été contrainte de mentir aux villageois en s'inventant un époux parti en pèlerinage en Terre sainte, ou encore contraint de suivre son seigneur dans tout le pays. Son récit avait un peu changé au fil des trois dernières années, mais elle parvenait tout de même à éviter la plupart des questions concernant l'absence de son « mari ».

Elle avait même confié la vérité à Gwen et à Sir Ralph, seigneur de Kinnerton, pour qu'ils l'aident à protéger son secret. Ils avaient accepté de cautionner son mensonge, allant même jusqu'à assurer connaître ce prétendu époux disparu. Dans l'ensemble, son plan avait bien fonctionné… jusqu'à ces derniers mois.

Grâce à ce stratagème, les hommes de Kinnerton et les curieux l'avaient laissée en paix, bien que l'on se demandât pourquoi cette jeune femme en bonne santé vivait seule et pour quelle raison l'époux dont elle parlait ne lui rendait jamais visite. Après tout, qu'elle soit mariée ou non, sa situation sortait de l'ordre normal des choses. Au fil du temps, elle avait dû ajouter tellement de détails à son histoire qu'elle avait du mal à se rappeler tout ce qu'elle avait pu dire. Cependant, dans la mesure où cela décourageait les gens de poser trop de questions indiscrètes, son mensonge valait la peine.

Le fait qu'on la croie mariée lui apportait assez de tranquillité au quotidien pour qu'elle n'ait pas à songer à la cruelle réalité : elle ne se marierait jamais. C'était le meilleur moyen pour échapper aux éventuelles avances de ses voisins et éviter de succomber à la tentation d'une vie à laquelle elle n'était pas destinée. Il était hors de question qu'elle s'abandonne à ce genre de rêveries, si elle voulait veiller à ce que son passé ne se répète pas. Il fallait qu'elle prenne soin de ne jamais laisser la prophétie se réaliser, de ne pas tenter le diable – sans quoi elle risquait de connaître de nouveau les affres d'autrefois, la perte, la douleur…

Oh ! Seigneur, je ne pourrais pas le supporter une seconde fois !

Hélas ! depuis quelque temps, les choses devenaient de plus en plus compliquées. On commençait à douter de la réalité de son « mariage », et de nombreuses personnes lui donnaient des conseils au sujet de son mari disparu. Ses voisins l'incitaient à se renseigner, à chercher un moyen de s'assurer qu'il soit toujours en vie.

Elle aurait pu trouver du réconfort dans cette attention bienveillante. Après tout, à part Gwen et son époux, qui s'était déjà soucié de son bien-être ? Et les villageois étaient pratiquement des étrangers ! Certes, il était agréable de songer qu'en un endroit de ce monde, au moins, on s'inquiétait de ce qui pourrait lui arriver. Seulement, cela la plaçait dans une position délicate. D'un côté, elle se sentait coupable de mentir à ces braves gens. De l'autre…

— Bonsoir à vous, dame Brida ! lança le jeune chevalier en arrivant à sa hauteur et en la saluant. Que faites-vous donc dehors si tard ?

Voilà. C'était ce qui la gênait le plus. Certains hommes du village commençaient à la traiter comme une jeune femme célibataire et non comme une femme mariée ou, pire, comme une femme mariée qu'ils se permettaient de solliciter en dépit de son statut.

— Ce que je fais ne regarde que moi, monsieur, répondit-elle sèchement. Mais si vous tenez vraiment à le savoir, je quitte tout juste le château.

Elle lui adressa un petit sourire crispé et reprit sa route.

— En l'absence de Lord et Lady de Kinnerton, il y a beaucoup à faire là-haut.

— Oui, et plus de travail pour nous tous, répondit-il en lui emboîtant le pas avec entrain. Laissez-moi au moins vous aider à porter toutes ces provisions !

Elle soupira.

— Merci, mais ce ne sera pas nécessaire. Vous devriez plutôt faire votre ronde.

L'homme ne se laissa pas décourager et la déchargea avec autorité de ses paquets.

— Permettez-moi, dit-il avant de la suivre sur le sentier qui conduisait à sa petite chaumière.

Tandis qu'il bavardait joyeusement, exposant en détail ses nombreuses qualités sans chercher à s'intéresser un instant à elle, Brida comprit qu'il n'avait pas été très prudent de le laisser l'accompagner. Il pourrait penser qu'elle appréciait sa présence et recherchait son attention, ce qui n'était absolument pas le cas. Si jamais il ne comprenait pas tout seul qu'elle n'avait aucune envie de se lier à lui, elle allait une fois de plus devoir professer son « amour inconditionnel » pour son époux et lui expliquer qu'elle n'était pas le genre de femme à s'autoriser des aventures, en dépit de l'absence prolongée de celui qu'elle aimait. Pourquoi fallait-il que ce genre de situation se produise régulièrement sans qu'elle n'ait rien fait pour cela ? Dieu sait qu'elle n'en demandait pas tant !

À ce moment bien mal choisi, le ciel décida de s'assombrir d'un coup et déversa sur eux un déluge qui la trempa jusqu'aux os en quelques instants. La pluie dense fit disparaître le peu de lumière qui restait en cette fin de journée, et elle eut bientôt du mal à voir plus loin que le bout de son nez.

— Voulez-vous que nous nous abritions sous cet arbre ? proposa son compagnon.

— Non, nous sommes presque arrivés, répondit-elle en haussant la voix pour couvrir le vacarme de la pluie. Mais vous pouvez rentrer au château, si vous préférez. Je vous remercie de m'avoir accompagnée jusqu'ici.

— Certainement pas ! Je tiens à m'assurer que vous rentrez chez vous en toute sécurité.

Agacée, Brida ne put s'empêcher de soupirer. Elle acquiesça néanmoins poliment.

— Merci.

En arrivant en vue de sa maison, elle sut qu'il y avait un problème. Plusieurs personnes attendaient à la porte, sous la pluie. Leurs regards se tournèrent immédiatement vers elle. C'était très étrange et tout à fait inhabituel…

— Dieu merci, vous êtes là ! s'exclama l'une des villageoises, manifestement soulagée de la voir.

— Quelque chose ne va pas ?

— Oh non, au contraire ! C'est une excellente nouvelle, Le ciel soit loué ! répondit une vieille femme avec ferveur.

De toute évidence incapable de contenir son excitation plus longtemps, elle ajouta :

— Votre époux est enfin revenu !

Brida sentit en un instant le sang refluer de ses joues.

— Mon… *quoi* ? murmura-t-elle, suffoquée.

— Oui. Il est à l'intérieur et, apparemment, il a grand besoin de vos soins et de votre attention.

Un époux ? Non, c'était impossible !

Quelqu'un avait dû commettre une grave erreur. Ou alors il s'agissait d'une mauvaise plaisanterie.

Forcément, puisque je ne suis pas mariée.

Frottant son front dégoulinant de pluie, elle prit une profonde inspiration et traversa la petite foule intriguée. Elle ouvrit la porte d'un coup sec et se figea sur le seuil. Qu'était-elle en train de faire ? Il y avait chez elle un inconnu qui prétendait être son époux, et elle se précipitait à sa rencontre ? Elle aurait au contraire dû tourner les talons et s'enfuir à toutes jambes !

Au lieu de cela, elle serra les poings et avança lentement, suivie par les villageois. Arrivée au fond de la pièce, elle repoussa le rideau qui masquait le lit et écarquilla les yeux, sous le choc. Par tous les saints ! Impossible de s'y tromper. Là, endormi sous les couvertures, se trouvait… Thomas Lovent !

Brida secoua la tête pour être sûre qu'elle ne rêvait pas. Elle n'avait pas revu cet homme depuis trois ans. Qu'était-il venu faire ici ?

Comme si elle avait lu dans ses pensées, la vieille femme expliqua :

— Il est arrivé et a demandé à voir Lord de Kinnerton. Quand il a appris que son épouse et lui s'étaient absentés, il s'est enquis de vous et je l'ai amené ici. Je crains qu'il ne soit pas en très bonne santé, dame Brida.

— Je vois…

Non, elle ne voyait pas ! Elle avait beau réfléchir, elle ne parvenait pas à comprendre ce qui se passait. Pourquoi cet homme, qui avait quitté le château trois ans plus tôt, se retrouvait-il ici ? Chez elle ! Dans son lit !

La vieille femme se gratta la tête d'un air songeur.

— On dirait qu'il est blessé. J'ai déjà envoyé quelqu'un chercher la guérisseuse. J'espère que vous ne m'en voudrez pas d'avoir pris cette liberté…

Incapable de détourner son attention de l'homme inconscient allongé sur son matelas, Brida fit machinalement signe que non.

— Bien sûr que non. Je vous remercie, Enid, parvint-elle à dire en posant la main sur le bras de sa voisine.

— N'est-ce pas merveilleux, dame Brida ?

— Merveilleux ? répéta-t-elle, éberluée.

Sir Thomas dormait à poings fermés, inconscient de l'excitation que son arrivée avait provoquée.

— Oui ! reprit Enid en lui tapotant la main. Votre époux

est enfin à vos côtés, comme il se doit. D'ailleurs, je dois dire qu'il est plutôt bel homme, et si viril…

Un flot de chaleur envahit les joues de Brida.

— Veillez bien à ce qu'il ne disparaisse plus, maintenant !

À cet instant, Thomas Lovent ouvrit les yeux.

— Demoiselle Brida ?

Sa voix n'était qu'un faible murmure.

Toujours bouleversée par cette soirée si inattendue, elle se précipita à son chevet.

— Oui, je suis là.

— Soif…

Il tenta de se redresser sur un coude, et vacilla.

— J'ai… soif…

Elle alla rapidement chercher le pichet de bière posé sur un coffre et lui servit un gobelet qu'elle lui mit dans la main.

— Tenez, buvez.

— Merci. Dites-moi une chose…, marmonna-t-il entre deux gorgées.

— Quoi ?

— Vous ai-je manqué ?

Sur ce dernier chuchotement à peine audible, il referma les yeux et se laissa retomber sur l'oreiller.

Brida avait beaucoup de soucis en tête, en particulier la présence de l'homme inconscient allongé dans son lit. Thomas Lovent était resté somnolent toute la nuit et pendant une bonne partie de la journée suivante. La vieille guérisseuse, Cerwen, s'occupa de panser une vilaine plaie qu'il avait au torse. Elle le lava, sutura sa blessure manifestement causée par une lame aiguisée, et étala dessus un onguent à l'odeur exécrable qui devait empêcher l'infection. Même ces soins ne suffirent pas à le tirer de son profond et fiévreux sommeil.

En attendant qu'il reprenne conscience, elle lui posa de temps à autre un linge humide sur le front dans l'espoir de faire retomber la fièvre qui s'était emparée de lui.

« Vous ai-je manqué ? »

Ces quelques mots, prononcés de la voix toujours si moqueuse de Thomas Lovent alors qu'il souffrait et avait à peine la force de garder les yeux ouverts, ne cessaient de résonner à ses oreilles.

La vérité, pour peu qu'elle prît la peine d'y songer, était qu'il lui avait bel et bien manqué. Du moins l'homme qu'elle avait commencé à connaître lors de leur brève rencontre, trois ans plus tôt, lui avait manqué. Pourtant, il avait un tel don pour l'exaspérer qu'elle l'aurait volontiers étranglé, à l'époque.

Ce qui la troublait le plus, encore après tout ce temps, était les événements qui avaient conduit à ce baiser imprudent, la nuit du mariage de Gwen et Ralph. Elle l'avait embrassé avec maladresse, sans vraiment comprendre ou accepter toutes les raisons qui l'avaient poussée à faire cela. Les souvenirs de cette soirée humiliante ne la rendaient pas particulièrement fière d'elle. Depuis, elle avait songé maintes fois à ce moment, et elle s'en voulait d'avoir été si impolie avec lui.

Au fond, elle avait eu peur de sa propre audace. Pendant un instant, elle avait perdu le contrôle et s'était abandonnée à une émotion interdite, dangereuse. Jamais elle n'aurait dû agir ainsi. La prophétie qui assombrissait le destin de sa famille la condamnait à une vie de solitude et de piété – elle le savait.

Comme elle ne pouvait se permettre de connaître la passion que son amie et tant d'autres femmes savouraient dans les bras de leur époux, une part d'elle avait voulu saisir sa chance lorsqu'elle s'était présentée. Et elle en avait honte.

Pire, elle avait blâmé Sir Thomas pour ses propres erreurs. Aujourd'hui encore, elle tremblait en pensant à tout ce qu'elle avait dit à ce pauvre homme sans jamais avoir eu l'occasion de s'excuser pour sa conduite déplacée. Thomas Lovent avait quitté Kinnerton sans prévenir personne, sans même un adieu, et n'était plus revenu au village. Qu'est-ce qui avait bien pu le ramener jusqu'à sa porte, après tout ce temps ?

Trois ans plus tôt, dans la chaleur d'un été magique, elle avait senti une affinité naître malgré elle, un lien unique entre elle et cet homme. Pourtant, elle savait mieux que personne que ce n'était qu'un mirage. Elle avait eu peur de ses sentiments… et voilà que le responsable de ce trouble était de retour, même si cela ne devait être que momentané.

— Ne mourez pas…, lui chuchota-t-elle plusieurs fois, comme si elle priait. Par pitié, ne mourez pas !

Le lendemain matin, la fièvre de Thomas Lovent commença enfin à retomber. Il s'agita pendant un moment avant d'ouvrir les yeux puis demanda à boire. Brida lui présenta un bol de bouillon chaud qu'elle porta à ses lèvres pour l'aider et un peu d'eau fraîche qu'elle était allée puiser à la rivière dès son réveil. Elle le regarda ensuite sombrer de nouveau dans un profond sommeil. Cette fois, il paraissait moins souffrir. Sa respiration était régulière, paisible.

Dieu merci…

Pour la première fois depuis deux jours, elle sentit un poids écrasant quitter ses épaules. Elle appréhendait toutefois son prochain réveil. À ce moment-là, il serait probablement redevenu lui-même, et la situation redeviendrait délicate. Pendant qu'il luttait pour survivre, elle avait réussi à accepter le passé et savait qu'elle lui devait encore des excuses pour son comportement déplacé. Mais, une fois ce point réglé, il devait à tout prix quitter Kinnerton le plus vite possible ! Ce serait la meilleure solution pour tout le monde.

Malheureusement, il y aurait aussi un autre problème, et non des moindres, que jamais elle n'aurait pu prévoir. Tout le monde au village les croyait mariés… Mais chaque chose en son temps. Elle réfléchirait à cela plus tard. Dans l'immédiat, le plus important était de soigner cet homme qui venait de traverser une terrible épreuve, et de le persuader de reprendre sa route. Comment allait-elle le convaincre de participer à son mensonge et de se faire passer pour son époux ? N'allait-il pas protester, trahir son secret ? Le simple fait d'avoir à tout lui expliquer et à lui faire promettre le silence sur cette affaire l'angoissait. Jamais de sa vie elle n'avait été plus gênée !

Ce soir-là, il émergea enfin de sa torpeur, fronçant les sourcils et clignant plusieurs fois des yeux avant de fixer son regard sur elle.

— Demoiselle Brida ? demanda-t-il à mi-voix en se tournant vers elle.

— Oui, je suis toujours là, Sir Thomas, dit-elle en s'approchant vivement du lit.

— Ainsi, je ne vous ai pas simplement rêvée ?

— Non…

Elle soupira.

— En effet.

Il esquissa une moue songeuse avant de reporter son attention sur elle.

— Je suis heureux de l'apprendre, mais puis-je vous demander ce que vous faites ici ?

Brida ne put retenir un petit sourire.

— Vous êtes dans mon humble demeure, à Kinnerton, expliqua-t-elle.

— Toutes mes excuses : je me suis mal exprimé. Qu'est-ce que *je* fais ici ?

Jusque-là, elle avait réussi à repousser les avances des hommes avec une fermeté polie. Mais le souvenir de la nuit où elle avait perdu la tête et avait embrassé Sir Thomas restait bien trop présent dans son esprit. Et maintenant, les villageois étaient convaincus que son époux disparu avait enfin retrouvé le chemin de sa maison…

Oh ! Seigneur !

— Je crains de ne pouvoir vous répondre, dit-elle. J'ignore ce qui vous a amené.

[illegible]

[illegible]

[illegible]

[illegible] qu'il [illegible]

[illegible] vous [illegible]

Chapitre 3

Essayant de se souvenir des graves événements de ces derniers jours, Tom se massa les tempes et réprima un gémissement. Sa mémoire revenait peu à peu et il s'efforça de mettre de l'ordre dans tout cela. Il avait fui l'abbaye de Westminster et Londres aussi vite qu'il l'avait pu, puis avait veillé à mettre sa sœur en sécurité en l'entraînant loin de la capitale pour l'installer dans une nouvelle demeure où nul ne viendrait la chercher.

Une fois cette affaire personnelle réglée, il s'était remis en selle et avait galopé en direction de la frontière. Hélas, ses assaillants de Londres avaient retrouvé sa trace et il avait dû dévier de sa route pour les semer. Cela ne l'avait pas empêché de tomber dans une embuscade au cours de laquelle il avait été blessé. Parvenant malgré tout à distancer les hommes décidés à l'empêcher de remplir sa mission, il était venu à Kinnerton pour demander l'aide de son fidèle ami Ralph. Or, le maître des lieux et son épouse n'étaient pas là : les villageois lui avaient expliqué qu'ils s'étaient rendus à la cour de Llewelyn de Galles, à la demande du comte de Chester.

Il fallait à tout prix qu'il reprenne des forces et trouve un moyen de remplir seul sa mission. Il ne serait soulagé qu'une fois cette sanglante affaire derrière lui. Toute cette histoire ne lui avait attiré que des ennuis et l'avait entraîné de danger en danger. Le pire, c'était qu'il ne savait même pas de quoi il s'agissait, exactement.

Il leva de nouveau les yeux et remarqua que Brida O'Conaill l'observait, l'air perplexe. Se passant maladroitement la main dans les cheveux, il inspira profondément. Il ne s'était pas attendu à revoir cette femme qu'il avait pris soin d'éviter par tous les moyens pendant des années. Et voilà qu'il se réveillait dans *son* lit, après avoir été blessé par des hommes qui devaient sans doute encore être à sa recherche. Qu'elle ait pris soin de lui pendant qu'il délirait de fièvre était surprenant. Mais qu'elle l'ait fait dans sa propre maison était encore plus troublant. Il n'avait cependant pas le temps de songer à tout cela. Il devait se remettre en route dès que possible.

— Je vous remercie pour vos soins, dit-il. Mais il faut que je quitte Kinnerton avant demain.

— Non ! Vous venez à peine de vous remettre de votre fièvre. Vous n'êtes pas encore en état de voyager, Sir Thomas.

— C'est très gentil à vous de vous inquiéter pour moi, demoiselle Brida, mais je n'ai pas le choix. J'ai une importante mission à remplir.

À vrai dire, il se sentait encore très faible. Quoi qu'il en soit, il devait porter son message à Hubert de Burgh. Un homme était déjà mort pour mettre la Couronne en garde contre un complot, et il avait été désigné pour transmettre ses dernières paroles. Il n'était peut-être pas en état de voyager, mais cela ne changeait rien : il fallait qu'il atteigne le pays de Galles par n'importe quel moyen.

— Rien ne peut être si important, protesta Brida. Vous avez besoin de vous reposer et de vous remettre. Attendez au moins un jour de plus. Vous avez été blessé assez grièvement, n'allez pas aggraver la situation.

— C'est vrai, mais je ne peux pas me le permettre. Ce que j'ai à faire ne peut pas attendre.

Il repoussa l'édredon. Constatant avec stupeur qu'il était presque nu, il le remonta vivement sur son corps et regarda autour de lui.

— Mes vêtements semblent avoir disparu. Puis-je vous demander ce que vous en avez fait ?

— Eh bien, vous… Vous aviez de la fièvre, Sir Thomas.

Une teinte rosée envahit ses joues et sa gorge, offrant à Tom un spectacle charmant. Pourtant, en temps normal, on ne pouvait qualifier Brida O'Conaill de « charmante ».

— La guérisseuse a dit que l'on devait vous déshabiller pour qu'elle puisse vous soigner correctement.

— Vraiment ? Voilà qui me rassure…

Il savoura un instant la gêne de Brida tandis qu'elle lui expliquait pourquoi elle l'avait dévêtu. Bien sûr, il avait immédiatement compris ses raisons, mais il préféra garder le silence et la regarder, les bras croisés, tandis qu'elle rougissait de plus belle.

— Vous savez, Sir Thomas, je n'ai pas retiré votre… votre…, reprit-elle bien vite en balbutiant.

Elle indiqua vaguement son corps d'un geste.

Le moment était venu de l'aider un peu.

— Mon petit linge ? suggéra-t-il.

— Oui, fit-elle en détournant très vite les yeux.

— Quel dommage ! murmura-t-il avec un demi-sourire, oubliant pendant un instant ses ennuis et la menace qui pesait encore sur lui. Je savais bien que même en pleine fièvre je n'aurais pas pu ignorer la caresse de vos belles mains.

— Je vous l'ai dit : la guérisseuse a tout fait !

Elle se leva, sans le regarder en face.

— Nous avons aussi lavé et séché vos vêtements.

— Je vous remercie. Vous semblez avoir pensé à tout.

— J'ai fait de mon mieux, répondit-elle d'un air crispé. Puis-je vous apporter autre chose ?

— Non merci. Je vous suis très reconnaissant de toutes vos attentions. J'ai une grande dette envers vous.

— Oh non ! Je n'ai rien fait, Sir Thomas !

— Je suis certain du contraire, lâcha-t-il d'un air entendu. Du moins, votre guérisseuse a fait quelque chose.

— Quoi qu'il en soit, je suis heureuse de voir que vous vous sentez mieux.

— Moi aussi.

Il poussa un profond soupir et jeta un coup d'œil à la pièce, modeste mais agréablement aménagée.

— Cela dit, je m'étonne que vous n'ayez pas jugé inconvenant de m'accueillir chez vous le temps que je me remette – même si j'étais inconscient à mon arrivée. Je n'aurais pas cru les habitants de Kinnerton ouverts d'esprit au point de vous laisser seule avec un homme qui ne soit pas de votre famille.

— Ah... Il y a, j'en ai peur, une explication parfaitement rationnelle à cela.

— Laquelle ?

Elle déglutit à plusieurs reprises avant de répondre.

— Pour être honnête, ils... pensent que nous sommes mariés.

Tom crut un instant avoir mal entendu car elle avait prononcé ces derniers mots d'une voix très basse.

— Avez-vous prétendu que nous étions « mariés » ?

Elle grimaça, comme si elle venait d'avaler une potion particulièrement amère et acquiesça.

— Attendez. Je veux être certain d'avoir bien compris...

Il ne put réprimer un début de sourire.

— Vous avez donc choisi de ne pas les détromper ?

— Oui.

— Je vois.

Cette fois, un véritable éclat de rire lui échappa.

— Très intéressant...

— Ce n'est pas ce que vous croyez, Sir Thomas ! Dans la confusion qui a suivi votre arrivée, comme tout le monde s'inquiétait pour vous, je… j'ai… oublié de clarifier la situation.

— Et vous ? demanda-t-il, intrigué. Étiez-vous inquiète pour moi, vous aussi ?

Elle fronça les sourcils comme si elle ne le comprenait pas.

— Bien sûr ! Comment aurais-je pu… Comment qui que ce soit aurait-il pu rester insensible à votre état ?

— Vous trouverez peut-être ceci difficile à croire, mais certaines personnes seraient sans doute ravies de me voir mourir, dit-il en soupirant. C'est pourquoi je tiens à vous exprimer de nouveau toute ma gratitude. À présent, voulez-vous bien me rendre mes vêtements, je vous prie ?

— Oui, bien entendu. Je vais vous laisser en paix le temps que vous vous habilliez, répondit-elle en prenant sur un coffre une pile de vêtements qu'elle posa sur le lit.

— Ce ne sera pas nécessaire. Vous pouvez vous retourner, si vous souhaitez me cacher vos rougeurs de demoiselle, ou rester comme vous êtes si vous préférez vous repaître de ma nudité…

Comme il s'en était douté, elle lui tourna le dos très vite.

— Je vois que vous vous sentez déjà mieux, puisque vous retrouvez vos manières provocantes et indécentes, remarqua-t-elle. Comme tout cela m'a manqué !

Elle avait lancé cette dernière pique d'un ton sardonique.

— Je n'en doute pas. Il est vrai qu'un charme aussi redoutable et tant d'humour doivent être rares à Kinnerton, répliqua-t-il, amusé, en se levant pour s'habiller.

— En effet, dit-elle sèchement. Je ne sais pas comment j'ai survécu sans vous.

De toute évidence, elle réagissait toujours aussi vivement à ses plaisanteries. Il n'aurait pas dû la provoquer ainsi, alors qu'il avait une dette envers elle. Ne lui avait-elle pas offert un refuge et n'avait-elle pas veillé sur lui le temps qu'il se remette de sa blessure ? Hélas, il ne parvenait pas à empêcher ses vieilles habitudes de remonter à la surface. La franchise si particulière de cette femme avait le don d'attiser ses sens. Il n'y pouvait rien. Ou, plus exactement, il ne *voulait* pas résister.

Au fond, depuis le moment où il l'avait rencontrée, il avait toujours apprécié ces joutes verbales avec Brida O'Conaill. Sauf ce dernier soir, sous les étoiles, lors du mariage de Ralph, où leurs échanges étaient devenus trop directs, trop troublants et trop passionnés. L'amertume et le regret l'envahirent. En dépit de ses efforts, les émotions qu'il avait éprouvées alors n'avaient jamais vraiment disparu. Cette nuit-là, il avait été au moins aussi responsable qu'elle de leurs adieux pénibles, mais il ne parvenait pas à oublier la blessure profonde qu'avaient laissée les derniers mots de Brida.

Bien qu'il ait préféré reléguer cet épisode aux confins de sa mémoire, une part de lui se demandait encore pourquoi c'était arrivé. Devait-il blâmer le vin, la bière, ou le mariage de Ralph et Gwen en lui-même ? Était-ce pour cela qu'ils avaient tous deux perdu leur réserve habituelle ? Quoi qu'il en soit, il avait été fermement résolu à effacer de sa vie cette femme fougueuse et ses yeux bleus brillants.

— Ne vous énervez pas, dit-il avec douceur, soucieux d'établir une trêve entre eux. Je plaisantais, demoiselle Brida. Pour être honnête, je suis plutôt heureux de voir que vous avez trouvé votre place à Kinnerton. Je suis même surpris que vous vous soyez installée ici. Je pensais que vous étiez décidée à entrer au couvent.

— J'ai changé d'avis, tout simplement.

— Vraiment ? Quoi qu'il en soit, je ne voudrais pas que votre réputation irréprochable soit entachée, si l'un de vos voisins venait à apprendre la vérité, à savoir que nous ne sommes pas mariés. Peut-être pourriez-vous prétendre que nous avons été chaperonnés par une servante ou une lingère, au cas où…

Enfin habillé, il ajouta :

— Vous pouvez vous retourner, maintenant.

Alors qu'elle s'exécutait, il sentit ses jambes faiblir et chancela.

Elle se précipita pour le soutenir puis l'aida avec douceur à s'asseoir sur le lit.

— J'ai essayé de vous prévenir que vous n'étiez pas encore en état de reprendre la route, dit-elle.

— Et moi qui pensais que vous vouliez juste profiter de mon agréable compagnie un peu plus longtemps…

Faisant de son mieux pour paraître nonchalant, il lui adressa un sourire mutin. À la vérité, il se sentait surtout épuisé. Sans forces.

— Bien sûr, répondit-elle avec le même sourire, entrant dans son jeu. Restez donc et reposez-vous jusqu'à redevenir vous-même. Même si vous paraissez déjà en bonne voie de guérison…

— Merci, Brida. Et je tiens à vous féliciter : l'autorité dont vous faites preuve est tout à fait celle d'une épouse.

Elle secoua la tête et soupira.

— Vous êtes incorrigible, Sir Thomas ! Recouchez-vous et essayez donc de vous rendormir !

*

Le lendemain matin, Tom reçut de nouveau la visite de Cerwen, la guérisseuse, qui tenait à s'assurer que tout se passait bien. Elle s'attarda un bon moment à son chevet, et il finit par ouvrir un œil après sa longue nuit de sommeil.

Cerwen lui tapota la joue de sa main ridée.

— Dame Brida, je dois dire que votre époux est une force de la nature. Il sera bientôt sur pied et, Dieu merci, il semble bien réveillé, à présent. Comment vous sentez-vous, Sir Thomas ? Brida et moi avons changé votre bandage pendant que vous dormiez.

— Merci, marmonna-t-il d'une voix encore embrumée. À vous deux. Je me sens beaucoup mieux grâce à vous.

— Tant mieux. J'aime entendre ce genre de chose. D'un autre côté, venant d'un patient aussi…

La vieille femme le détailla de la tête aux pieds.

—… jeune et fort que vous, je ne m'attendais pas à moins.

En le voyant hausser un sourcil surpris, Brida eut un petit sourire amusé. Elle-même ne s'était pas attendue à tant d'audace de la part de la guérisseuse.

— Je… Je vous remercie pour ce compliment, dame Soigneuse.

— « Dame Soigneuse » ? Appelez-moi donc Cerwen.

— Avec plaisir, Cerwen, répondit-il en lui adressant son sourire le plus dévastateur. Et pour vous, je serai Tom.

Brida entendit-elle réellement la vieille femme habituellement si grincheuse glousser ?

— Oh ! Mais où sont mes bonnes manières ? lança-t-elle vivement. Puis-je vous offrir une collation, Cerwen ? Vous devez être affamée.

La vieille femme se tourna vers elle et se massa l'estomac.

— Merci. Maintenant que vous le dites, je crois que ce ne sera pas de refus. Et je pense que Tom pourrait aussi apprécier un peu de cette soupe qui sent si bon.

Brida se dirigea vers la cheminée dans laquelle une marmite de soupe chauffait et remplit trois bols de bois. Elle donna les leurs à ses invités, puis les rejoignit avec son propre bol.

— Il est vrai que cette soupe sent bon. Elle a été préparée aujourd'hui dans les cuisines du château.

La guérisseuse mangea avec appétit avant de jeter un coup d'œil à Sir Thomas.

— Je suis contente de voir que ce bon dîner vous a rendu des couleurs, remarqua-t-elle.

— Une fois de plus, je vous remercie, Cerwen. Je vous suis redevable.

— Heureuse de savoir que j'ai pu vous aider, mais vous devriez surtout remercier Brida. Elle n'a pas quitté votre chevet.

— Ah bon ?

Gênée, Brida détourna les yeux.

— Cela n'a rien d'étonnant, mon cher, surtout après votre longue séparation. Malgré tout, je dois dire que cette attention soutenue de la part de votre femme a intrigué certains villageois.

Brida releva vivement la tête et surprit le regard stupéfait de Sir Thomas.

— Je n'en doute pas. Ma « femme » est de toute évidence une perle rare et possède de nombreuses qualités.

— Ce n'était vraiment rien ! protesta Brida.

De peur qu'il dévoile l'étendue de leur mensonge, elle lui adressa un regard implorant.

— Elle dit que ce n'était rien ! reprit Cerwen en secouant la tête. Vous avez peut-être été obligée de vivre seule pendant un long moment, Brida, mais il est inutile de jouer les jouvencelles avec moi.

— En effet : c'est parfaitement inutile, ajouta Sir Thomas, les bras croisés. D'autant plus que la Brida que je connais n'est d'habitude pas aussi rougissante…

De toute évidence, cette conversation l'amusait au plus haut point.

Seigneur, cet homme n'avait-il donc aucune honte ?

— Laissez-la tranquille, jeune homme. Nous aimons tous beaucoup votre épouse, ici, à Kinnerton.

La vieille femme sourit à Brida, puis se tourna de nouveau vers le chevalier installé dans le lit.

— Je vous conseille d'agir en mari convenable, à présent.

— Ne vous inquiétez pas. Il y a bien des choses que j'ai l'intention de faire *convenablement*, cette fois…

— Il se fait tard, n'est-ce pas, Cerwen ? intervint Brida d'une voix trop aiguë, les joues en feu.

Elle était prête à tout pour mettre fin à cette scène embarrassante.

Ciel, faites-la partir !

— Décidément, Tom, vous êtes un vrai farceur, gloussa encore la guérisseuse.

Il haussa les épaules et sourit en passant la main dans ses cheveux blond foncé.

— On ne peut faire autrement, face à deux femmes aussi charmantes, Cerwen.

— Arrêtez ! Vous allez me faire rougir aussi, protesta la vieille femme en lui donnant une tape joueuse sur le bras.

— Si vous voulez connaître la vérité, Brida et moi ne sommes pas vraiment…

Il croisa le regard de Brida, qui le dévisageait, horrifiée.

Ne faites pas cela ! Ne lui dites pas que nous ne sommes pas mariés !

— Brida et vous n'êtes pas vraiment… ? répéta Cerwen, de toute évidence intriguée.

Il pencha la tête sur le côté et adressa un petit sourire à Brida, avant de reprendre :

— Nous n'avons pas vraiment vécu en tant que mari et femme. J'ai dû partir très vite juste après la cérémonie, il y a trois longues et tristes années.

— Oh ! Je l'ignorais ! Pourquoi n'avez-vous jamais rien dit, Brida ? Seigneur, quel malheur…

Visiblement émue, la vieille femme plaqua une main contre sa bouche.

— Oui, en effet. Ma charmante épouse et moi n'avons

pu profiter que de quelques heures de solitude avant mon départ.

Cerwen secoua la tête, l'air compatissant.

— Je suppose que vous avez dû suivre votre seigneur en voyage, comme Brida nous l'a dit.

— C'est cela.

Comme plongée dans une soudaine et profonde réflexion, la guérisseuse fronça les sourcils. Puis elle redressa la tête et sourit.

— Dans ce cas, je sais ce que nous devons faire, et dès ce soir. Il faut que tout le village célèbre votre union !

Quoi ?

Brida crut qu'elle allait défaillir.

— Non, non ! Ce ne sera pas nécessaire ! Après tout, Sir Thomas… Enfin, *Tom*, mon époux…

« Époux » qu'elle aurait étranglé avec joie en cet instant.

—… est encore trop faible.

— Ne dites pas de sottises, ma charmante et douce femme. Je pense au contraire que c'est une excellente idée.

Cerwen se leva d'un bond et frappa dans ses mains, tout excitée.

— Parfait ! Dans ce cas, je vais m'atteler aux préparatifs. Restez là et prenez le temps de discuter avec votre mari, Brida. Je m'occupe de tout. Vous verrez que le village de Kinnerton est capable d'accueillir votre jeune couple comme il se doit.

Riant comme une jeune fille, elle quitta la maison sans attendre de réponse.

Brida la regarda partir, éberluée. Que venait-il de se passer ? Allaient-ils réellement participer à une fête improvisée pour célébrer leur mariage imaginaire ?

— Je sais exactement à quoi vous pensez, demoiselle Brida, dit soudain Tom dans son dos. Et, franchement, je n'attends aucun remerciement.

Le remercier ? Lui ?

Elle se retourna lentement, les poings serrés.

— Croyez-vous réellement mériter ma gratitude ?

Il haussa les épaules.

— Oui, mais je suis prêt à admettre que c'était le moins que je puisse faire pour vous récompenser de vos attentions après mon arrivée inattendue et de ces journées de convalescence pendant lesquelles je vous ai privée de votre lit.

Elle ferma les yeux et soupira, tremblante.

— Qu'allons-nous faire ?

— Il me semble que vous n'avez que deux options. Soit vous acceptez de participer à cette célébration à mes côtés, en tant qu'épouse – bien que les raisons qui vous ont poussée à mentir à tous ces braves gens m'échappent complètement…

— Ne vous préoccupez pas de cela, coupa-t-elle en se massant les tempes. Quelle est l'autre option ?

— Leur dire toute la vérité.

Seigneur !

Non, elle ne pouvait pas faire cela.

Comment pourrait-elle marcher la tête haute parmi eux, si ses voisins découvraient que cet homme n'était pas son mari ? Pire, qu'elle n'avait jamais été liée à qui que ce soit ?

Devait-elle leur dire qu'elle comptait rester fille et qu'elle leur avait menti pour préserver sa tranquillité ?

On lui poserait des questions concernant son célibat, et elle n'oserait jamais y répondre !

Elle *devait* rester seule. Pour toujours. À cause de ce qui était arrivé à sa famille en Irlande. À cause d'une malédiction et d'une effroyable prophétie. Et, surtout, parce que tout cela avait été sa faute.

Se sentant prise au piège, elle inspira profondément.

— Dans ce cas, et si vous vous sentez de taille, je

pense que nous devrions nous préparer pour ce soir, Sir Thomas, répondit-elle.

Il lui sourit de son air tranquille.

— Je suis certain d'être assez fort pour cela…, ma chère épouse.

Chapitre 4

Les festivités du soir furent animées et bruyantes. On avait installé des tréteaux sur la place du village et disposé les tables en carré, laissant un espace libre au milieu. Un patchwork de nappes dépareillées égayait le décor. Tous les habitants avaient mis leurs réserves de vivres et de bière en commun pour nourrir la compagnie – un geste touchant qui émut beaucoup Brida. Ces gens merveilleux ne cesseraient jamais de l'étonner par leur générosité et leur bonté... Cela ne fit qu'accroître sa culpabilité et ses remords à la pensée qu'elle leur mentait depuis le premier jour. Hélas, que pouvait-elle y faire ?

L'apparition soudaine de Thomas Lovent, blessé et fiévreux, avait donné corps à son mythe de l'époux disparu. Certes, c'était un don inattendu du destin, mais elle l'acceptait de bonne grâce car la présence du chevalier l'aidait à asseoir son récit. Une fois cette soirée terminée, quand Sir Thomas aurait quitté Kinnerton, elle pourrait reprendre le cours de sa vie sans que personne ne remette en doute ses affirmations. Tout le monde serait certain qu'elle était mariée et les hommes la laisseraient en paix. Et plus vite son prétendu époux s'en irait, mieux cela vaudrait. Malgré tout, elle se sentait anxieuse, mal à l'aise, ce soir. Pourquoi ? Sans doute parce que l'affaire, devenue publique, attirait toute l'attention sur elle. Quoi qu'il en soit, elle allait devoir faire bonne figure jusqu'à la fin des célébrations. Elle n'avait pas le choix.

On l'installa à côté de Tom, au milieu de l'assemblée. Son « époux » n'eut aucun mal à charmer les habitants de Kinnerton par ses plaisanteries et ses sourires. Brida avait peine à croire qu'il se remettait à peine d'une grave blessure. Il semblait passer un très bon moment et était aussi joyeux que les autres convives.

Il se lança dans un récit embelli de ses nombreuses aventures, et elle fut bientôt aussi captivée que les autres. Du moins jusqu'à ce qu'elle se souvienne que tout cela était absurde. Sir Thomas Lovent, si loquace et mutin, avait toujours aimé se trouver au centre de l'attention et amuser son public par tous les moyens imaginables. Alors qu'il achevait son dernier conte de chevalerie avec tant de panache qu'il fut acclamé à grands cris, elle retint un soupir et s'efforça de sourire.

Enfin, à son grand soulagement, les villageois commencèrent à discuter entre eux. Thomas se pencha vers elle pour repousser son voile léger sur son épaule.

— Voyons, demoiselle Brida, murmura-t-il à son oreille. Vous pourriez au moins faire semblant de passer un bon moment.

— Est-ce vraiment nécessaire ? Vous semblez bien assez enjoué pour nous deux.

Il lui prit la main et lui caressa les doigts avec douceur.

— Il le faut bien, n'est-ce pas ? À vous voir ainsi, on dirait que vous venez de faire appeler le forgeron pour qu'il vous arrache une mauvaise dent…

— Tout n'est donc que plaisanterie, pour vous ?

— Oh ! je ne plaisante pas, ma chère et rougissante épouse !

Son regard brûlant fit s'agiter une nuée de papillons au creux de l'estomac de Brida. Elle se détourna et s'écarta un peu sur le banc. Il ne faisait tout cela que pour vendre leur mensonge aux villageois, se rappela-t-elle.

— N'oublions pas non plus que *vous* avez inventé cette histoire de mariage, Brida, reprit-il. Je n'ai fait que suivre votre exemple.

— Et je vous en suis très reconnaissante.

— C'est bien le moins que je pouvais faire, pour vous remercier de vos soins attentifs.

Il se pencha un peu plus et lui adressa un sourire entendu.

— J'obéis docilement à vos ordres en jouant le rôle de votre époux amoureux.

— Bien sûr. J'ai conscience que tout cela ne vise qu'à sauver les apparences, Sir Thomas.

Elle tenta de dégager sa main, mais il la retint fermement.

— Peut-être poussez-vous la comédie un peu loin…

— Oh non, pas encore ! dit-il en déposant un baiser sur la peau frémissante de son poignet. Ces bonnes gens nous croient mariés, et nous devons leur donner ce qu'ils attendent.

— J'en ai bien conscience, Sir Thomas.

— Et ils pensent que nous avons été cruellement séparés pendant trois ans.

Brida n'était pas certaine d'apprécier la tournure que prenait leur conversation.

— Que voulez-vous dire ?

— Franchement, vous me stupéfiez !

Il retourna sa main et lui embrassa longuement la paume.

— Il me semble que je suis arrivé ici à point nommé, en dépit de ma blessure.

— Je ne vois absolument pas où vous voulez en venir.

— Vraiment ? fit-il avec un sourire mutin. Tout cela me pousse à m'interroger sur cette histoire de mariage que vous avez inventée, bien que je sois flatté d'y occuper la première place.

— Oh oui, j'en suis certaine !

Elle parvint enfin à lui arracher sa main.

— Et quelles questions vous hantent donc, Sir Thomas ?

— Pourquoi avez-vous menti à vos voisins pendant trois ans, Brida ? J'imagine que vous avez également réussi à obtenir la complicité de Ralph et Gwen dans cette affaire…

Il examina un instant ses ongles avant de poser de nouveau sur elle son regard si pénétrant.

— Ce prétendu mariage justifie certes mon arrivée au village et ma convalescence sous votre toit, mais j'avoue que ce n'est pas ce que j'avais imaginé pour expliquer ma venue. Néanmoins, malgré la sottise d'une telle histoire, je pourrais vous en remercier. Après tout, nous ne sommes pas parents et il aurait été indécent de me saisit un morceau de pain qu'il mâcha pensivement.

— Vous savez, Brida, nous ressemblons de plus en plus à un vieux couple. Voilà que vous me réprimandez en public…

— Il faut croire que vous avez cet effet sur moi.

— Mille pardons, demoiselle. Je n'avais pas l'intention de vous contrarier.

— Vraiment ?

Elle lui arracha le pain des mains et mordit dedans.

— Vous m'étonnez.

Il rit de plus belle.

— Vous savez pourtant que vous pouvez tout me confier, dit-il dans un murmure, comme un conspirateur.

— Suis-je sotte… J'ignorais me trouver au confessionnal !

— Et pourquoi pas ? Vous pourriez faire semblant.

Seigneur, pourquoi cet homme devait-il lire en elle avec autant de facilité chaque fois que leurs chemins se croisaient ?

— Je ne préfère pas.

— Comme vous voulez, répondit-il en chassant quelques

miettes de sa manche. Mais je vous préviens, belle demoiselle : je découvrirai vos secrets.

En espérant que cela lui donnerait un air nonchalant, elle haussa les épaules.

— Vous semblez croire que cette histoire est beaucoup plus intéressante qu'elle ne l'est en réalité, Sir Thomas. Et pour ce qui est des secrets, si vous me révélez les vôtres, je pourrai peut-être envisager de vous dévoiler les miens.

— Et que suis-je censé vous avoir caché ?

— Voyons voir...

Elle se tapota le menton.

— Que vous est-il arrivé, sur la route de Kinnerton ? Qui vous a attaqué et qui fuyiez-vous avec tant de hâte ?

Une expression de malaise passa fugitivement sur le visage du chevalier, mais il retrouva bien vite sa légèreté coutumière.

— Vous pensez donc que j'étais poursuivi par une bande de criminels, bien décidés à assassiner un brave, courtois et – dois-je le dire ? – héroïque guerrier au service du royaume...

Un doute assaillit Brida. N'avait-elle fait qu'imaginer tout cela ?

— Je sais en quelle haute estime vous vous tenez, répondit-elle, mais je crains que la vérité soit bien plus prosaïque. À mon avis, votre poursuivant ne devait être qu'un époux trompé et en colère.

Le petit gloussement de Sir Thomas résonna en elle et la poussa à sourire en retour. Il avait un rire agréable, il fallait bien l'admettre...

— Non, répondit-il en buvant une gorgée de bière avant de s'essuyer la bouche d'un revers de la main, mais je salue votre imagination. Vous semblez douée pour inventer des histoires, je le reconnais.

— Quoi qu'il en soit, monsieur, je découvrirai la vérité

tôt ou tard. Je n'aurai de repos qu'après vous avoir percé à jour. C'est donc *vous* qui êtes prévenu.

Il fronça les sourcils, puis sourit de nouveau comme s'il était l'homme le plus insouciant du monde.

— Quelqu'un vous a-t-il déjà dit à quel point vous êtes unique, Brida ?

— Non. Vous êtes le premier.

— Ah, quel bonheur de l'entendre de vos lèvres ! Je n'aurais pu trouver d'épouse plus délicieuse.

— Cessez immédiatement, ou mon bonheur incommensurable risque de m'étouffer, répliqua-t-elle avec cynisme.

— Je pourrai toujours tenter de vous rendre heureuse par d'autres moyens, si vous préférez.

Brida savait bien qu'il cherchait juste à la provoquer, mais… Seigneur ! Cet homme n'avait aucune limite ! Sans cela, il n'aurait jamais osé lui tenir un tel langage.

— J'en doute fort, Sir Thomas.

Ciel…

Elle regretta immédiatement ces derniers mots, qui allumèrent une étincelle brûlante au fond des yeux de son compagnon. À croire qu'il savait qu'elle tentait d'étouffer son trouble.

— Est-ce un défi, Brida ? lança-t-il d'une voix sensuelle. Nous pourrions mettre vos certitudes à l'épreuve.

Parlait-il de *la* nuit ? Cette nuit enfiévrée, trois ans plus tôt, lorsqu'elle avait perdu le contrôle et l'avait embrassé avec passion. Lorsqu'elle avait cédé à l'envie de découvrir le plaisir charnel – et pas avec n'importe qui : avec Thomas Lovent, qui l'exaspérait presque autant qu'il éveillait en elle un désir indécent. Elle avait pourtant tout fait pour refouler ce souvenir au plus profond d'elle et ne plus jamais commettre une telle erreur.

— Vous vous oubliez, monsieur, lâcha-t-elle, mal à l'aise.

— Vous croyez ? Eh bien, veuillez m'excuser.

— Oui, je le crois, reprit-elle plus froidement. Dois-je vous rappeler, mon absurde et ridicule « époux », que la raison de ce festin est votre arrivée et nos joyeuses retrouvailles après trois années de séparation ? Aux yeux de tous, je suis *déjà* heureuse.

— Comment pourrais-je l'ignorer ? dit-il avec un grand sourire moqueur. Mais vous savez très bien que je ne parlais pas de cela.

Ses prunelles pétillaient dans la lumière des torches.

— Ce que je sais, moi, c'est que nous faisons *semblant* d'être mariés. Rien de plus, siffla-t-elle, assez bas pour que personne d'autre ne les entende.

— Dans ce cas, nous devrions essayer d'offrir un meilleur spectacle à ces braves gens, ma chère épouse.

— Rappelez-moi quand vous envisagez de quitter Kinnerton ?

— Ne me dites pas que mon départ vous remplit déjà d'effroi, ô délicieuse épouse !

— Au moins autant que la perspective de me faire arracher une dent par le forgeron, ô déplorable mari !

Il coupa une pomme en deux et lui en tendit la moitié avant de mordre goulûment dans la sienne.

— Dans ce cas, vous serez soulagée d'apprendre que je partirai dès demain.

Elle grignota le fruit du bout des dents et acquiesça.

— En effet, monsieur : c'est une bonne nouvelle.

— Et puisque nous sommes lancés sur ce sujet, je pense qu'il est temps pour moi de prendre mon rôle de mari au sérieux.

Il lui pinça le menton d'un air joueur avant d'élever la voix.

— Bonnes gens de Kinnerton, j'aimerais vous parler !

Tom tapota son gobelet avec la lame de son couteau, attendant le silence. Enfin, lorsque tous les regards furent tournés vers eux, il prit la main de Brida – qui la lui abandonna, heureusement – et se leva avec elle. Elle lui adressa un regard perplexe, presque soupçonneux, mais ne dit rien. Il lui fit un clin d'œil, se tourna vers les villageois attentifs et s'éclaircit la voix.

— Je tiens à vous remercier pour cette charmante soirée et pour votre accueil chaleureux. Plus important encore, je vous suis reconnaissant d'avoir permis à ma douce épouse Brida de s'installer parmi vous, à Kinnerton. Vous lui avez offert votre amitié et votre soutien en mon absence.

Levant son gobelet, il passa un bras autour de la taille de Brida pour l'attirer plus près de lui.

— Je propose donc un toast… À ma radieuse et tendre Brida !

Il dut ravaler un sourire en la sentant se raidir contre lui. Percevoir la chaleur de son corps malgré les épais vêtements qu'elle portait le troublait, mais il appréciait la finesse de sa taille sous ses doigts. Un éclair de plaisir inattendu le traversa que, bien sûr, il ignora. Il n'aurait pas été sage d'y céder.

Tous les villageois levèrent à leur tour leurs gobelets et répétèrent en chœur :

— À Brida !

Elle sourit, les joues rouges, et hocha la tête en signe de remerciement.

Tom s'adressa de nouveau à l'assemblée :

— Et à vous tous, gens de Kinnerton !

Il but une longue gorgée avant de lancer avec enthousiasme :

— Maintenant, festoyons jusqu'à plus soif !

Cette invitation lui valut évidemment un tonnerre d'applaudissements.

La soirée se poursuivit tard dans la nuit. L'alcool coula à flots. On débonda de nombreux tonneaux de bière, de cidre local et, plus les inhibitions tombaient, plus la fête devenait animée et bruyante. La musique s'élevait dans l'air frais, sous les étoiles, enchaînant douces ballades, gigues enlevées et danses paysannes.

Tous ses sens en alerte, Tom veilla cependant à garder la tête froide. Pourquoi donc avait-il accepté de rester ici, ce soir, et d'assister à cette célébration ridicule ? Il aurait mieux fait de reprendre sa route au plus vite. Après tout, sa mission était de la plus haute importance : Hubert de Burgh *devait* recevoir le message de l'homme assassiné.

Plus tôt dans la journée, il avait pu examiner le contenu de la bourse pour la première fois. Hélas, il n'avait pu tirer grand-chose du fragment de parchemin recouvert de notes codées griffonnées à la hâte qu'il y avait découvert. Ce message s'accompagnait de quelques luxueuses pièces d'échecs en os de baleine et d'une bague d'or portant un blason qu'il ne connaissait pas. L'homme qui lui avait confié cette bourse avait-il été un autre agent au service de son maître ? Après tout, de Burgh insistait pour que, par mesure de prudence, ses hommes ne se croisent jamais. D'un autre côté, cet étranger avait clairement cherché à le contacter, *lui*. Pourquoi ? Toute cette histoire devenait de plus en plus mystérieuse, et plus vite il quitterait Kinnerton pour rejoindre la cour de Llewelyn mieux cela vaudrait.

Il se sentait néanmoins obligé d'apporter son aide à Brida O'Conaill pour lui permettre de maintenir les apparences d'un faux mariage entre eux – même si cela le mettait un peu mal à l'aise. Il savait bien comment marchait le monde. Il n'avait pas été prudent de la part d'une femme sensée et fière comme Brida de l'accepter sous son toit et de le soigner de ses propres mains, même s'il lui était reconnaissant de l'avoir fait. Après tout, si les villageois apprenaient qu'ils n'étaient pas mariés, pas même parents, Brida se trouverait dans une position très délicate. Elle perdrait le respect de ses voisins et sa place parmi eux. Son amitié avec la châtelaine n'y changerait rien : on la rejetterait comme une fille légère.

Une chose le préoccupait encore. Il semblait que Brida ait usé de ce mensonge avant même son arrivée. S'il avait d'abord cru qu'elle avait inventé cette histoire pour justifier sa présence chez elle, il avait vite compris que ce n'était pas le cas. Tous les villageois parlaient de cet époux disparu qu'elle prétendait avoir et dont elle avait conté les exploits pendant trois ans.

Pourquoi ?

Il tenait, bien plus qu'il n'osait l'admettre, à découvrir ce qui se cachait sous cette farce hasardeuse. Les gens de Kinnerton n'étaient-ils pas destinés à apprendre la vérité, tôt ou tard ? Se pouvait-il que Brida ait rencontré un homme qu'elle aurait voulu épouser ? Avait-elle imaginé ce mariage inexistant parce que l'union n'avait pas eu lieu ? Bien sûr, il n'aurait pas dû s'intéresser d'aussi près à la vie de cette femme. Elle n'apportait que des ennuis, et il avait déjà bien assez de soucis sans en rajouter. Mais… Il y avait quelque chose, chez elle. Quelque chose d'intangible qui ne cessait de l'intriguer. Cela avait commencé trois ans plus tôt, lorsqu'ils s'étaient rencontrés dans des circonstances bien différentes.

Ils avaient tous deux assisté à un grand tournoi royal dans le but d'aider leurs amis respectifs et avaient joué un rôle important dans leur relation pour leur permettre de se retrouver. Cela avait marché : Gwen et Ralph avaient surmonté leurs différends pour s'abandonner à leur amour. Durant tout ce temps, Tom et Brida s'étaient souvent retrouvés en tête à tête, et elle n'avait pas caché son déplaisir. Elle ne l'appréciait pas et le traitait avec dédain – un comportement aussi injuste que blessant.

C'était d'ailleurs la chose qu'il comprenait le moins chez elle. Qu'avait-il bien pu faire pour s'attirer son hostilité ? Il n'était peut-être pas l'homme le plus humble du monde, car il savait parfaitement quel effet il faisait aux femmes ; mais il n'avait jamais eu le moindre geste déplacé à l'égard de Brida. Malgré cela, dès le premier instant, elle avait paru décidée à le repousser. Un rejet qui l'avait incité à la provoquer davantage… Il n'aurait pas dû céder à cette impulsion, mais il avait été incapable de s'en empêcher. Plus elle se montrait irritable et froide, plus il avait envie de la choquer…

Il la chercha des yeux parmi la foule en liesse qui occupait encore la place et, soudain, leurs regards se croisèrent.

Brida O'Conaill était une femme exceptionnellement belle, avec ses yeux bleus pétillants, ses lèvres charnues, ses longs cheveux bruns et sa silhouette sensuelle – sur laquelle il ferait bien de ne pas trop s'attarder. Sans ce caractère si revêche, elle aurait été encore plus séduisante. Néanmoins, il devait bien admettre qu'il appréciait ses reparties cinglantes. Cette vivacité d'esprit et ce tempérament de feu étaient plutôt divertissants, tant que l'on prenait soin de ne pas s'y brûler.

— Ah ! s'exclama-t-il en s'approchant. Voilà mon adorable épouse !

Brida était entourée par quelques villageois, qui s'écartèrent pour le laisser passer et se camper près d'elle.

— Mon époux…, murmura-t-elle. J'espère que vous vous portez bien.

— Très bien. Cette soirée a été des plus agréables, n'est-ce pas ?

Il lui prit la main, la porta à ses lèvres puis déclara :

— Je pense néanmoins qu'il est temps pour nous d'aller nous coucher…

Le groupe se fendit de rires et d'allusions salaces.

Tom l'entendit prendre une brusque inspiration. Les lèvres pincées, elle lui lança un regard exaspéré.

Il avait peut-être été imprudent de prononcer ces paroles suggestives en public, mais cela leur permettrait au moins de quitter la fête sans éveiller les soupçons. Il devait absolument partir dès le lendemain, et il était déjà bien tard. En d'autres circonstances, il aurait volontiers couché Brida dans son lit, ne serait-ce que pour effacer ce perpétuel froncement de sourcils, mais… Bon sang ! Ne voyait-elle donc pas qu'il essayait simplement de rendre leur mensonge plus crédible ?

— Oui, emmenez vite votre femme chez vous, Tom ! lança en riant Cerwen, la vieille guérisseuse. Votre absence a été si longue… Pensez-vous que vous saurez encore comment faire ?

Cette remarque provoqua de nouveaux éclats de rire. Brida, elle, ne parut pas partager la liesse générale. Au contraire, ses joues s'embrasèrent.

— Nous devons leur offrir une digne cérémonie du coucher ! s'exclama un homme.

— *Quoi ?* fit Brida, horrifiée. Non ! C'est inutile !

— Quelle bonne idée ! renchérit un autre villageois sans se soucier de ses protestations. Et c'est on ne peut plus nécessaire, au contraire.

Il était grand temps de mettre fin à cette folie, songea Tom.

— Non, je ne pense pas, dit-il donc avec fermeté.

Sans laisser aux autres le loisir d'insister, il souleva Brida dans ses bras et prit le chemin de sa maison.

— Et, dame Cerwen, si jamais vous me pincez les

fesses une fois de plus, ajouta-t-il par-dessus son épaule, je vous garantis que vous le paierez cher.

— Promesses, promesses ! cria la vieille femme dans son dos.

— Quelle diablesse…

Il secoua la tête et s'éloigna de la place à grands pas.

— Qu'est-ce que vous faites ? siffla Brida dès qu'ils furent assez loin des autres.

— N'est-ce pas évident, chère damoiselle effarouchée ?

Il lui fit un clin d'œil, non sans remarquer sa moue méprisante.

— Je tiens à respecter les traditions et à vous porter pour passer le seuil de notre demeure.

— Tout cela est charmant, mais vous pouvez me reposer, maintenant, Sir Thomas.

— Patience, Brida… Je ne fais que sauver les apparences, comme vous me l'avez demandé. Je m'attendais à plus de gratitude de votre part.

— Certainement pas !

— Auriez-vous préféré que la moitié de ce fichu village nous escorte et nous inflige une embarrassante cérémonie du coucher ?

Comme elle ne répondait pas, il ajouta :

— C'est bien ce que je pensais.

— Tout cela est humiliant ! Et n'oublions pas non plus que vous avez été sérieusement blessé. Je doute que vous ayez la force de me porter sur tout le chemin.

— C'est bien vrai, ma gracieuse et attentionnée femme. J'ajouterai que vous porter de cette manière n'a rien de gratifiant si vous me réprimandez sans arrêt – sans compter l'état pitoyable de mes muscles affaiblis…

— Toutes mes excuses. Je ne savais pas que je devais vous remercier pour votre peine, lâcha-t-elle en levant les yeux au ciel. D'un autre côté, je ne pensais pas que vous alliez me porter.

— Non, ne me remerciez pas, ma chère épouse. Je ne vis que pour vous servir.

— Bien entendu. Et comment comptez-vous faire cela ? En vous servant de vos charmes et de votre galanterie ?

— Exactement.

Il ne put réprimer un gloussement.

— Mais j'avoue que l'entreprise aurait été plus aisée si je vous avais simplement chargée sur mon épaule pour vous emporter comme un sac de grain.

— Oh ! Comment avez-vous su que n'aime rien mieux que d'être comparée à un sac ?

Il lui adressa un clin d'œil amusé.

— Parce que je suis beaucoup plus perspicace que vous le croyez, voyons.

— Naturellement ! Mais je remercie les saints de vous avoir dissuadé de me faire subir une telle humiliation. J'aurais été obligée de vous mordre pour me libérer, et je suis certaine que la scène aurait été du plus mauvais effet devant les autres.

— C'est évident. Je me demande ce que vos voisins auraient pensé d'un tel spectacle.

— Peut-être que cela aurait donné plus de réalité à notre prétendu mariage, tout compte fait.

Il rit de plus belle en ouvrant la porte de la maison d'une poussée du pied.

— Vous êtes un véritable trésor, demoiselle Brida, dit-il en entrant.

— Merci, fit-elle sèchement. Maintenant, j'aimerais que vous me posiez.

— Avec joie.

Il la laissa tomber sur le lit.

— Toutes mes excuses ! Je ne voulais pas vous brusquer en vous lâchant, mais mes forces limitées viennent de m'abandonner…

— Je l'ai bien remarqué.

Il se campa devant elle, les bras croisés.

— Encore une fois, je vous demande pardon. C'est pourtant très étrange de ma part, dit-il sans réprimer un sourire. Nous autres chevaliers ne sommes pas censés montrer une telle faiblesse.

Elle se releva et alla au fond de la pièce pour prendre des couvertures.

— Je vous remercie pour votre performance, ce soir, Sir Thomas. Faire semblant d'être votre épouse pendant quelques heures a été très instructif.

Elle lui tendit les couvertures d'un geste ferme.

— Prenez cela et dormez où vous le souhaitez, tant que ce n'est pas dans mon lit.

— Je n'aurais pas osé.

Elle l'observa d'un air soupçonneux.

— Je suis heureuse de l'apprendre, Sir Thomas. À présent, avec votre permission, je vais me coucher.

— Je n'envisage pas un seul instant de vous priver de votre lit, d'autant que vous me l'avez cédé pendant ma convalescence.

— Bien entendu. Bonne nuit, Sir Thomas.

Elle le salua d'un mouvement de la tête et s'apprêtait à tourner les talons quand il répondit :

— Cependant, si jamais vous aviez besoin d'un corps chaud contre le vôtre, je serai ravi de payer ma dette envers vous en vous rendant ce service.

Elle étouffa un petit cri choqué et le dévisagea un instant d'un air révolté.

— Ce ne sera pas nécessaire, Sir Thomas, répliqua-t-elle avant de disparaître derrière les courtines de son lit.

Tom rit doucement. Il étala ensuite les couvertures par

terre pour se préparer une couchette improvisée et s'allongea, laissant son regard se perdre sur les poutres du plafond.

— Brida ? lança-t-il à mi-voix sans savoir si elle allait lui répondre.

— Oui ?

— Je plaisantais, tout à l'heure. Vous le savez, n'est-ce pas ?

— Bien sûr. Plaisanter est ce que vous faites de mieux, répondit-elle depuis son lit.

— En effet.

Il sourit pour lui-même et cala ses mains derrière sa nuque.

La présence de cette femme, de l'autre côté des courtines, le hantait. Son esprit l'entraîna sur des sentiers qu'il n'aurait certainement pas dû emprunter, lui faisant imaginer la coupe de la chemise qu'elle portait pour dormir, ou la cascade brune qui devait recouvrir son dos, une fois sa chevelure libérée de ses rubans et de son voile. Cette simple image lui échauffa le sang.

Comment pouvait-il nourrir des pensées aussi inconvenantes vis-à-vis de la demoiselle qui l'avait aidé quand il en avait eu le plus besoin ?

Il ferma les yeux et déglutit péniblement, un peu gêné.

— N'oubliez pas non plus que je m'en vais demain. Vous n'aurez plus à vous soucier de mon bien-être, de ma santé… ou de mes forces déclinantes.

— C'est un soulagement, assura-t-elle.

— Je vous crois.

De nouveau, il sourit dans l'obscurité.

— Eh bien, bonne nuit, ma fière et rougissante épouse. Essayez de ne pas rêver de moi !

— Je ferai de mon mieux, troublant et insupportable époux.

Chapitre 5

Brida ouvrit les yeux et étouffa un bâillement dans sa main. Elle demeura quelques instants immobile dans son lit, se souvenant soudain que Thomas Lovent venait de passer la nuit chez elle, dans la même pièce qu'elle, sans même avoir l'excuse de sa blessure ou de sa fièvre pour justifier sa présence.

Peu à peu, les images de la veille lui revenaient. Mortifiée, elle se revit dans ses bras tandis qu'il la ramenait à sa chaumière. Elle s'était même couverte de ridicule en laissant entendre qu'il pouvait ne pas être assez fort pour la porter jusque chez elle… C'était d'autant plus absurde qu'il l'avait soulevée de terre comme si elle ne pesait rien, sans se soucier de ses protestations. Il n'était pas étonnant qu'un tel guerrier parvienne si aisément à rire de lui-même. Néanmoins, elle n'avait pas souvent croisé le chemin de personnes – encore moins d'hommes – capables de voir le monde et eux-mêmes avec autant d'humour, de légèreté.

Ne prenait-il donc rien au sérieux ?

Ne s'inquiétait-il de rien ? N'avait-il jamais peur ? N'avait-il réellement aucun souci, comme il se plaisait à le faire croire ? Elle aurait presque pu le penser, tant il savait l'exaspérer, et pourtant… Pourtant, Thomas Lovent était arrivé chez elle blessé ; et il paraissait étrangement réticent à l'idée de lui raconter sa mésaventure. Pour changer de sujet, il s'était mis à plaisanter, comme il le faisait toujours. Malheureusement pour lui, cela n'avait fait qu'attiser un peu plus sa curiosité, et des dizaines de questions se pressaient dans sa tête.

Non qu'elle eût la moindre raison de s'intéresser à Sir Thomas ou à sa vie. À la vérité, elle en savait très peu à son sujet. Leurs contacts se résumaient à quelques rencontres lors du tournoi royal, trois ans plus tôt, et à ces derniers jours, après son retour inattendu. À chacune de ces occasions, leurs rapports avaient été les mêmes : quelques plaisanteries de façade et peu de confidences sincères.

Pourtant, ils avaient partagé un moment précieux, le soir du mariage de Gwen. Sous les étoiles, dans la cour du château, Sir Thomas avait ôté son masque pendant quelques minutes, dévoilant le visage d'un homme pensif, mélancolique et assez sombre…

Elle soupira, repoussa les couvertures et s'assit au bord du lit. Le froid du sol sous ses pieds la fit frissonner. Elle prit une profonde inspiration, chassa l'excitation qui commençait à bouillonner en elle, et écarta la lourde courtine qui protégeait son lit. Son regard parcourut la pièce vide, et elle fut envahie par une profonde déception. Une fois de plus, Thomas Lovent était parti dès l'aube, sans même attendre qu'elle soit levée pour lui faire ses adieux.

Aucune importance. Pourquoi se mettait-elle dans un état pareil ? Ils avaient discuté la veille et il lui avait bien fait comprendre qu'il ne s'attarderait pas plus que nécessaire sous son toit. Au moins, cette fois, ils se quittaient en bons termes – détail lui aussi sans importance, bien sûr.

Traversant la pièce, elle se pencha sur la vasque posée sur son coffre de bois et entreprit de s'asperger d'eau fraîche, dans laquelle elle laissait toujours infuser quelques pétales de roses pendant la nuit. Elle se changea rapidement, se coiffa et tressa ses longs cheveux bruns avant de se masser les tempes en soupirant. Au même instant, le loquet de la porte se souleva et Thomas apparut sur le seuil. Stupéfaite, elle fit volte-face et le dévisagea sans comprendre.

— Bonjour ! lança-t-il. Je vous ai apporté quelques provisions avant de reprendre la route. J'ai des pains encore chauds et…

Il s'interrompit, les sourcils froncés.

— Est-ce que tout va bien, Brida ?

— Non… Je veux dire : oui, bien sûr.

Gênée, elle se dandina un instant d'un pied sur l'autre.

— Pourquoi y aurait-il un problème ? demanda-t-elle.

Il prit un air étonné.

— Oui, pourquoi ? Bref, prenez ceci, dit-il en lui tendant un petit panier. Nous pouvons déjeuner ensemble, si vous le souhaitez.

— Merci.

Heureuse d'avoir quelques secondes pour calmer les battements de son cœur et retrouver une contenance, elle saisit le panier de provisions et alla le déposer sur la table qui se trouvait dans l'un des coins de la pièce.

— Je vous croyais parti, lâcha-t-elle.

— Ah, je comprends mieux pourquoi vous avez paru si choquée en me voyant entrer, dit-il avec un sourire faussement compatissant. Mais je ne pouvais tout de même pas m'en aller sans vous dire au revoir.

— Vous l'avez déjà fait, par le passé.

Consciente du fait que ces derniers mots lui avaient échappé, elle rougit. Seigneur, pourquoi fallait-il toujours qu'elle parle avant de réfléchir ? Un jour, cela finirait par lui attirer des problèmes, comme le lui avait souvent dit sa mère pendant son enfance.

— Vraiment ?

Une étincelle amusée brilla dans les yeux verts de Sir Thomas.

— Quelle erreur de ma part !

Il savait très bien de quoi elle parlait… Si elle avait attendu le moment idéal pour s'excuser de ses paroles trop dures, le soir du mariage de Ralph et Gwen après leur imprudent baiser, c'était maintenant.

— Oui, mais pour être honnête, Sir Thomas, je tiens également à vous dire quelque chose au sujet de cette regrettable soirée, il y a trois ans.

N'osant pas immédiatement chercher son regard, elle serra nerveusement ses mains l'une contre l'autre. Quand elle en eut enfin le courage, les mots qu'elle avait souvent répétés dans sa tête jaillirent très vite :

— Je voulais m'excuser pour les horreurs que j'ai proférées à votre encontre. Je l'aurais fait dès le lendemain, croyez-moi, mais je n'en ai pas eu l'occasion. Mon comportement a été impardonnable.

— N'y pensez plus, Brida. J'insiste, dit-il en balayant ses remords d'un geste. J'ai déjà essuyé des insultes bien pires, dans ma vie. De plus, tout cela s'est passé il y a longtemps et je n'y ai jamais vraiment repensé.

Peut-être, mais en trois ans il n'était pas revenu une seule fois à Kinnerton…

— Quoi qu'il en soit, je suis heureuse d'avoir enfin l'occasion de vous présenter mes excuses. Les accepterez-vous ?

Il fronça les sourcils et la dévisagea intensément. Une émotion qu'elle ne sut interpréter passa fugitivement dans son regard, puis disparut sans laisser la moindre trace.

— Oui, je les accepte, murmura-t-il. Et en retour, je tiens à vous remercier pour tout ce que vous avez fait, ces derniers jours. Je n'ose pas penser à ce qui me serait arrivé, si vous n'aviez pas été là pour me soigner.

Elle haussa les épaules.

— Finalement, votre présence m'a été très utile. Tout

Kinnerton est désormais convaincu que vous êtes mon mari, ce qui me facilitera la vie, à l'avenir.

— Ravi d'avoir pu vous rendre service, dit-il avec douceur.

Son air amusé disparut sous un masque plus grave qu'elle préféra ne pas trop remarquer.

— Bien, fit-elle en lui tendant la main, pour apaiser la tension qui montait dans la pièce. Dans ce cas, pouvons-nous dire que nous nous quittons amis ?

Il contempla sa main offerte pendant quelques secondes avant de la serrer entre les siennes.

— Oui. Nous le pouvons.

Un profond silence s'installa entre eux, tandis qu'ils baissaient tous les deux les yeux sur leurs mains entrelacées, aussi surpris l'un que l'autre. L'air dans la pièce se fit plus immobile, presque palpable. Lentement, très lentement, Thomas l'attira à lui. Elle n'avait été aussi proche de lui qu'une seule fois depuis leur rencontre. Elle contempla longuement son torse musclé avant de relever la tête, puis de la baisser. Elle ne devait pas le regarder. Elle ne le supporterait pas. Déjà, elle sentait sur elle le poids de son attention et elle ne voulait pas y céder. Dans un effort de volonté, elle parvint à s'arracher à lui, recula et laissa ses bras pendre le long de son corps.

— J'en suis très heureuse, Sir Thomas, parvint-elle à dire avant de se forcer à sourire. Je suis aussi soulagée que nous ayons réussi à passer ces derniers jours en tête à tête sans nous écharper mutuellement.

— Moi aussi, bien que j'aie plusieurs fois senti le danger peser sur moi…

Surprise, elle le dévisagea. Il avait retrouvé le sourire et semblait prêt à oublier cet instant de trouble, comme si rien ne s'était passé.

Dieu merci…

Elle préférait largement se réfugier dans une confortable camaraderie. Et, de toute manière, cet homme allait bientôt quitter sa vie pour de bon. Elle n'aurait plus à se soucier de lui.

— Puis-je vous proposer un peu de pain ? dit-il en coupant une tranche d'une petite miche dorée et en l'arrosant de miel. Ne vous inquiétez pas, demoiselle Brida. Votre secret sera bien gardé.

— Mon secret ? demanda-t-elle, surprise. Pensez-vous réellement m'avoir percée à jour ?

— Voyons, admettez-le ! Entre nous, nous pouvons tout nous dire… Je vais vous manquer, n'est-ce pas ?

Il lui adressa un clin d'œil, coupa une autre tranche de pain et mordit dedans avec appétit.

Pour une fois, Brida fut soulagée d'entendre ses provocations. Cela lui donnait un peu de temps pour reprendre le contrôle de ses émotions. Cette joute verbale plaisante était un terrain plus sûr pour eux deux. Au moins, ils en avaient l'habitude.

— Oh oui, répondit-elle en entamant à son tour le pain qu'il lui avait offert. Vous me manquerez autant qu'une invasion de grenouilles, de mouches, de sauterelles ou n'importe laquelle des plaies du Seigneur.

Il sourit de plus belle et plaqua une main contre son cœur.

— Ma chère Brida, je ne savais pas que vous teniez tant à moi !

— Ce n'est pas le cas.

— Quoi qu'il en soit, je faisais aussi référence à un autre secret que vous gardez jalousement, ou plutôt à un talent caché que je n'aurais pas imaginé.

Il indiqua d'un mouvement de tête le luth calé contre un mur, à l'autre bout de la pièce, à l'abri des regards indiscrets. De manière générale, personne n'y faisait attention.

— Ce n'est rien ! dit-elle, sur la défensive. Cet instrument appartenait à mon père.

Pourvu qu'il se contente de cette explication et ne lui demande pas d'autres détails ! Hélas, il s'agissait de Thomas Lovent, un homme doué pour fourrer son nez dans des affaires qui ne le concernaient absolument pas…

— Au contraire, je trouve cela très intéressant. Et charmant, si je puis me permettre.

Il la regardait de nouveau, la tête un peu penchée sur le côté.

— Vous n'en jouez donc pas ?

— Si… Autrefois, quand je vivais encore en Irlande.

Elle se sentait un peu gênée de partager avec cet homme des détails aussi intimes et personnels de sa vie – bien que ce ne fût pas grand-chose. Ce simple aveu suffit à la mettre mal à l'aise, à lui donner l'impression d'être trop exposée. Préférant oublier tout ce qui lui était arrivé dans son autre vie, elle n'avait jamais aimé parler d'elle ou de son passé à qui que ce soit.

— J'avoue que j'aurais eu grand plaisir à vous entendre jouer, reprit-il sur un ton plus charmeur, même si vos talents se sont rouillés au fil des ans.

— Je ne joue plus, répliqua-t-elle sèchement avant de remplir deux chopes de bière.

Elle lui en tendit une.

— Merci.

Il but une gorgée. Puis, loin de se laisser intimider, poursuivit avec insistance :

— Je trouve que c'est bien dommage, vous savez. Et je ne me suis jamais douté que vous pouviez être musicienne.

— Il y a beaucoup de choses que vous ne savez pas à mon sujet, Sir Thomas. Et pour être franche, je pense que certaines de ces choses doivent rester cachées.

— Vous m'en direz tant…

Elle n'eut pas le temps de répondre car Cerwen fit soudain irruption dans la maison, le souffle court.

— Vite ! fit-elle entre deux halètements. Vous devez partir !

— Qu'y a-t-il ? demanda Brida, stupéfaite. Que se passe-t-il, Cerwen ?

— Des hommes viennent d'arriver au village et ils vous recherchent, Tom.

Elle se massa le front et secoua la tête en grimaçant.

— J'ajouterais même qu'ils n'ont pas l'air très amicaux...

En un éclair, Thomas Lovent se mit en mouvement. Oubliés, ses sourires et ses plaisanteries. Son regard était soudain plus grave.

— Il est trop tard pour que je m'en aille, maintenant, dit-il. Je refuse de leur donner une chance de me poursuivre de nouveau.

Il fit les cent pas, pensif, sous le regard ébahi des deux femmes.

— Cerwen, rentrez chez vous et faites comme si tout était normal. Brida, je vous adresse le même conseil. Vous devez agir de la manière la plus innocente possible, toutes les deux. Prions pour que personne ne parle de moi et ne trahisse ma présence ici. Je ne voudrais pas vous mettre en danger.

— Vous ne mettez personne en danger ! protesta Brida. Mais j'espère aussi que les autres sauront tenir leur langue. Il ne faudrait pas que ces hommes apprennent que vous êtes chez moi.

— Je peux vous assurer que les villageois se tairont, mais je ne sais pas comment vont réagir les soldats du château. Vous feriez mieux de filer, reprit la vieille femme avant de tourner les talons et de quitter la chaumière.

Brida se tourna vers Thomas.

— Nous devrions vous cacher, au cas où ces hommes viendraient fouiller la maison…

— Oui.

Il fronça un instant les sourcils, puis lui adressa un rapide sourire.

— Après tout, à force d'esquiver les maris jaloux et trompés, j'ai une longue expérience en la matière.

Elle le dévisagea, bouche bée. Sans plus se soucier d'elle, il regardait autour de lui, en quête d'une cachette. Lui seul pouvait encore plaisanter, dans un moment pareil !

Tom relâcha sa respiration lentement, en faisant de son mieux pour rester le plus silencieux possible. Il n'avait rien d'autre à faire qu'attendre, allongé sous le lit de Brida. Rester à Kinnerton pour l'aider afin de payer sa dette envers elle avait été très imprudent. Sans le vouloir, il avait aggravé une situation déjà délicate. Enfer ! Tous ses efforts l'avaient-ils réellement réduit à cela ? Se cacher chez elle et attirer ainsi le danger sous son toit ?

Soudain, il perçut le bruit qu'il avait tant redouté : des voix étouffées semblaient s'approcher de la demeure. Quand la porte s'ouvrit brusquement, un courant d'air froid s'engouffra dans la pièce, délogeant les joncs étalés au sol, Deux, peut-être trois hommes envahirent l'espace.

Soulevant légèrement la courtine qui masquait le lit, il put voir les pieds bottés des intrus, mais rien de plus. Puis leurs voix puissantes et agressives s'élevèrent, faisant trembler les murs, lorsqu'ils interrogèrent Brida.

Bon sang, les choses allaient de mal en pis !

Et ce n'était certainement pas terminé. Il avait pourtant été persuadé d'avoir enfin semé ses poursuivants, sur la route. Or, ils étaient là, aussi insistants qu'une rage de dents dont on ne peut se débarrasser. Il avait espéré les voir tourner les talons, convaincus d'avoir accompli leur mission, après l'avoir transpercé d'une dague. À présent, il voyait bien que c'était absurde. Ces hommes étaient déterminés. Ils avaient sans doute passé ces derniers jours à explorer tous les fossés à la recherche de son corps. Une partie de son esprit s'était doutée que la fuite ne serait pas si aisée que cela, et il avait ignoré ces avertissements. Diable… Comment avait-il pu croire qu'il avait tout son temps devant lui ?

Il n'avait fait que sous-estimer la situation et aggraver la menace qui pesait sur lui. Encore. Le pire, c'était qu'il avait entraîné une femme innocente dans le piège, cette fois. Une femme qui le bouleversait et qu'il avait failli enlacer peu auparavant. Juste parce qu'elle s'était excusée de l'avoir blessé après leur baiser, le soir du mariage. Une femme qui possédait un instrument magnifique, manifestement l'œuvre d'un artisan de talent, et qui venait de lui avouer en avoir joué, autrefois. Oh oui, elle l'intriguait bien plus qu'elle l'aurait dû…

Qu'est-ce qui ne tournait pas rond, chez lui ? Pourquoi commettait-il toujours tant d'erreurs, quand Brida O'Conaill était près de lui ?

La voix rude de l'un des hommes s'adressant à Brida le tira de ses réflexions.

— Vous prétendez donc ne pas très bien connaître Thomas Lovent ?

— Non, en effet. Je l'ai rencontré il y a trois ans, au mariage de Lord et Lady de Kinnerton.

— Pourtant, d'après ce que nous savons, vous l'avez soigné quand il s'est présenté à votre porte, blessé et fiévreux !

— C'est exact. Comme je vous l'ai dit, je sais qu'il est un ami de Ralph… de Lord de Kinnerton. Je lui ai donc offert l'attention et le respect dus à son rang.

— Je vois. Dans ce cas, pourriez-vous nous expliquer

pourquoi tant de personnes ici pensent que cet homme – un criminel recherché et un meurtrier – serait votre époux ?

Tom entendit Brida étouffer un petit cri.

— Je… Je ne savais pas qu'il était recherché, monsieur. Aucun habitant de Kinnerton ne s'en doutait, sans quoi nous aurions immédiatement prévenu les autorités.

— Vous n'avez pas répondu à la question. Pourquoi vos voisins vous croient-ils mariés ?

— Ils ont dû le supposer en voyant que je le laissais se remettre de ses blessures sous mon toit. De plus, Thomas et moi avons une sorte… d'arrangement.

Qu'est-elle en train de dire ?

— Vraiment ? Quel genre d'arrangement ? demanda l'homme avec plus de douceur.

— Le genre habituel, répondit Brida d'une voix presque sensuelle. Mais Thomas est un menteur. Il est infidèle et m'a grandement manqué de respect, après tout ce que j'ai fait pour lui. Nous nous sommes disputés, comme toujours, et je lui ai ordonné de partir.

— Quoi ? Lovent est parti ?

— Je le crains, oui. Il a quitté le village avant le lever du jour et j'ignore où il est allé.

Jamais Tom n'aurait cru qu'elle pouvait mentir avec une telle facilité.

Et heureusement pour moi ! songea-t-il.

— Vous avez intérêt à me dire la vérité, lâcha l'homme. Car si je découvre que vous m'avez trompé, femme…

— Si vous ne me croyez pas, vous êtes parfaitement libre de fouiller ma maison.

Enfer ! Que faisait-elle ? Elle allait leur causer plus de problèmes que nécessaire !

Tom retint sa respiration quelques instants, puis entendit l'homme répondre :

— Inutile. Je suis désolé de vous avoir dérangée, madame. Nous allons vous laisser en paix.

Hélas, au moment où les intrus s'apprêtaient à franchir le seuil, leur chef se retourna pour faire face de nouveau à Brida.

— Attendez !

Il alla d'un pas vif vers la table.

— On a préparé un déjeuner pour deux, ici. Deux chopes. Deux assiettes. Tout est en double. Pourriez-vous m'expliquer ce que cela signifie, madame ?

Tom se crispa, prêt à intervenir, tandis que les hommes se regroupaient autour de Brida. Il tira sa dague de sa ceinture et rampa jusqu'au bord du lit. Si jamais elle se trouvait en danger – à cause de *lui* ! – il n'hésiterait pas à agir.

Alors qu'il s'apprêtait à passer à l'action, la porte s'ouvrit et quelqu'un entra d'un pas tranquille. Puis, à en croire le silence qui se fit soudain, le nouvel arrivant dut se figer.

— Oh ! Je suis désolée, Brida. Je ne savais pas que vous aviez de la visite.

— Non, entrez, Cerwen. Nous pourrons déjeuner ensemble dans un instant, comme prévu. Ces hommes sont juste venus me demander des informations au sujet de Thomas Lovent et de son récent passage ici.

— Qui sait où cet odieux brigand a bien pu partir ! répondit Cerwen. Si jamais il ose de nouveau se montrer à Kinnerton, le ciel seul sait ce que je lui ferai !

— Pas si je mets la main sur lui en premier, renchérit Brida, de cette voix impérieuse que Tom connaissait déjà si bien.

Il fut envahi par une immense bouffée de gratitude pour ces deux femmes, qui prenaient des risques inconsidérés pour lui.

— Il m'a volé des objets de valeur avant de fuir.

Oh !… Peut-être Brida en faisait-elle un peu trop…

— À moi aussi ! ajouta la vieille femme sur un ton larmoyant et tragique. C'étaient les derniers souvenirs que je possédais de ma pauvre mère.

Oui, vraiment, elles en faisaient trop.

— Ne craignez rien, madame. Nous le retrouverons, promit l'un des hommes avec une intonation menaçante. À présent, nous pourrions peut-être laisser ces braves femmes tranquilles, sergent.

— Oui, répondit le chef. Mais pas avant d'avoir fouillé cette demeure.

Par le Diable !

Il était temps de faire quelque chose.

Le cœur de Brida bondit dans sa poitrine, tandis que les hommes portant les armoiries de l'évêque de Londres ouvraient tous ses coffres. Qu'avait donc fait Thomas Lovent pour être pourchassé ainsi ? Et pourquoi ne l'avait-elle pas interrogé davantage quand il avait repris ses esprits ? De toute évidence, il fuyait la justice après une accusation de meurtre, voire de complot contre la Couronne. Et voilà qu'elle l'aidait, qu'elle entraînait la vieille guérisseuse dans cette affaire – sans avoir la moindre idée de ce qui se passait vraiment !

Au fond d'elle, elle ne croyait pas un mot de ce que ces hommes avaient dit. Thomas Lovent avait bien des défauts, mais il ne semblait pas capable de commettre de telles horreurs. Elle ne le connaissait certes pas depuis longtemps ; néanmoins, il paraissait meilleur que ce qu'elle avait cru lors de leur première rencontre. Et il cachait bien plus de mystères qu'elle l'avait imaginé. Mais conspirer ? Assassiner ? Non, c'était impossible. Sans savoir pourquoi, elle avait confiance en lui et en sa droiture…

Que pouvait-elle faire ? Ces hommes allaient finir par

regarder sous le lit, et alors… Quoi ? Ils le découvriraient forcément, sauraient que Cerwen et elle avaient menti. Que feraient-ils ? Elle eut l'impression de perdre le contrôle de la situation, comme lorsque l'on se trouve piégé dans un cauchemar dont on ne parvient pas à se tirer. Tout cela devenait trop risqué et trop dangereux pour elle ; d'autant plus qu'elle n'avait aucune idée de ce qui se passerait ensuite. Elle se sentait de plus en plus mal à l'aise et angoissée.

— Qu'y a-t-il dans ce coffre, madame ? demanda soudain l'un des hommes.

— Quelques affaires personnelles, c'est tout.

Elle haussa les épaules dans l'espoir de paraître innocente.

— Dans ce cas, pourquoi est-il fermé à clé ?

— Je viens de vous le dire : parce que son contenu est personnel, répliqua-t-elle. Je peux vous l'ouvrir, si vous tenez à l'inspecter.

— Bonne idée. Allez-y.

Les mains tremblantes, Brida se débattit un instant avec son trousseau de clés, tout en surveillant les hommes du coin de l'œil. L'un d'entre eux s'était approché du lit et donnait de petits coups sur le matelas pour vérifier qu'il ne cachait rien.

— Dépêchez-vous, femme. Nous n'avons pas toute la journée devant nous !

— Toutes mes excuses. Je me suis trompée de clé. Voilà.

Elle suivit les gestes de l'autre homme tout en parlant.

— Il est ouvert. Vous pouvez regarder.

Le soldat était à présent à genoux et regardait sous le lit.

Oh ! Marie, sainte mère de Dieu !

Les yeux fermés, Brida retint son souffle. Ils avaient échoué. Dans quelques instants, Thomas serait tiré de sa cachette et traîné au milieu de la pièce. Son cœur battait si fort contre ses côtes qu'elle eut peur de perdre connaissance.

Qu'est-ce que ces hommes allaient faire subir à leur

prisonnier ? Si seulement Ralph avait été là ! Thomas allait avoir besoin d'aide, et personne ne pourrait se porter garant de son honnêteté.

— Sergent, venez voir ! appela l'homme.

Son supérieur lui adressa un coup d'œil irrité avant de le rejoindre et de s'agenouiller à son tour. Il tira son épée de son fourreau et commença à donner de grands coups sous le lit, à l'aveuglette. Mais rien ne se passa et aucun cri ne se fit entendre. Les deux hommes se redressèrent, époussetant leurs braies.

Le chef s'adressa de nouveau à elle.

— On dirait que vous avez un problème, madame.

— Ah bon ?

Elle respirait à peine, sous le regard perçant du soldat.

— Votre matelas est déchiré et la paille s'est étalée sous votre lit.

Non, impossible. Du moins, cela n'avait pas été le cas lorsque Thomas s'était glissé là pour se cacher…

Elle devait réfléchir, et vite, si elle ne voulait pas qu'ils poursuivent leurs recherches.

— Oui, je sais. J'envisageais de le faire raccommoder.

— Je vous le conseille. Ce ne doit pas être facile de dormir sur un matelas dans cet état.

— Vous avez raison, monsieur. C'est très inconfortable.

L'homme hocha la tête.

— Bien. Nous vous avons déjà importunée trop longtemps. Merci de vous être montrée si coopérative.

— J'ai été ravie de pouvoir vous aider, monsieur, répondit-elle avec un sourire poli. Et j'espère que vous retrouverez vite Thomas Lovent.

— Oh oui, n'ayez aucun doute. Nous chercherons ce criminel dans toute la région, s'il le faut. Il n'a pas pu aller bien loin.

Chapitre 6

Les deux femmes attendirent un long moment, sans même oser parler. Enfin, le pas des soldats de l'évêque s'évanouit sur le chemin et Brida relâcha sa respiration. Elle avait l'impression de n'avoir pas senti d'air pénétrer dans ses poumons depuis une éternité. Son cœur battait la chamade, ses paumes étaient moites. Elle les joignit néanmoins pour adresser une prière muette de remerciements au ciel. Une chose la troublait encore, pourtant. Pourquoi ces hommes n'avaient-ils pas découvert Thomas, caché sous le lit ? Bien que tentée d'aller y jeter un coup d'œil, elle patienta encore un peu. Enfin, quand elle fut certaine que les hommes n'avaient pas l'intention de revenir, elle s'agenouilla près du lit et se pencha pour regarder en dessous.

— Vous pouvez sortir, Thomas, murmura-t-elle.

— Enfin ! Dieu merci, lui répondit une voix étouffée. Il devenait très difficile de respirer, là-dedans.

Incapable de discerner autre chose qu'une masse de paille arrachée à son matelas, elle cligna des yeux.

— Où êtes-vous ? Je ne vois rien…

Soudain, il y eut un grand craquement dans le lit et Thomas Lovent tomba de l'intérieur du matelas.

Oh ! Dieu merci !

L'ingéniosité de cet homme était remarquable : il avait

découpé la toile pour se glisser dans la housse à la place de la paille en donnant l'impression que le lit était abîmé.

— Vous avez détruit mon matelas, dit-elle tandis qu'il se levait pour chasser de ses vêtements une couche de poussière et quelques brins de paille.

— Je vous promets de le remplacer dès que j'en aurai terminé avec toute cette histoire.

— Dès que *vous* en aurez terminé. Tous les deux, corrigea Cerwen en soupirant. Écoutez-moi, Brida. Nous n'avons pas beaucoup de temps devant nous et vous devez à tout prix fuir avec Tom.

Brida sentit ses joues s'embraser et secoua vivement la tête.

— Non, je ne peux pas !

— Il le faut. Si ces hommes vous soupçonnaient, ne serait-ce qu'un peu, vous seriez en danger. Et en l'absence de Sir Ralph, qui pourrait vous protéger ?

— Mais on a besoin de moi, ici, protesta-t-elle dans un murmure.

La situation était grave, mais une part d'elle refusait encore de l'accepter.

— Non. Nous n'avons pas besoin de vous à ce point, reprit la guérisseuse en rassemblant les provisions étalées sur la table. Dépêchez-vous et n'emportez que le strict nécessaire, ma chère. Si jamais quelqu'un parle de la fête d'hier soir ou affirme que Tom est bel et bien votre époux, que pensez-vous que feront ces hommes ?

Il n'est pas mon époux ! voulut crier Brida. Hélas, que pouvait-elle faire ? Elle était piégée et n'avait aucun moyen de se tirer de ce mauvais pas.

— Je crains que Cerwen ait raison, Brida, dit Tom d'un ton pressant qui l'étonna. Vous ne pouvez pas rester ici : ce n'est pas sûr. Je peux vous conduire au pays de

Galles et vous reviendrez en compagnie de Lord et Lady de Kinnerton.

Renonçant à discuter, puisque cela paraissait inutile, Brida se tourna vers la vieille femme.

— Et vous, Cerwen ? Si je suis menacée, alors vous l'êtes aussi.

— Ne vous souciez pas de moi. Je sais comment me défendre. Mais vous, qui êtes jeune et belle, vous avez toujours attiré l'attention des autres sans le vouloir… Le fait que vous soyez mariée n'y change rien. Le seigneur n'est pas là pour vous épauler, ne l'oubliez pas. Et personne, au village, n'a autant d'influence que lui.

Voyager seule en compagnie de Sir Thomas serait sans doute d'une extrême imprudence, mais elle n'avait plus le choix. Elle devait courir ce risque…

Cerwen avait raison. Il fallait suivre son conseil.

Elle ferma donc les yeux, résignée, et soupira.

— Très bien. Je partirai avec vous, Thomas.

— Parfait. Maintenant, tous les deux, écoutez-moi bien, commença Cerwen avec gravité, les sourcils froncés. Prenez le sentier qui mène au bois, près de la cabane du bûcheron. Vous connaissez le chemin, Brida. Suivez le ruisseau jusqu'au gué.

— Oui, je connais.

— Je me suis arrangée pour que deux chevaux vous y attendent et ils doivent déjà être cachés là-bas. Faites vite ! Ces hommes ne sont pas encore partis et il ne faudrait pas qu'on vous surprenne.

Ciel, tout allait si vite ! Brida avait du mal à suivre ce dénouement si inattendu.

— Comment avez-vous réussi à organiser notre fuite en si peu de temps ?

— Dès que cette troupe de soldats s'est montrée sur la place, j'ai su que vous étiez en danger. J'ai aussi compris que votre salut dépendait de Tom, alors j'ai décidé de prendre les devants.

— Et nous aurons toujours une dette envers vous, Cerwen, répondit Thomas en saisissant les mains de la guérisseuse pour les embrasser. Je vous remercie du fond du cœur. Comment pourrai-je vous récompenser pour tout ce que vous avez fait ?

— Ce n'est rien, répondit-elle en lui souriant. Promettez-moi simplement de veiller sur votre femme, Tom.

Il acquiesça, l'air grave.

— Je la défendrai au prix de ma vie, s'il le faut.

Le soleil descendait déjà sur l'horizon lorsque les fugitifs, chargés de quelques sacoches bien remplies, se mirent enfin en route. Le château de Carreghofa, où s'étaient rassemblées les cours galloise et anglaise, n'était pas très loin de la frontière. Le voyage ne serait pas long. Ils quittèrent le village en contournant la place où l'on n'aurait pas manqué de les remarquer, et en empruntant les sentiers peu fréquentés. De peur d'éveiller les soupçons, ils s'étaient déguisés pour ressembler à un simple voyageur accompagné par un jeune serviteur. Dans l'espoir de ne pas attirer l'attention, ils avaient pris soin de dissimuler tous les objets qui pourraient donner à Thomas des allures de chevalier. Passant discrètement de l'ombre des murs aux coins des granges, ils atteignirent enfin le chemin qui menait à la forêt proche. Suivant toutes les indications de Cerwen, ils furent bientôt à l'abri sous le couvert des arbres.

Personne ne semblait les avoir suivis.

— Vite ! La cabane du bûcheron n'est plus très loin, lança Brida, rompant le silence dans lequel ils s'étaient murés dès qu'ils avaient franchi le seuil de sa maison.

Elle ne pouvait s'empêcher de songer avec tristesse à

son petit havre de paix – qui n'en était plus un à cause de l'irruption de Thomas Lovent dans sa vie, et de sa propre bêtise… Malheureusement pour elle, voyager avec cet homme était aussi dangereux que rester, pour maintes raisons ! Cependant, vu le peu d'options qui se présentaient à elle, elle était bien obligée d'admettre que rejoindre Ralph et Gwen semblait le plus sage.

Elle sentit soudain la main de son compagnon se refermer sur son bras.

— Je tiens à m'excuser pour tous les ennuis que je vous cause, Brida, dit-il. Je n'ai jamais eu l'intention de vous entraîner dans de telles histoires.

— Je sais, mais il aurait sans doute été plus utile que vous me préveniez dès votre arrivée. Si j'avais su que vous étiez recherché, j'aurais pu m'arranger pour vous faire quitter Kinnerton le plus tôt possible.

— Oui, j'aurais dû vous le dire.

Il avait l'air grave et ses yeux ne pétillaient pas autant que d'habitude. En fait, il semblait soudain très différent du plaisantin qu'elle connaissait.

— J'ai cédé à la facilité et j'ai sottement pensé que ces hommes avaient perdu ma trace. Pour tout dire, je pensais avoir plus de temps devant moi.

Jamais encore elle ne l'avait entendu s'exprimer avec autant d'honnêteté. Surprise, elle ne put s'empêcher de se demander si, en sa présence, il n'avait pas toujours porté une sorte de masque. Que savait-elle *réellement* de cet homme ?

— Ne vous en préoccupez plus, Sir Thomas. La seule chose qu'il nous reste à faire est partir, vite. Avant que ces hommes aient des doutes, reviennent et nous rattrapent.

Autour d'eux, le silence régnait. Peu de gens venaient dans cette partie du bois, et Brida en fut soulagée.

Elle repoussa une branche et s'engagea dans un sentier bordé d'épais taillis. Thomas la suivait de près.

Ils débouchèrent dans une petite clairière, au bord d'un ruisseau. Sur la rive opposée, deux jeunes chevaux attendaient, attachés à un arbre, en compagnie du petit-fils de Cerwen. La vieille femme s'était surpassée pour les aider à quitter Kinnerton sains et saufs.

Une fois de plus, Brida ne put s'empêcher de songer à l'aventure dans laquelle elle s'engageait aux côtés de Thomas. Un frisson nerveux la parcourut. Pourvu que ce ne soit que de l'angoisse et rien d'autre ! Dans le cas contraire, elle risquait d'aller au-devant de plus d'ennuis qu'elle l'avait cru…

— Donnez-moi votre main, Brida, dit son compagnon, déjà engagé dans le lit du ruisseau.

Le gué était constitué de quelques pierres glissantes, mais elle refusa son aide et avança seule.

— Merci, je peux traverser sans vous.

— Êtes-vous en colère contre moi ?

Un petit sourire, le premier depuis leur départ, se dessina sur ses lèvres et elle pressa le pas.

— Oserez-vous me blâmer pour cela ? répliqua-t-elle froidement.

Il reprit son sérieux et secoua la tête.

— Non. Vous êtes en droit de m'en vouloir. Si cela peut vous consoler, je suis moi-même furieux de m'être montré si imprudent. Croyez-moi, quand je vous dis que je n'ai pas l'habitude de céder à mes envies sans me soucier des conséquences.

— Ne vous tourmentez pas, Sir Thomas. Nous commettons tous des erreurs.

— C'est vrai, et j'en ai commis beaucoup trop, ces derniers temps.

Il la suivit sur le gué.

— Je tiens aussi à vous remercier de ne pas m'avoir trahi, tout à l'heure. J'espère que vous me croyez innocent des accusations que ces hommes ont proférées.

— Oui.

Elle soupira, puis sauta sur l'autre berge.

— Votre comportement est peut-être douteux à bien des égards, mais vous prendre pour un meurtrier ? Un traître à la Couronne ? Non, je ne peux le croire.

— Je suis heureux d'avoir votre soutien, dit-il d'une voix empreinte de gratitude. Et ne pensez-vous pas que nous devrions abandonner toute cette distance formelle entre nous ? Nous sommes « mariés », après tout.

— Comment l'oublier ?

Elle se surprit à sourire vaguement.

Thomas l'aida à monter sur le plus petit des chevaux, un palefroi docile, et elle sentit une vague de chaleur irradier de sa taille, là où s'étaient refermées ses mains. Elle se détourna bien vite, dans l'espoir qu'il n'ait pas remarqué son trouble.

— Dans ce cas, reprit-il après s'être mis en selle à son tour, j'apprécierais que vous m'appeliez Thomas. Ou mieux encore : Tom.

— Très bien, *Tom*, mais à une condition, répondit-elle en cherchant son regard. Dites-moi pourquoi ces hommes vous poursuivent.

Tom prit les rênes et, après avoir remercié le jeune homme qui avait gardé les chevaux, s'élança au petit trot sur le sentier.

Cette question lui serait posée tôt ou tard, il le savait. Brida O'Conaill était une femme intelligente et curieuse. Il était normal qu'elle veuille en savoir plus sur son compte et qu'elle cherche à comprendre dans quelle sombre aventure elle se trouvait entraînée malgré elle. Non seulement, à sa grande honte, il l'avait impliquée dans une affaire qui ne la concernait pas, mais en plus il craignait d'avoir encore manqué de prudence en acceptant de fuir avec elle jusqu'au pays de Galles. D'un autre côté, c'était le seul moyen de la protéger de ses poursuivants. Elle leur avait menti, l'avait caché dans sa maison. Si elle était restée au village, ces hommes seraient revenus l'interroger – et sans la moindre douceur.

Il devait la confier aux bons soins de Ralph de Kinnerton et de sa femme. C'était le seul moyen de se libérer de cette énorme responsabilité, qu'il n'avait pas recherchée au départ. C'était bien ce qui rendait la chose si compliquée pour lui. En songeant que la sécurité et la vie d'une autre personne – de *cette* femme, qui plus est – étaient entre ses mains, il avait peur.

Pour tout dire, il était même terrifié. Risquait-il d'échouer comme il l'avait fait par le passé, quand son sens de l'honneur et du devoir avait été mis à l'épreuve ? Ses actions d'autrefois n'avaient mené qu'au désastre, à la tragédie et au deuil… Seigneur, il s'en souvenait encore. Cette atroce journée et son retour chez lui étaient gravés dans sa mémoire. Il était arrivé trop tard et n'avait découvert qu'un amas de cendres fumantes là où s'était dressé le manoir de sa famille. Le terrible incendie n'avait épargné que sa jeune sœur Joan. Leurs frères et sœurs, leurs parents et leurs gens avaient tous péri. Tout cela, parce qu'il avait été incapable d'empêcher son père, ivre, de commettre un acte dévastateur. Le simple souvenir de cette épreuve, qui remontait à plus de dix ans, lui retournait encore l'estomac.

Il refoula ces pensées et se tourna pour examiner sa compagne. Brida voulait savoir pourquoi on le pourchassait. Pouvait-il réellement lui faire confiance et lui révéler la véritable nature de sa mission ? En temps normal, il avait déjà du mal à se dévoiler. Or, cette fois, les choses étaient particulièrement complexes. Peut-être devrait-il lui parler un peu de lui, puisqu'ils étaient obligés de passer ensemble plus de temps qu'ils l'auraient voulu. Certes, il appréciait Brida, aimait le mystère et la sensualité qui l'entouraient, mais il aurait préféré ne pas devoir voyager en sa compagnie. Ni lui ni elle n'avaient désiré cela, et il avait l'habitude d'agir seul, de ne dépendre que de lui-même.

— Alors ? insista-t-elle. Allez-vous m'expliquer ce que tout cela veut dire et pourquoi vous vous êtes retrouvé à Kinnerton dans un tel état ?

— Ce n'est pas aussi intéressant que vous semblez le croire, Brida, répondit-il d'un ton las.

— Permettez-moi d'en douter. Je suis sûre que les raisons qui ont poussé ces hommes à vous poursuivre ainsi sont aussi palpitantes que je l'imagine. Dites-m'en plus… si vous le pouvez.

— La vérité, c'est que…

Il soupira, les dents serrées.

—… j'ai été témoin d'un meurtre dans une crypte de l'abbaye de Westminster. Comme le pauvre homme a expiré entre mes bras, sans le moindre témoin, ces soldats ont pensé que j'étais l'assassin. En fait, ils n'ont même pas cherché d'autre suspect.

S'ajoutait à cela le fait qu'il ait pris la fuite sans même tenter de s'expliquer, car il ne pouvait se permettre de se fier à qui que ce soit.

— C'est horrible, dit-elle. Le pauvre… Connaissiez-vous cet homme ?

— Non, je n'ai même pas eu le temps d'apprendre son nom.

— Mais pourquoi étiez-vous là ? Dans une crypte de l'abbaye ?

Mieux valait se montrer franc et ne pas tourner autour du pot.

— C'est une bonne question. Disons simplement que j'avais rendez-vous avec quelqu'un, mais que je me suis rendu compte trop tard que l'on m'avait tendu un piège.

Il donna un petit coup de talons, et son cheval accéléra le pas. Le sentier étroit qui serpentait dans le bois laissa bientôt place à une route plus large à flanc de colline, et les vallées voisines s'étendirent sous leurs yeux. Brida se porta à sa hauteur et ils chevauchèrent côte à côte en silence pendant un moment.

Tom espérait que ses réponses avaient satisfait la curiosité de Brida, car leur conversation l'avait mis mal à l'aise.

Hélas, il n'en fut rien. Elle finit par lui lancer un regard soupçonneux et reprit :

— Donc, si je comprends bien, vous vous êtes enfui quand ces hommes vous ont surpris près du corps, dans cette crypte.

— Oui, j'ai retrouvé mon cheval et je suis parti aussi vite que j'ai pu.

— Jusqu'à Kinnerton ?

— C'est cela.

— Depuis Londres ?

Il poussa un soupir exaspéré et se gratta la tête, pensif. Jusqu'à quel point pouvait-il se confier à elle, et que devait-il passer sous silence ?

— Ralph est mon plus vieil ami, Brida, répondit-il enfin. Pour vous dire la vérité, j'avais besoin de ses conseils.

— N'y avait-il donc personne d'autre pour vous aider et vous cacher ? Quelqu'un qui vivrait plus près de la capitale ?

Bon sang, cette femme était trop perspicace !

— Tom ?

Et son insistance allait finir par venir à bout de sa réticence…

— À l'exception des lords Tallany et de Clancey – Hugh de Villiers et Will Geraint – Ralph est le seul homme en qui je pouvais avoir confiance, dans cette affaire.

De plus, la situation de Kinnerton dans les Marches plaçait Ralph sur sa route. Depuis le début, son unique objectif avait été le pays de Galles et le château de Llewelyn… Mais Brida O'Conaill n'avait pas besoin de connaître ces détails.

— Êtes-vous en train de me dire que ces soldats vous ont pourchassé depuis Londres ?

— Oui.

— Pour vous accuser d'un meurtre que vous n'avez pas commis ?

— Précisément.

— Et, en vous tendant une embuscade, ils vous ont blessé ?

— Voilà, vous savez tout, répondit-il, les dents serrées.

— Vraiment ?

Elle ne paraissait toujours pas convaincue.

— J'ai au contraire l'impression que vous n'avez pas été entièrement franc avec moi…

— Voyons, c'est ridicule, Brida ! Votre imagination vous joue des tours.

— J'en doute.

— Cette histoire n'est qu'un terrible malentendu, dit-il en se passant nerveusement la main sur le menton. Je me suis simplement trouvé au mauvais endroit, au mauvais moment. C'est tout.

— Je vois. Un ennemi inconnu vous a attiré dans cette crypte pour vous faire accuser à sa place…

— Oui ! cria-t-il presque.

— Puis-je vous demander pour quelle raison on aurait fait cela ?

— Vous le pouvez, mais je suis libre de ne pas vous répondre.

Attendant manifestement une explication malgré tout, elle lui lança un petit regard en coin.

Il dit rien – il ne pouvait se le permettre. Avait-on jamais vu femme plus obstinée ?

— Quoi qu'il en soit, reprit-elle au bout d'un moment, vous êtes beaucoup plus mystérieux que je l'avais cru, Tom.

— Quel esprit fantaisiste vous avez !

Il jeta un coup d'œil autour de lui pour s'assurer qu'on ne les suivait pas, puis se tourna vers elle, les sourcils froncés.

— Et je ne suis pas certain de comprendre le fond de votre pensée.

— Vraiment ? Vous cachez tant de secrets que je commence à me demander si vous m'avez déjà montré votre vrai visage.

Seigneur, comment répondre à cela ?

D'un côté, il avait une nature violente, implacable, qui était essentielle pour lui permettre d'accomplir ses devoirs envers la Couronne – et il ne pouvait certainement pas le révéler à Brida. Mais il était aussi doté d'une facette plus intime, plus sérieuse et contemplative, qu'il préférait dissimuler sous une façade joviale. Et il n'aimait pas montrer cet aspect de sa personnalité à qui que ce soit, en particulier parce que cela l'obligerait à replonger dans les ombres de son passé. Là où l'attendaient la culpabilité et la certitude d'avoir failli à tous ses devoirs envers sa famille. Oui, ses erreurs et ses regrets amers le suivaient partout, pendus à son cou comme un nœud coulant qui ne cessait de se resserrer. Depuis des années, il faisait tout son possible pour oublier cette période. Ses missions si dangereuses lui prenant tout son temps, il y parvenait en général. Seule sa sœur, devenue presque aveugle dans l'incendie, lui rappelait constamment par sa présence les horreurs de cette journée épouvantable.

Il leva les yeux et constata que Brida le dévisageait

toujours d'un air circonspect. Il se força à sourire pour la rassurer.

— Bien sûr que vous connaissez mon vrai visage, dit-il avec un clin d'œil. Mais si cela ne vous dérange pas, je préférerais que nous mettions fin à cette discussion.

— Très bien. Néanmoins, je suis certaine que vous ne m'avez pas encore tout dit de cette affaire.

Cette fois, il n'eut aucune envie de répondre, même sur le ton de la plaisanterie. Elle dut sentir son changement d'humeur, sa crispation, car son propre sourire s'évanouit. Ils chevauchèrent en silence pendant un moment. Quand elle reprit la parole, ce fut avec douceur.

— J'espère que vous aurez un jour assez confiance en moi pour me parler à cœur ouvert, Tom. Je suis certaine que cela vous ferait du bien. On m'a toujours dit que je sais écouter…

Il inspira profondément l'air frais avant de répondre.

— Je n'en doute pas, Brida. Si jamais je ressens le besoin de me confier un jour, je saurai me souvenir de votre offre.

— J'en suis heureuse.

— Allons, avançons. Le temps a l'air de se gâter, et je ne voudrais pas que nous soyons surpris par un orage.

Chapitre 7

En dépit de leurs efforts, l'orage finit par les rattraper. Un grondement menaçant se fit entendre, et un éclair zébra soudain les épais nuages noirs amoncelés au-dessus de leurs têtes. Quelques instants plus tard, le vent se leva, apportant un déluge glacial qui réduisit leur visibilité à néant. Impossible de poursuivre leur route dans ces conditions…

— Qu'allons-nous faire ? cria Brida par-dessus le bruit des bourrasques.

— Nous ne pouvons pas continuer. Le sol est trop boueux pour les chevaux. Nous risquerions de les blesser, ou de nous rompre le cou ! répondit Tom sur le même ton en tirant sur ses rênes afin de calmer sa monture effrayée. Nous allons devoir trouver un abri, et vite !

— Je connais un endroit, pas très loin d'ici.

Brida indiqua d'un geste la chaîne de collines qui s'élevait devant eux.

— Il y a des grottes, par là. Nous nous en servons parfois pour les grandes fêtes.

— Je ne sais pas… Gravir un sentier escarpé par un temps pareil pourrait être dangereux, hurla Tom, presque sans la voir à travers le rideau de pluie.

Les gouttes lui cinglaient le visage comme des fouets.

— C'est le seul abri que je connaisse !

Il jeta un coup d'œil autour de lui, dans l'espoir de

trouver une meilleure solution, mais il n'y avait rien. En tout cas, rien qu'il puisse voir sous ce déluge.

— Très bien. Mais nous allons devoir descendre de selle et guider les chevaux à pied.

— Oui, bonne idée.

Ils mirent donc pied à terre et entreprirent de gravir la colline glissante et rocailleuse. Chaque pas était plus pénible que le précédent. Devoir tirer sans arrêt sur les rênes de chevaux apeurés qui refusaient de bouger rendait les choses encore plus difficiles.

Tom jeta un coup d'œil à Brida pour s'assurer qu'elle parvenait à maîtriser son palefroi, mais elle semblait tout à fait capable de surmonter cette épreuve – ce qui ne l'étonna pas. Elle caressait l'encolure de l'animal pour l'apaiser et s'en sortait avec brio sans aide, comme toujours. Il décida malgré tout de lui proposer son assistance.

— Laissez-moi prendre les rênes de votre cheval, Brida.

— Merci, mais c'est inutile, répondit-elle comme il s'y attendait.

Avait-elle passé sa vie seule, à devoir assumer toutes ses responsabilités sans personne pour la soutenir ? N'avait-elle donc jamais connu qui que ce soit capable de la soulager un peu du fardeau qu'elle portait ? Elle prétendait ne pas avoir besoin d'aide, mais n'avait-elle pas plutôt été obligée dès l'enfance de s'en passer ? Après tout, elle était restée fille et cela semblait être son choix, même si elle avait insisté pour qu'il l'aide à faire croire aux habitants de Kinnerton qu'elle était mariée. Sans doute avait-elle inventé cette histoire pour éviter les questions indiscrètes… Était-ce en raison de sa détermination, de son intelligence, de ses remarques cinglantes ? Elle l'intéressait et l'intriguait. Son existence solitaire soulevait nombre de questions. Tout compte fait, elle semblait avoir beaucoup plus de points communs avec lui qu'il l'avait d'abord cru. Il pressentait qu'elle cachait quelque chose, elle aussi, et cela le fascinait. Quoi que ce fût, il avait de plus en plus envie de la percer à jour !

— Très bien, dit-il. Mais n'hésitez pas à me demander de l'aide, si jamais vous en avez besoin.

Elle hocha la tête pour le remercier et ils reprirent ensemble leur ascension épuisante.

Les chevaux, nerveux, s'agitèrent à plusieurs reprises, les obligeant à s'arrêter le temps de les calmer. Enfin, ils parvinrent à une corniche, juste sous le sommet rocheux, sur laquelle s'ouvrait une vaste grotte. Ils y entrèrent et, malgré l'obscurité ambiante, trouvèrent vite une pointe rocheuse à laquelle attacher leurs chevaux.

Un profond soulagement envahit Tom. Ils avaient réussi ! Ils étaient arrivés sans encombre, malgré la violence de l'orage. Cette caverne était peut-être froide et humide, mais elle leur fournirait au moins un abri pour la nuit.

Il se retourna et plissa les yeux pour essayer de discerner les traits de Brida dans la pénombre. Il ne voyait que sa silhouette. Elle était trempée de la tête aux pieds et les vêtements d'homme qu'elle portait collaient à son corps, en épousant toutes ses courbes sensuelles. Ses cheveux dégoulinaient d'eau et les gouttelettes tombaient au sol dans un léger clapotis. Même dans cette faible lumière, elle était charmante…

— Vous avez froid, remarqua-t-il.

— Oui.

Elle frissonna et il entendit ses dents claquer faiblement.

Quelle remarque stupide de sa part ! Évidemment qu'elle avait froid et qu'elle était mouillée… Tout comme lui. Malgré tout, il sentit une montée de sang brûlant parfaitement inappropriée l'envahir. Tout son corps se tendit, soudain très conscient de la présence de cette femme près de lui. D'un seul coup, il eut envie de humer son parfum, de caresser sa peau soyeuse, de la sentir contre la sienne.

Il humecta ses lèvres, étrangement sèches, et étouffa un juron. Qu'est-ce qui n'allait pas, chez lui ? Était-il donc débauché au point de nourrir des pensées inconvenantes et lubriques en un moment pareil ? Il était vrai que, depuis leurs retrouvailles, leur relation avait commencé à changer et il n'aimait pas cela. Pas du tout.

Plus il passerait de temps en compagnie de Brida O'Conaill, plus il l'apprécierait, et plus il se sentirait responsable d'elle. Tout à l'heure, elle lui avait proposé de se confier à elle. Il ne pouvait certainement pas se permettre d'envisager quelque chose d'aussi absurde. Jamais encore il n'avait souhaité se rapprocher d'une femme ; il n'en avait jamais éprouvé le besoin non plus. Il était hors de question qu'il lui révèle les détails de son triste passé ou des missions essentielles et clandestines qu'il accomplissait pour son maître.

Tout cela était sa faute. S'il n'avait pas fait irruption dans sa vie ; s'il n'avait pas été blessé, contraint de se soigner dans ce fichu village ; s'il n'avait pas fait semblant d'être son époux ; s'il n'avait pas été aussi imprudent. Si…

Si seulement ils pouvaient retrouver leur amitié légère de naguère, leurs plaisanteries et leurs discussions enlevées ! Il aurait préféré regagner ce terrain familier, aisé, ce qui aurait été beaucoup plus sûr pour tous les deux. En tout cas, cela aurait été bien mieux pour sa tranquillité d'esprit. Il préférait ce genre de relation à n'importe quelle forme d'attachement. Un attachement qu'il n'encouragerait jamais, de toute manière. Ni avec elle, ni avec une autre.

— Venez, dit-il, agacé par le tour que prenaient ses pensées. Vous devez enlever ces vêtements mouillés.

— *Quoi ?*

Elle le dévisagea un instant d'un air choqué, la bouche entrouverte.

— Je ne peux pas faire cela, reprit-elle d'un ton paniqué. Tout ce que j'ai est mouillé.

Ce qui voulait dire qu'elle n'avait pas d'autre vêtement... S'il s'était attendu à rencontrer des difficultés pendant ce voyage, il n'avait pas envisagé celle-ci.

— Il le faut, Brida, insista-t-il. Vous dégoulinez.

— Vous aussi, Tom.

— Écoutez..., dit-il en faisant de son mieux pour rester patient. Ce n'est pas le moment de jouer les pudiques. Vous devez ôter ces vêtements et les sécher aussi vite que possible.

Il entreprit de délacer son propre gambison et l'ôta sous le regard horrifié de Brida.

— Par le ciel, que faites-vous ? s'étrangla-t-elle.

— Exactement ce que je viens de vous conseiller de faire, dit-il en passant sa tunique trempée par-dessus sa tête pour la jeter au sol. J'enlève mes vêtements mouillés.

— Mais... Mais vous ne pouvez pas vous déshabiller ! Ce n'est pas convenable !

— Je suis navré de choquer votre sensibilité féminine, mais entre cela et le risque d'attraper une fièvre ou de tomber malade, mon choix est vite fait. Je ne sais pas si vous vous en souvenez, mais j'en ai largement eu mon compte récemment.

— Nous pourrions peut-être allumer un feu pour nous réchauffer et nous sécher, sans nous dénuder, vous ne croyez pas ?

Il secoua fermement la tête.

— Nous devons agir plus vite que cela. Je vais essayer de trouver des tenues moins humides dans nos bagages, mais j'insiste pour que vous enleviez ce que vous portez.

Il ne put s'empêcher de sourire face à son évidente réticence.

— Voyons, ce n'est pas comme si vous ne m'aviez jamais vu ainsi, dit-il avec un clin d'œil mutin.

Voilà, c'était ce qui lui manquait depuis leur départ : cette manière qu'ils avaient de plaisanter et de se provoquer en permanence. Cela lui était plus familier que le trouble qui s'était insinué en lui sur la route.

— Ne me dites pas que vous n'avez pas jeté un coup d'œil sous l'édredon pendant que je dormais, après que vous m'avez ôté tous mes vêtements pour me soigner.

Il l'observa, fasciné, et la vit rougir dans la pénombre. D'un mouvement vif elle lui tourna le dos.

— Je n'ai jamais fait une chose pareille, lâcha-t-elle avec indignation. Et vous savez très bien que c'est Cerwen qui a fait… le nécessaire. Je n'ai pas participé à *cela*.

— Quoi qu'il en soit, épargnez-moi vos discours sur ce qui est convenable ou pas. Ma nudité n'a aucune raison de vous choquer.

Il trouva une tunique sèche au fond de l'une de leurs sacoches de selle et l'agita au-dessus de l'épaule de Brida.

— Tenez, enfilez-la. Si vous voulez plus d'intimité pour vous changer, vous pouvez aller au fond de la grotte, derrière ces rochers, là-bas. Mais dépêchez-vous, je vous en conjure. Je n'insisterais pas autant si ce n'était pas nécessaire.

Il tira une seconde tunique à peu près sèche de son sac et l'enfila rapidement avant de passer des braies qui n'étaient mouillées qu'en deux endroits – cela ferait l'affaire.

Sa tâche suivante allait consister à allumer un feu avec le petit bois qu'ils avaient emporté, ce qui risquait de se révéler difficile, étant donné que tout son matériel était mouillé. Au moins, cela lui permettrait de s'occuper plutôt que de penser à sa compagne de voyage qui allait bientôt émerger de sa cachette à demi nue… Certes, Brida l'intriguait, le fascinait et – le ciel lui pardonne ! – l'attirait énormément, mais il fallait à tout prix qu'il garde ses distances. Il devait rester gentil, amical, et plaisanter comme il l'avait toujours fait. Rien de plus.

Brida poussa un soupir un peu tremblant en s'aventurant dans les profondeurs obscures de la caverne. Elle tâta du bout des doigts la paroi rude et irrégulière puis, se sentant à l'abri, elle entreprit d'obéir aux ordres de Tom. Après s'être assurée qu'il ne la voyait pas, elle commença par ôter les vêtements trempés qui lui collaient à la peau. Puis elle déplia la tunique qu'il lui avait donnée, *sa* tunique, et frissonna en passant les bras dans les longues manches.

Le vêtement, beaucoup trop grand pour elle, glissa sur son corps mouillé, frigorifié, pour s'arrêter juste au-dessus de ses genoux. Au moins lui apportait-il un peu de chaleur... Elle ramassa son baluchon de vêtements et retourna à l'entrée de la grotte, où son compagnon allumait un feu.

En l'entendant, il se retourna et lui sourit vaguement. Elle remarqua tout de suite qu'il était tendu, nerveux. Ses mouvements avaient une certaine raideur et son regard était presque grave. À croire qu'elle se trouvait en présence d'un homme différent de celui qu'elle pensait connaître. Mais la journée et cette soirée avaient été éprouvantes ; il devait être aussi épuisé qu'elle.

— Venez vous asseoir ici, Brida, lança-t-il en lui faisant signe. Le feu devrait prendre dans un instant.

— Merci. Je vois que vous n'avez pas ménagé votre peine.

Elle se laissa tomber sur le sol froid et irrégulier, repliant ses jambes contre sa poitrine et, consciente de sa quasi-nudité, tira sur le bas de sa tunique.

— Avec un peu de chance, nous nous réchaufferons bientôt, dit-il sans même un regard dans sa direction.

Elle acquiesça d'un hochement de tête et laissa son menton reposer sur ses genoux. Décidément, cette proximité avec

Thomas Lovent devenait de plus en plus embarrassante. Un frisson la parcourut. Cela n'avait aucun sens ! Cet homme venait de passer trois jours et trois nuits chez elle, dans son lit ! Mais ce soir, c'était différent. Jamais encore elle ne s'était sentie aussi exposée, aussi fragile. Seule avec lui dans une grotte, au milieu de nulle part, à peine vêtue, glacée, avec ce déluge qui s'abattait toujours sur la campagne environnante. Ce n'était pas qu'elle n'avait pas confiance en Tom… Cet homme était honorable, intègre, et elle le savait. Elle ne s'était cependant pas attendue à voir son regard brûlant se poser sur elle lorsqu'ils étaient entrés dans cette caverne. Bien qu'il se soit repris très vite, l'éclat sombre de ses yeux la hantait encore.

— Vous êtes bien silencieuse, Brida, remarqua-t-il avant de souffler sur les petites flammes naissantes.

— Vous aussi.

— J'imagine que nous aurions pu entamer ce voyage sous de meilleurs auspices.

— Sans doute, mais étant donné la hâte avec laquelle nous avons dû quitter Kinnerton, je pense que nous avons fait au mieux.

— Si seulement l'orage n'avait pas éclaté…

Elle sourit faiblement.

— Nous aurions pu nous en passer, en effet.

Il alla vers les chevaux et leur caressa l'encolure pour les rassurer avant de tirer quelques paquets de l'une des sacoches.

— Nous devrions manger, dit-il en revenant vers elle et en lui passant l'un des paquets. Les provisions sont un peu mouillées aussi, je le crains.

— Peu importe, je meurs de faim.

Elle déballa des morceaux de fromage, du pain, des tranches de jambon et deux pommes qu'elle déposa sur une pièce de lin.

Il mangea quelques bouchées puis, d'un autre paquet, il tira une outre de bière et deux coupes en bois qu'il remplit. Brida accepta la sienne avec gratitude et ils poursuivirent leur repas en silence. Lorsqu'il fut rassasié, Tom chassa quelques miettes de ses genoux et parla enfin.

— Je vous remercie encore de m'avoir accordé votre confiance et de me croire innocent.

— Comme je vous l'ai dit, vous avez peut-être de nombreux défauts, Tom, mais je n'arrive pas à croire que vous ayez pu vous rendre coupable de crimes aussi odieux.

Elle finit rapidement sa bière, savourant la chaleur de l'alcool qui irradiait dans son estomac.

— À moins que je me sois trompée du tout au tout sur votre compte et que je sois à présent à la merci d'un assassin… Puis-je avoir plus de bière ?

Il remplit sa coupe et la contempla un instant.

— Ce serait très dangereux pour vous, en effet. Mais vous avez de la chance : je ne suis qu'un homme traqué qui s'est réfugié dans une grotte près de la frontière galloise…

— Oui.

Était-elle réellement chanceuse, d'avoir dû fuir avec *cet* homme ? Un chevalier qui lui faisait éprouver des émotions qu'elle aurait préféré ignorer.

— Comment allons-nous passer la frontière sans attirer l'attention ?

— Suggérez-vous que nos déguisements improvisés pourraient nous trahir ? demanda-t-il avec une pointe d'amertume.

Elle essaya de formuler ses craintes d'une autre manière :

— Vous avez certainement pensé aux dangers qui nous attendent peut-être là-bas.

— Oui, et la meilleure solution me semble de nous cacher autant que possible.

Il bâilla et s'étira.

— Ne vous en faites pas, Brida. Dès qu'une opportunité se présentera à nous, nous la saisirons.

— N'est-ce pas imprudent ? Sans compter que trop d'impulsivité pourrait nous perdre…

Il éclata de rire.

— Non, rassurez-vous. Certains de mes meilleurs plans sont nés d'une impulsion spontanée.

— Il doit pourtant y avoir une méthode plus fiable pour organiser notre voyage, protesta-t-elle en serrant un peu plus ses genoux contre sa poitrine. J'ai l'impression que nous nous débattons dans le noir.

— Pas vraiment. Vous savez, on ne peut jamais contrôler le monde qui nous entoure ou prévoir le dénouement d'une situation donnée : tout peut changer d'un moment à l'autre, sans prévenir. Ce que nous avons de mieux à faire reste d'envisager toutes les possibilités et de nous préparer. Plus important encore, on doit s'appuyer sur nos talents, notre courage et faire confiance à notre instinct.

— Ce sont les paroles d'un soldat…

— En effet. Nous pouvons toujours nous organiser, prévoir nos moindres actions, mais croyez-moi quand je vous dis que tous les plans que l'on dresse doivent pouvoir s'adapter à n'importe quel accident de parcours.

— Dois-je supposer que cette manière de voir les choses vous a apporté beaucoup de réussite, ces derniers temps ?

Elle le provoquait et elle le savait ; mais le pousser à lui parler permettrait peut-être de faire la lumière sur certaines choses qu'il passait sous silence.

— Non, pas récemment. Néanmoins, je suis encore en vie alors qu'une troupe de soldats cherche à placer ma tête sur une pique.

— Je les comprends.

— Bien sûr.

Il lui adressa un petit clin d'œil.

— Après tout, je suis un bandit sans scrupule. L'avez-vous oublié ?

— Non, murmura-t-elle.

Elle était heureuse de constater qu'ils retrouvaient peu à peu leur familiarité d'autrefois. Cela la soulageait : elle se sentait à nouveau en terrain connu.

— Quoi qu'il en soit, vous devez bien avoir une petite idée du nom du véritable meurtrier de Westminster, n'est-ce pas ?

Allait-il s'efforcer de détourner son attention avec de nouvelles plaisanteries ou, cette fois, accepterait-il de lui fournir une réponse sincère ?

Alors qu'elle commençait à penser qu'il ne répondrait pas, il rompit enfin le silence :

— J'ai des soupçons, mais ils ne suffisent pas pour porter une accusation. Toute cette affaire a été très étrange, très troublante.

— Pensez-vous que l'on ait pu vous incriminer volontairement ?

Seigneur, cet homme était recherché et il restait évasif ! Plus elle discutait avec lui, plus elle sentait qu'il lui cachait des choses graves.

— Pour que je sois arrêté à tort ?

— Oui, précisément. Ce qui m'amène à me demander si vous vous êtes réellement trouvé au mauvais endroit au mauvais moment. Si vous n'avez été qu'un innocent pris dans un piège pervers, ou…

Elle s'interrompit un instant, lançant un rapide coup d'œil dans sa direction.

— Ou… quoi ? À quoi pensez-vous ?

— Si vous avez joué un rôle dans ce complot très élaboré, même sans le vouloir.

— Quelle imagination fertile vous avez !

— Après tout, vous venez d'admettre que ce que nous faisons en ce moment équivaut à se battre dans le noir.

— C'est *vous* qui l'avez dit, pas moi, corrigea-t-il, les sourcils froncés. Et je peux vous assurer que cela n'a pas été le cas cette nuit-là, dans la chambre Pyx de l'abbaye de Westminster.

— Je suis désolée, dit-elle avec un soupir. C'était indélicat de ma part. Je ne voulais pas sous-entendre que vous puissiez avoir la moindre responsabilité dans la mort de ce pauvre homme.

— Je ne l'ai pas pris ainsi car, Dieu merci, vous croyez en mon innocence.

— Bien sûr ! Mais ne pouvez-vous réellement pas me dire ce que vous faisiez là-bas, cette nuit-là ?

— Brida, Brida, Brida…, soupira-t-il en secouant la tête. Je ne vous aurais jamais crue si obstinée.

— Je peux me montrer déterminée, quand je le souhaite. Vous devez bien admettre que l'affaire, telle que vous me la décrivez, peut paraître très… étrange. C'est perturbant et extrêmement mystérieux. Vous l'avez admis vous-même.

— C'est vrai, reconnut-il avec un demi-sourire.

— Alors ? Allez-vous me dire la vérité ou préférez-vous me laisser deviner ce que vous faisiez là-bas ?

En un éclair toute trace d'humour disparut des yeux de Tom.

— Je crois vous l'avoir déjà expliqué, répliqua-t-il sur un ton qui n'acceptait aucune protestation.

De toute évidence, il ne voulait pas qu'elle sache comment il en était arrivé à être recherché par les autorités, mais elle se sentait plus audacieuse que jamais. Était-ce le froid, la bière ? Leur solitude dans cette caverne sombre ? Quoi que ce fût, elle ne put s'empêcher d'insister.

— Oui, vous m'avez dit qu'on vous y avait attiré sous de fausses raisons, reprit-elle en haussant un sourcil interrogateur. Ne pouvez-vous m'expliquer pourquoi et qui vous comptiez rencontrer dans cette crypte ?

Il ne répondit pas.

— Je vois, murmura-t-elle.

Elle se tapota le menton un instant.

— Dans ce cas, me permettrez-vous de hasarder une hypothèse ?

— Je préférerais que vous vous absteniez.

Sa voix était sèche, cinglante comme un coup de fouet, et elle ne le reconnut soudain plus. Elle décida toutefois d'ignorer sa mise en garde.

— Voyons… Vous êtes un guerrier endurci, un homme qui aime agir seul, qui ne se fie qu'à une poignée de personnes et qui s'entoure de mystère…

Elle commençait à se sentir très fière de ses pouvoirs d'observation, mais…

Seigneur ! Thomas Lovent venait-il de *grogner* ? Elle leva bien vite les yeux et croisa son regard par-dessus le feu qui crépitait désormais joyeusement dans la grotte. Si elle commençait à apprécier leur conversation, il était évident que ce n'était pas le cas de son compagnon.

— Cela suffit, dit-il dans un murmure menaçant.

Ses prunelles étaient sombres et sévères, dénuées de leur chaleur habituelle.

Brida ne comprit pas sa réaction. Une fois de plus, elle fut abasourdie de voir à quel point cet homme était différent du Thomas Lovent qu'elle connaissait depuis trois ans. Elle eut presque l'impression qu'il portait un masque, et que celui-ci venait de se soulever un peu pour dévoiler son vrai visage. Était-ce parce qu'elle avait raison ? Parce que ses déductions s'approchaient de la réalité ?

Elle savait déjà qu'il avait du mal à parler de ces choses-là – il le lui avait bien fait comprendre – et elle ne voulait pas le mettre mal à l'aise.

Sans même se rendre compte de ce qu'elle faisait, elle tendit le bras et posa doucement la main sur son épaule.

En un éclair, le monde parut se figer autour d'eux. Surprise de voir que ce geste anodin et amical faisait monter une vague d'émotion en elle, elle retint son souffle, et ne put réprimer un frisson. Sous ses doigts, elle sentit la fermeté de ses muscles, la forme d'une épaule soudain plus tendue.

Comme si elle s'était brûlée, elle retira vivement sa main. Détournant les yeux, elle ravala sa salive, gênée.

Quelle humiliation !

Ne l'avait-elle pas, peu après leur arrivée dans cette grotte, contemplé longuement, tandis qu'il ôtait sa chemise ?

N'avait-elle pas savouré le spectacle qu'il lui offrait, uniquement vêtu de braies mouillées soulignant ses cuisses musclées et solides ?

Bien sûr qu'elle l'avait fait. Et elle n'aurait jamais dû se laisser aller aux pensées scandaleuses qui lui étaient alors venues.

Elle se jura immédiatement de ne plus jamais céder à l'envie de le toucher, que ce soit pour lui exprimer son amitié ou quoi que ce soit d'autre.

Se mordillant la lèvre, elle trouva enfin le courage de le regarder de nouveau.

Il la dévisageait avec une pointe de curiosité.

— Je suis désolée, Tom. Je voulais vous aider, c'est tout, murmura-t-elle.

— Ce n'est rien.

Il lui sourit, d'un air mal assuré.

— Je pense que nous devrions essayer de dormir un peu, ajouta-t-il.

Chapitre 8

Ils reprirent leur voyage au lever du jour, traversèrent la vallée, et entrèrent dans une nouvelle forêt. De peur que leurs poursuivants retrouvent leur trace, Tom préférait rester éloigné des routes. La nuit avait été courte pour tous les deux et ils chevauchaient en silence. Ayant monté la garde presque jusqu'à l'aube, Tom n'avait que très peu dormi, et il était fatigué. À force d'insister, Brida était parvenue à le convaincre d'échanger leurs places vers la fin de la nuit, mais il avait rapidement repris sa place. C'était à lui d'assurer leur protection, de veiller à ce que personne ne les découvre dans la grotte.

Monter la garde n'était pas nouveau pour lui. Il avait participé à de nombreuses campagnes militaires et avait l'habitude de peu dormir. Cette fois, cependant, un épuisement inaccoutumé pesait sur lui. Les aventures de la veille – et surtout la femme avec laquelle il voyageait – le rendaient nerveux, tendu. Les questions naïves de Brida et ses bons sentiments, certes bien intentionnés, avaient jeté le trouble en lui.

Au fond, voir à quel point elle tenait à comprendre les raisons qui l'avaient poussé à fuir Londres et pourquoi on le recherchait avec autant d'assiduité l'exaspérait. Il ne pouvait se permettre de lui dire la vérité, à savoir qu'il était un agent de la Couronne, bien plus rusé et violent que les gens le pensaient. Cette facette de sa personnalité devait rester enfouie. Après tout, sa bonhomie et ses plaisanteries incessantes l'avaient toujours protégé. À part les très rares personnes qui le connaissaient vraiment, personne ne le soupçonnait d'être autre chose qu'un joyeux débauché…

En l'état actuel des choses, il n'était pas encore certain que Brida mérite de rejoindre le petit groupe d'élus en qui il avait confiance et à qui il se montrait sous son vrai visage, sans rien dissimuler. La vérité, dans son cas précis, ne devait être dite qu'en cas de nécessité.

Il avait tout intérêt à entretenir son image. Ce masque, derrière lequel il se cachait, était une sorte de bouclier. Cela lui permettait de ne jamais avoir à s'expliquer devant personne – et certainement pas devant Brida, qui commençait à le percer à jour, à le mettre à nu à force de questions. Il avait toutefois conscience du fait que plus ils passeraient de temps ensemble – il leur restait au moins encore une journée de voyage avant d'atteindre leur but –, plus sa compagne aurait le temps de faire le lien entre les différentes informations qu'elle lui avait arrachées malgré lui. S'ajoutait à cela la nécessité de lui expliquer son plan pour la suite, ne serait-ce que pour lui prouver qu'il n'était pas aussi irréfléchi qu'elle le craignait.

« Je voulais vous aider », avait-elle murmuré, la veille.

Quatre petits mots qui l'avaient laissé sans voix. Il n'avait pas besoin d'aide, bien sûr, mais n'avait pu réprimer un élan de gratitude en l'entendant lui proposer son soutien. Depuis combien de temps n'avait-il pas attiré l'attention de quelqu'un prêt à l'épauler ?

— Je pense que nous devrions faire une pause près de ce ruisseau pour laisser les chevaux boire et nous reposer un peu, lança-t-il, brisant leur long silence.

— Merci, répondit Brida. J'avoue que j'aurai plaisir à me dégourdir les jambes.

Elle paraissait soulagée, et il se sentit un peu coupable. Il aurait dû se soucier plus tôt de son confort. Or, dans sa hâte à mettre le plus de lieues possible entre eux et les hommes qui les pourchassaient, il n'avait pas songé à cela.

— La prochaine fois, n'hésitez pas à me dire quand vous aurez besoin de vous reposer. Nous nous arrêterons dès que possible.

— Je m'en souviendrai. Mais je suis certaine que vous n'aviez pas envie de vous attarder, tant que nous étions encore près de Kinnerton…

— C'est vrai.

Tom se rendit soudain compte que c'était leur premier véritable échange depuis la soirée de la veille, dans la caverne. Une soirée qui avait été pénible, pas uniquement à cause de son dilemme concernant ce qu'il pouvait se permettre de confier à Brida ou non, mais aussi pour d'autres raisons bien plus inavouables. Lorsqu'elle l'avait rejoint près du feu, ne portant rien de plus qu'une tunique, il avait senti son désir s'éveiller et se déverser comme de la lave dans ses veines. C'était une émotion déplacée, malvenue. Mais, surtout, c'était particulièrement inquiétant pour lui…

Il aimait plaisanter avec elle, voire lui faire du charme à l'occasion. Cependant, cette soirée avait été différente. Pour la première fois, il avait compris qu'il avait *réellement* envie d'elle – et il en avait honte. Il l'avait entraînée dans ses propres ennuis par inadvertance, la contraignant à abandonner sa maison pour chevaucher sous une pluie diluvienne, et tout cela pour quoi ? Pour qu'il se sente excité en sa présence ? Sa seule excuse était qu'il avait le sang chaud et que les circonstances l'avaient amené à voir son corps bien trop dénudé. Il fallait à tout prix qu'il trouve un moyen d'effacer ce souvenir de son esprit, quoi qu'il lui en coûte.

Il mit pied à terre et attacha son cheval à un arbre avant

de s'approcher de Brida avec l'intention de l'aider à descendre de selle, mais elle ne l'avait pas attendu.

Surpris, il lança :

— Je vous aurais tendu la main, Brida.

— Merci, répondit-elle avec un sourire un peu figé. Je sais que votre galanterie est sans égale, Tom, mais je n'ai pas besoin d'aide.

Il sourit à son tour en entendant cela. Cette détermination lui ressemblait tellement.

— Je vous crois. S'il y a bien une femme en ce monde capable d'indépendance, c'est vous, Brida O'Conaill.

Elle inclina la tête tandis qu'il poursuivait :

— Même si vous ressentez parfois le besoin de vous inventer un époux…

— Oui, et on peut vous faire confiance pour tout savoir sur l'art du mensonge et des faux-semblants, Thomas Lovent, répliqua-t-elle en prenant sur sa selle une couverture qu'elle étendit sur les hautes herbes.

— Qu'essayez-vous de dire ?

— Oh ! rien d'important !

Tirant quelques paquets de sa sacoche, elle les déposa sur la couverture.

— Voulez-vous déjeuner ?

— Avec plaisir.

Il s'assit en face d'elle et, sans la quitter des yeux, prit dans l'un des paquets une petite pomme acidulée dans laquelle il mordit.

Cette femme était aussi rusée qu'impudente ! Une fois de plus, le désir monta brusquement en lui.

Enfer !

— Tom, puis-je vous poser une question ? dit-elle tout en mangeant, sans le regarder. Ai-je une saleté sur le visage ? Si ce n'est pas le cas, je ne vois pas ce qui vous permet de me dévisager ainsi.

Il secoua la tête et sourit presque malgré lui.

— Vous cherchez à me provoquer, Brida, mais cela ne marchera pas.

— Je vous assure que je ne vois pas de quoi vous parlez. En toute honnêteté, je vous trouve très irritable, ce matin, répondit-elle en coulant vers lui un regard innocent. Peut-être devriez-vous dormir un peu pour retrouver votre bonne humeur.

— Je ne suis pas « irritable », répliqua-t-il en croisant les bras. Je ne l'ai jamais été.

— Bien sûr que non !

Le sourire qu'elle lui adressa l'obligea à serrer les dents pour ne pas réagir.

— Mais réfléchissez tout de même à ma suggestion, si vous avez besoin de repos.

— Merci. Ce ne sera pas utile.

— Dans ce cas, je vais aborder de front le sujet dont j'aimerais discuter avec vous.

— Je vous en prie. J'attends avec impatience.

Elle s'assit, très droite dans ses vêtements de la veille qui avaient séché dans la nuit, et joignit les mains comme pour une prière.

— Allez-y, Brida, l'encouragea-t-il. Je vois bien que quelque chose vous tracasse.

— Voilà. J'ai beaucoup réfléchi à la manière dont vous éludez mes questions concernant votre arrivée à Kinnerton, ainsi que tout ce qui s'est passé depuis, et… et je tiens à vous dire que j'accepte.

— Pardon ? fit-il, sans comprendre. Qu'acceptez-vous ?

— Votre demande, bien sûr. Celle que vous m'avez faite le soir de la fête.

— Oh ! Brida ! Nous nous sommes mal compris, dit-il sans pouvoir s'empêcher de sourire. Si ma mémoire est bonne, nous faisions juste *semblant* d'être mariés. Jamais je ne vous ai demandé votre main, à moins que j'aie bu beaucoup plus que je le pensais, ce soir-là.

Il se frotta un instant le menton d'un air faussement perplexe. De son côté, Brida fronça les sourcils.

— Devez-vous toujours vous montrer si pénible ? Vous savez très bien de quelle demande je parle ! Vous m'avez dit que vous m'expliqueriez les raisons qui vous ont poussé à vous réfugier chez moi, blessé, si je vous disais pourquoi, pendant ces trois dernières années, j'ai prétendu être mariée.

Eh bien, voilà qui le déconcertait. Il ne s'était certainement pas attendu à un marché aussi étrange venant d'elle. Décidément, Brida O'Conaill semblait garder encore bien des surprises en réserve.

— Vous savez comment j'ai été blessé, maintenant, répondit-il avec douceur.

Elle secoua fermement la tête.

— Non. L'histoire que vous m'avez contée comportait de nombreuses incohérences. J'aimerais entendre tout ce que vous voudrez bien me confier, en échange de mes propres réponses à vos questions.

Il n'eut pas besoin de réfléchir longtemps avant d'accepter.

— Très bien. Les demoiselles d'abord. Je vous écoute.

Après tout, non seulement il ne s'engageait pas à grand-chose en accédant à sa demande, mais il allait enfin en apprendre plus sur cette femme fascinante – et tout cela sans s'épuiser à l'interroger. Heureusement pour lui, elle ne lisait pas dans ses pensées…

— Si cela ne vous dérange pas, j'aimerais entendre votre récit d'abord, dit-elle.

Il sourit.

— Il faut toujours que vous négociiez, Brida. Vous auriez votre place au conseil restreint du roi !

— Merci…

— Très bien. Puisque vous avez loué ma galanterie, j'accepte de me plier à vos exigences.

— Une fois de plus, je vous remercie.

Un peu gêné et ne sachant par quoi commencer, il se passa la main dans les cheveux.

— La vérité est que vos hypothèses d'hier soir s'approchent de ce qui s'est passé à Londres.

— Est-ce pour cela que vous étiez si mal à l'aise ?

— Oui, admit-il. Et ce que je suis sur le point de vous dire doit rester absolument confidentiel. Juste entre vous et moi.

Elle se pencha un peu plus vers lui, et son odeur l'enveloppa.

— Je vous promets de ne pas trahir votre confiance. Vous pouvez compter sur moi.

— Parfait.

Il soupira, but une gorgée de bière, hésita quelques instants, puis reprit :

— Par où commencer ? Pour tout vous dire, mon travail consiste à recueillir des informations sensibles pour Hubert de Burgh.

Il la vit écarquiller les yeux, sous le choc.

— Veuillez m'excuser, Tom… Venez-vous bien de dire ce que je crois avoir entendu ?

— Je vais avoir du mal à répondre à cela. Que pensez-vous avoir entendu ?

— Ce n'est vraiment pas le moment de plaisanter ! le réprimanda-t-elle avant de baisser la voix pour poursuivre. Vous… Vous travaillez réellement pour Hubert de Burgh ?

— Oui.

— Et vous lui fournissez des… informations ? insista-t-elle lentement, en secouant la tête d'un air incrédule. Cela paraît presque impensable !

Tom soupira.

— C'est pourtant bien la vérité. Je suis à son service depuis près de trois ans. Il m'a remarqué lors du tournoi royal, quand j'accompagnais encore William Geraint, Lord de Clancey.

Il n'ajouta pas que son ancien mentor avait également occupé ce genre de poste, en se faisant passer pour un chevalier en disgrâce exilé sur le continent. Après son mariage avec Lady Isabel, héritière bien en vue, il avait fait tout son possible pour recommander Tom afin qu'il prenne sa succession. Ce type d'emploi était aussi dangereux qu'il était respecté dans les hautes sphères…

— Je vois.

Brida le regarda un instant encore. Elle était si charmante, si séduisante, lorsqu'elle était perdue dans ses réflexions. Avec les sourcils froncés, sa lèvre pincée entre ses dents blanches et ses yeux bleus pétillant d'excitation, elle aurait facilement pu le pousser à céder à ses désirs et à l'enlacer, ici et maintenant.

Elle lissa sa cape avec grâce, un geste un peu étrange pour une femme habillée en homme…

— Maintenant, je pense mieux comprendre quelles raisons vous ont poussé à rencontrer cet homme à l'abbaye de Westminster. Avait-il des informations confidentielles à vous donner ?

Rusée Brida !

— Oui, répondit-il simplement.

Il l'observa un moment, tandis qu'elle assemblait dans sa tête les différents éléments qu'il venait de lui livrer.

— Malheureusement, reprit-il, je n'ai pas eu le temps d'en savoir plus. J'ai dû quitter Londres à la hâte, accusé d'un meurtre que je n'ai pas commis et soupçonné de trahison.

— C'est absurde ! Vous travaillez pour la Couronne !

Il sourit un peu tristement.

— Peu de personnes connaissent ma double vie. En

fait, pour la plupart des gens, je me contente de profiter d'« une succession de plaisirs superficiels ».

L'envie de réutiliser les mots qu'elle avait prononcés trois ans plus tôt, après le baiser qu'ils avaient échangé, avait été trop forte pour qu'il y résiste. Cette accusation était restée gravée en lui depuis cette époque. Certes, à ce moment-là, il ne travaillait pas encore pour de Burgh mais, contrairement à ce que Brida O'Conaill avait pensé, il avait toujours eu des responsabilités. La plus importante de ces responsabilités était sa sœur Joan, dont le bien-être dépendrait toujours de lui seul.

Brida baissa soudain les yeux et examina ses mains, croisées sur ses genoux.

— Je sais que de l'eau a coulé sous les ponts, mais je me sens toujours aussi coupable de vous avoir dit toutes ces choses, vous savez…

— N'y pensez plus, Brida, dit-il, regrettant soudain d'avoir réveillé ce souvenir pénible. Je n'aurais pas dû mentionner cette soirée. C'était indigne de ma part.

— Quoi qu'il en soit, je m'en veux encore. Je n'aurais pas dû vous parler sur ce ton.

— Je vous en prie, ne vous tourmentez pas.

Il balaya ses remords d'un geste.

— C'est du passé, et cela n'a plus aucune importance, je peux vous l'assurer. Vous vous êtes déjà excusée et j'ai agi bêtement, en cédant encore une fois sans réfléchir à l'envie de vous provoquer.

Elle sourit alors, comme elle ne l'avait encore jamais fait en sa présence. Ce fut un sourire timide, un peu naïf, qui lui coupa le souffle.

— Je ne vois pas du tout à quoi vous faites allusion, lança-t-elle.

— Évidemment.

Il lui rendit son sourire et se concentra sur son gobelet

encore à moitié plein. Leur conversation prenait un tour plus intime que ce à quoi il s'était préparé. Mieux valait qu'il reprenne le contrôle avant de s'aventurer en eaux troubles. C'était plus sûr.

— Pour en revenir à mon travail et aux missions assez secrètes que je remplis, vous devez savoir que peu de gens m'ont déjà vu en compagnie de Hubert de Burgh. D'ailleurs, je ne suis pas censé en parler – pas même à vous.

— Dans ce cas, vous m'honorez.

Il baissa la tête un peu plus.

— Bref, j'ai fait ce que j'avais à faire, et j'ai quitté Londres aussi vite que possible.

— Pourquoi vous être enfui ? Pourquoi n'êtes-vous pas resté pour défendre votre réputation ?

— Parce que ces hommes n'auraient pas pris le temps de m'écouter. De plus, cela m'aurait contraint à dévoiler une partie de la stratégie de mon maître.

Préoccupé, il se frotta un instant le menton. Était-il réellement prudent de révéler tous ces détails à cette femme ? Il était malheureusement trop tard pour revenir en arrière. Autant en finir…

— Je vois, fit-elle. Vous vous êtes donc dirigé vers Kinnerton pour y retrouver Sir Ralph, j'imagine.

— Oui, mais je ne m'attendais pas à n'y trouver que blessures et une fausse épouse…

Elle sourit avec douceur.

— Les fausses épouses sont les pires.

Charmé par ce don qu'elle semblait avoir pour l'autodérision, il pouffa.

— C'est vrai. Mais elles sont aussi de fines négociatrices, apparemment.

Un silence s'installa entre eux, puis la légèreté dans laquelle ils baignaient se dissipa.

— Dites-moi encore une chose, reprit finalement Brida,

d'une voix qui redevint songeuse. Saviez-vous quoi que ce soit au sujet de l'homme mort dans vos bras ou de la raison pour laquelle il voulait vous rencontrer ?

Tom eut une moue frustrée.

— Non. Je ne l'avais encore jamais vu et je ne suis pas resté assez longtemps pour apprendre son nom. Quant à l'information qu'il voulait me donner, j'ai bien peur que cela aussi reste un mystère.

— Ah… Il est mort avant de vous avoir dit quoi que ce soit ?

Tom réfléchit quelques instants. Devait-il vraiment en dire plus ?

— Pas exactement. Il m'a laissé une bourse de cuir contenant un étrange message codé sur un fragment de parchemin, deux pièces d'échecs en os de baleine et un anneau d'or portant un blason qui ne m'est pas familier.

— Que c'est troublant…

Elle était de nouveau assise très droite, et buvait chacune de ses paroles avec une curiosité non dissimulée.

— Et qu'allez-vous en faire ?

— Je compte les porter à de Burgh, qui se trouve en ce moment avec le roi et Ralph chez Llewelyn de Galles pour des tractations.

— Au château de Carreghofa ?

— C'est cela. Tous les seigneurs importants du royaume, y compris les comtes de Chester et de Hereford, ainsi que l'évêque Hugh Foliot, y sont rassemblés.

Brida fronça un instant les sourcils, puis secoua la tête comme si elle avait du mal à mettre de l'ordre dans ses pensées.

— Donc… Avez-vous au moins une idée du sens caché de tout cela ?

— Absolument pas, soupira-t-il. Je n'ai même pas encore

réussi à décrypter le message. Je ne peux qu'espérer que de Burgh saura de quoi il s'agit.

Une fois de plus, Brida fronça les sourcils et se mordilla la lèvre.

Ne faisait-elle cela que lorsqu'elle était plongée dans d'intenses réflexions ? Quoi qu'il en soit, cette moue, ajoutée à son tempérament de feu, la rendait encore plus irrésistible.

— Puis-je vous demander quelque chose ? dit-elle en relevant la tête pour chercher son regard. Pourriez-vous me montrer le contenu de cette bourse ?

— Je ne vois pas ce qui m'en empêcherait, puisque vous savez déjà tout le reste. J'avoue que jusqu'à présent je n'ai pas eu beaucoup de temps pour en étudier le contenu.

Il tira la bourse de son gambison et la tendit à Brida.

Après l'avoir remercié d'un hochement de tête, elle entreprit de disposer avec soin chaque objet sur la couverture avant de les observer en silence.

— Bien, bien…, marmonna-t-elle presque pour elle-même. Qu'avons-nous là ?

— Il faut reconnaître que c'est un assortiment plutôt hétéroclite.

— En effet.

Elle se tapota le menton du bout des doigts.

— Qu'est-ce que cela signifie, selon vous ?

Tom avait quelques idées, en particulier en ce qui concernait le message codé. Il n'avait certes pas eu le temps de le décrypter, mais son instinct lui soufflait que son contenu était lié à de Burgh – voire au roi lui-même. Après tout, cette histoire avait vu le jour au moment où Henry et ses plus proches conseillers avaient été appelés loin de Londres. Ce n'était sans doute pas un hasard, et cela paraissait… menaçant.

— Je vois que vous avez des idées.

Il leva vivement les yeux et croisa le regard intense de Brida.

— Pour commencer, expliqua-t-il, nous avons ici deux pièces d'échecs : le roi et le cavalier. J'imagine qu'elles font référence à Henry et à l'un de ses seigneurs, potentiellement de Burgh qui est comte de Kent. Après tout, le jeu d'échecs n'a pas de pièce pour incarner un seigneur ; le cavalier devait être l'analogie la plus proche.

— Mais nous n'avons ni fou, que l'on compare parfois à un bonnet d'évêque, ni d'autre pièce qui puisse être reliée de près ou de loin à la cour.

Tom acquiesça.

— En effet. Quant aux autres objets, ils sont encore plus mystérieux.

— L'anneau et le message crypté ?

— Je n'ai encore jamais vu de code ressemblant à celui-ci. En général, on emploie une simple clé de substitution pour remplacer les lettres par d'autres symboles. Une fois le schéma récurrent rendu clair, le message devient lisible. Mais celui-ci…

Il prit le parchemin pour l'étudier de plus près.

—… n'obéit à aucune pratique usuelle. Bien au contraire.

— Comment pouvez-vous en être aussi sûr, puisque vous n'avez pas eu le temps de l'examiner en détail ?

Tom ne put s'empêcher de sourire de toutes ses dents.

— Mes muscles et mon charme ne sont pas mes seuls atouts pour obtenir les informations que je recherche, vous savez. L'un de mes talents cachés est le décryptage.

Elle haussa un sourcil surpris.

— Moi qui croyais que vous vous contentiez de fanfaronner et de parader avec nonchalance ! Sans parler de la très haute estime que vous avez pour votre personne…

— Il faut bien que quelqu'un m'admire.

Il vit un petit sourire se former au coin de ses lèvres

avant qu'elle éclate d'un rire franc, bien différent de ce à quoi l'on pouvait s'attendre de la part d'une femme aussi délicate et gracieuse. Mais tout en Brida O'Conaill semblait fait de contradictions.

Elle secoua la tête en reprenant son souffle.

— Vous êtes incorrigible, Tom !

Avant de se replonger dans l'étude des objets étalés sur la couverture, il lui adressa un clin d'œil complice.

— Ce qui me trouble le plus, dans cette affaire, c'est que j'ai l'impression qu'elle a éclaté à un moment trop significatif pour être parfaitement fortuit.

— Pendant l'absence de la cour, rassemblée chez Llewelyn de Galles, voulez-vous dire ?

Décidément, cette femme était très douée pour le comprendre à demi-mot.

— C'est cela. Après tout, Henry et le roi du pays de Galles n'ont signé le traité de Worcester qu'il y a six ans. La paix entre leurs deux pays reste fragile et incertaine.

— Mais Llewelyn n'a-t-il pas épousé la demi-sœur de Henry ?

— Cela ne veut rien dire, puisque ces deux hommes ne se font pas confiance, remarqua Tom tout en remettant les objets dans la bourse.

— Pensez-vous que quelqu'un cherche à saboter cette trêve précaire entre les royaumes ?

— Je… Je ne peux en être certain. Quoi qu'il en soit, la situation me semble délicate et c'est pourquoi je dois rejoindre Hubert de Burgh au plus vite. Je me suis déjà trop attardé en route.

Brida baissa les yeux.

— Oui, à ma demande. Pourquoi êtes-vous resté si longtemps à Kinnerton, si votre mission est urgente à ce point ?

Ne sachant pas vraiment que répondre, il haussa les épaules.

— Vous avez beaucoup fait pour moi, j'avais une dette envers vous. Et je paie toujours ce que je dois, Brida.

Il la regarda pendant un moment sans ciller. Ce fut elle qui se détourna. De toute évidence, le trouble qu'il ressentait en sa présence était partagé…

Un peu gêné, il toussota, s'éclaircit la voix et reprit :

— J'ai aussi bêtement cru que j'avais plus de temps devant moi.

— Espérons simplement que nous n'arriverons pas trop tard pour délivrer le message à votre seigneur.

Elle s'interrompit soudain, comme si une idée nouvelle venait de lui traverser l'esprit.

— Puis-je revoir cet anneau ?

— Bien sûr.

Il le lui tendit et vit une fois de plus ses sourcils se froncer tandis qu'elle le retournait entre ses doigts. Cette fois, elle paraissait à la fois confuse et un peu perturbée.

— Qu'y a-t-il, Brida ?

— Je n'en suis pas sûre, dit-elle en se mordant la lèvre de nouveau. Je crois que… Je suis presque certaine d'avoir déjà vu ce blason…

Chapitre 9

Le voyage se poursuivit, entraînant Brida et Tom dans des vallées peu profondes, à travers des ruisseaux et au cœur de vieilles forêts aux feuillages verdoyants, foisonnantes de vie. Ils parcoururent de denses bosquets et des collines auréolées de brume légère. Ici, même l'air parfumé de la campagne paraissait différent : lourd et dense. Il apportait une sorte de magie impalpable et éphémère au paysage. Peu à peu, les voyageurs sentirent qu'ils s'enfonçaient dans cette région où la légende racontait que des dragons avaient autrefois vécu.

Brida avait toujours adoré cette partie du royaume. Ce décor lui rappelait son enfance depuis longtemps évanouie, sur l'île d'Émeraude – et son cœur se serrait un peu à cette évocation. Elle pleurait encore sa famille et ses amis d'autrefois, figés dans un passé qui n'existait plus que dans sa mémoire. Le passage des années avait peut-être délavé les couleurs vibrantes de ses souvenirs, mais il ne les avait pas entièrement effacés. Pas assez, en tout cas. Ses cauchemars étaient encore là pour lui rappeler ce qu'elle avait vécu. Les fantômes de sa jeunesse continuaient à diriger son existence. Consciente du fait qu'il ne lui servait à rien de s'attarder sur ces pensées qui ne lui causaient que souffrance et tristesse, elle refoula la vague d'amertume qui menaçait de l'envahir.

Mieux valait se concentrer sur Thomas Lovent et toutes les confidences qu'il lui avait faites. Elle était encore choquée d'avoir appris quels secrets cachait cet homme. Il lui avait dévoilé une facette de sa vie qui entrait en conflit avec le personnage du chevalier jovial qu'elle avait cru connaître. En fait, jusqu'à sa réapparition inattendue dans sa vie, elle avait été convaincue qu'il n'était qu'un charmeur insouciant et vaniteux. En réalité, Tom était bien plus surprenant qu'elle l'avait imaginé ; à tel point que plus elle en apprenait sur lui, plus elle se demandait si elle l'avait réellement connu. Il ne s'agissait pas seulement de son travail pour la Couronne, mais du danger qu'il courait en permanence et dans lequel il l'avait entraînée bien malgré elle.

L'affaire de la bourse en cuir l'intriguait aussi. Si seulement elle parvenait à se souvenir de l'endroit où elle avait vu l'étrange serpent à deux têtes qui figurait sur l'anneau… Elle savait qu'elle avait déjà eu l'occasion de le voir, peut-être sur un bijou ou sur un vêtement. Mais où ? Chez qui ?

Se faisait-elle des idées ? Non. Ce motif réveillait un souvenir flou qu'elle ne parvenait pas à identifier. Elle prendrait le temps d'y réfléchir plus tard, à tête reposée… Dans l'immédiat, Tom et elle avaient à résoudre un problème plus pressant. Ils longeaient discrètement la frontière à la recherche d'un endroit où la franchir sans encombre. Malheureusement, ils n'avaient pas encore trouvé de passage assez sûr.

Bientôt, néanmoins, ils pourraient passer dans le royaume voisin et approcheraient enfin de leur but. Durant tout leur voyage, ils n'avaient croisé qu'une poignée de personnes à pied ou à cheval. Le reste du temps, ils avaient cheminé seuls jusqu'à cette étendue de terre qui séparait les deux pays. À présent, Brida commençait à se sentir gagnée par de l'excitation accompagnée d'une pointe d'inquiétude.

Ils n'étaient plus qu'à une grosse journée de route du château de Carreghofa, à Powys, près de la limite des terres de Llewelyn. La pensée de voir leur épopée toucher à sa fin aurait dû rassurer Brida. Hélas ! chaque fois qu'ils croyaient avoir trouvé l'endroit où passer et quittaient le couvert des arbres pour tenter de franchir cette dernière ligne, ils voyaient au loin des troupes étrangement nombreuses qui montaient la garde.

Bien entendu, il était logique que la sécurité ait été renforcée, puisque les rois gallois et anglais s'étaient réunis avec leurs cours au grand complet… Cette rencontre était bienvenue et d'une importance capitale, étant donné les griefs qui entachaient encore la fragile paix entre les deux royaumes. Seulement, cela rendait le passage pratiquement impossible pour Tom et Brida.

— C'est inutile, soupira Thomas alors qu'une nouvelle tentative venait d'être contrecarrée par l'apparition d'une patrouille. Nous ne pourrons jamais franchir cette frontière sans attirer l'attention.

— Pensez-vous que ces hommes ont été prévenus de votre fuite ? S'ils cherchent un guerrier solitaire, nous pourrions les duper. Après tout, nous sommes deux et vous ne portez aucune arme apparente.

Il grimaça et secoua la tête.

— Même si vous avez raison, le risque est trop important. Je n'ai aucune information fiable sur laquelle m'appuyer, mais il est facile de supposer que les hommes de l'évêque de Londres, après avoir suivi ma trace jusqu'à Kinnerton, ont pu avoir prévenu le guet de ma présence dans la région.

Elle se mordilla la lèvre, pensive.

— Dans ce cas, que pouvons-nous faire ?

— Je ne vois qu'une seule solution. Nous allons changer nos plans, nous adapter, et nous préparer à saisir la première opportunité qui se présentera à nous.

— Et s'il n'y en a aucune ?

— Alors, nous prierons.

Il dut sentir l'angoisse monter en elle, car il s'empressa d'ajouter :

— Ne vous en faites pas, Brida. Comme je vous l'ai déjà dit, il y a toujours une ouverture pour celui qui la cherche de toutes ses forces.

— L'avez-vous fait ?

Ils trottaient côte à côte et elle en profita pour couler un coup d'œil dans sa direction.

— Avez-vous eu la chance d'apercevoir une solution ?

— La chance n'a rien à voir avec cela, Brida, dit-il avec un petit sourire rusé. Et oui, je pense avoir une idée qui pourrait marcher. Après tout, mon manque de scrupules est célèbre, et ce n'est pas pour rien…

— Pouvez-vous me dire à quoi vous pensez ?

Il hocha la tête.

— Si vous regardez par-là, au fond de cette vallée, vous pourrez apercevoir une file de cavaliers et de charrettes.

— Et alors ?

— Je les observe depuis un bon moment et, comme nous, ils longent la frontière en direction du nord. Je pense qu'ils essaient eux aussi de se rendre au château de Carreghofa.

Brida était de plus en plus confuse.

— Même en suivant leur progression, je ne vois pas ce qui vous permet de deviner leur destination.

— Tout est une question de déduction, répondit-il en remettant son cheval en marche d'un petit claquement de langue.

Pressée d'en savoir plus, elle l'imita et se porta à sa hauteur.

— Voyez à quel point ce cortège est imposant, reprit-il. Et il suit très précisément la route du nord, n'est-ce pas ? Si ces gens allaient quelque part en Angleterre, ils auraient bifurqué à l'ouest pour emprunter des chemins plus sûrs au lieu de rester dans cette zone dangereuse et hostile. Et s'ils allaient ailleurs, au pays de Galles, ils auraient déjà traversé. En toute logique, j'en déduis donc qu'ils vont à Carreghofa.

— Je suis impressionnée, admit-elle. Cela dit, en partant du principe que votre bon sens ne vous trompe pas et qu'ils ont réellement l'intention de rejoindre la cour de Llewelyn, en quoi cela nous concerne-t-il ?

— Eh bien, nous pourrions, à force de finesse et de détermination, trouver un moyen de nous joindre à la caravane, voire de nous y imposer.

De nouveau, Brida fronça les sourcils, un peu perdue.

— Je crains de ne pas vous suivre. Quel serait notre objectif ?

— Pour l'instant, nous devons partir du principe que toutes les garnisons placées à la frontière ont été prévenues de notre arrivée. Elles cherchent donc une ou deux personnes voyageant seules et pressées d'atteindre le château. Si nous nous joignons aux autres, nous aurions une chance de passer inaperçus.

Comprenant enfin, la jeune elle sourit.

— Je n'ai pas envie de l'admettre, mais votre stratégie est brillante.

— Uniquement si elle fonctionne…

Bientôt, le soleil commença à décliner et le ciel se para de reflets ocre striés de rouge et de gris. Il restait encore assez de lumière pour permettre à Brida et Tom de suivre de loin la file de charrettes. Brida fut soulagée quand elle les vit enfin s'immobiliser dans la vallée. La journée avait été longue et fatigante et, à force de chevaucher, elle avait les muscles raides. Hélas, avant de pouvoir s'arrêter complètement, ils devaient encore descendre avec prudence le flanc de la colline pour rejoindre les voyageurs.

— Tom ? demanda-t-elle en jetant un coup d'œil à son compagnon. Dites-moi, que comptez-vous faire ou dire pour convaincre ces gens de nous accepter parmi eux ?

— Nous allons utiliser notre charme naturel, voyons !

Instinctivement, elle leva les yeux au ciel.

— Je suis sérieuse.

Il se tourna dans sa direction et hocha la tête, sans sourire.

— Moi aussi, Brida. Nous devons nous montrer amicaux, gentils et en aucune façon menaçants. C'est le seul moyen pour nous de nous faire une place au sein de ce convoi.

Elle relâcha le souffle qu'elle avait un instant retenu et sentit son estomac se nouer.

— Espérons que nous serons assez agréables et amicaux pour eux.

— Et charmants, reprit-il avec un clin d'œil. N'oubliez pas que cela peut ouvrir bien des portes.

Malgré elle, elle sourit avant de secouer la tête sévèrement.

— Celui qui vous a enseigné cela se trompait.

— Oh ! je vous assure que personne ne me l'a appris ! Je vis suivant mes propres règles et je les établis au fur et à mesure.

— Bien entendu ! gloussa-t-elle. Pourquoi ne suis-je pas surprise de vous l'entendre dire ?

— Essayez-vous de me faire comprendre que vous me croyez à la fois prévisible *et* dénué de scrupules, maintenant ? Vous devriez avoir honte, Brida O'Conaill !

Elle ignora le frisson que fit naître en elle sa voix grave et sensuelle et fit de son mieux pour étouffer les papillons qui s'agitaient au creux de son estomac. Elle ne pouvait se permettre de nourrir de tels sentiments pour lui. Il fallait à tout prix qu'elle reste insensible à Thomas Lovent et ses plaisanteries dangereuses. Hélas, elle sentait sa détermination faiblir… Il commençait à briser peu à peu les défenses qu'elle avait dressées autour d'elle pour éviter de s'attacher à qui que ce soit. Plus les jours passaient, plus sa force de caractère s'érodait, lui échappait, mais elle n'y prenait pas garde. Elle devait simplement camper sur ses positions – et elle le ferait ! Elle saurait résister à Sir Thomas Lovent et à ses sourires ravageurs.

Le temps qu'ils atteignent enfin le fond de la vallée et se glissent parmi les épais taillis épineux qui bordaient le sentier, la nuit était tombée. Contrairement à celui de la veille, le temps était clair et relativement doux, pour leur plus grand soulagement.

Tom repoussa une branche basse pour leur permettre de poursuivre leur progression. Le chemin serpenta sur une longue distance avant de déboucher dans une clairière dégagée. Là, trois grosses charrettes habillées de toiles de couleurs dépareillées avaient fait halte pour la nuit. Entre les charrettes regroupées d'un côté et les bêtes parquées de l'autre, un grand feu crépitait. Discutant, buvant et mangeant, une demi-douzaine d'hommes et de femmes était rassemblée dans la lueur des flammes.

Crack !

Les chevaux de Tom et Brida avaient marché sur des brindilles séchées ce qui, naturellement, attira l'attention du groupe. Les hommes se levèrent et s'approchèrent, l'air à la fois soupçonneux et un peu inquiet. Leurs sourires s'étaient évanouis pour laisser place à des expressions plus dures.

— Qui êtes-vous, pour venir troubler notre repos ? Nous étions là les premiers ! lança l'un d'entre eux.

— Paix, l'ami, paix, répondit Tom en modifiant sa voix pour prendre un accent populaire que Brida ne reconnut pas, mais qu'elle trouva assez convaincant.

Il tendit les mains pour montrer qu'il ne portait pas d'arme.

— Ma femme et moi nous rendons au château de Carreghofa, et nous n'aurions rien contre un peu de bonne hospitalité ou un abri. Notre tente a été détruite dans la tempête de la nuit dernière.

D'un seul coup, Brida se retrouva une fois de plus contrainte de jouer un rôle d'épouse.

Oh ! Seigneur…

L'homme les dévisagea encore un instant, puis se gratta la tête comme s'il cherchait à savoir si Tom était sincère.

— Carreghofa, dites-vous ? Nous y allons aussi. Que voulez-vous faire là-bas ?

Tom mit pied à terre et aida Brida à descendre de son palefroi.

— Eh bien, comme le roi d'Angleterre et Llewelyn de Galles y font la fête, ma femme pensait essayer de gagner quelques pièces en jouant du luth. Elle a des doigts de fée et chante comme un oiseau. Nous voulions offrir un peu de musique aux grands seigneurs…

Brida sentit le sang quitter ses joues. Ce fut comme si le sol s'ouvrait sous ses pieds pour qu'elle plonge dans un gouffre d'angoisse.

— Que faites-vous ? siffla-t-elle, paniquée, assez bas pour que seul Tom puisse l'entendre.

— Tout ce que je peux pour que ces gens nous acceptent, répondit-il sur le même ton. N'est-ce pas ce que nous avons convenu ?

— Oui, mais… Je ne peux pas. Je vous l'ai dit, je ne sais plus jouer du luth depuis bien longtemps. Ne comprenez-vous pas ?

— Je comprends, mais je suis certain que personne ne vous demandera de jouer quoi que ce soit. C'est seulement un moyen de nous faire accepter dans ce groupe.

Elle poussa un grand soupir de soulagement.

— J'espère sincèrement que vous avez raison, Tom, parce qu'il s'est passé des années depuis que… Bref, je ne… Je ne joue plus. Jamais.

— Voyons, Brida, ne vous inquiétez pas tant.

Il lui prit la main et la pressa pour la rassurer.

— Tout se passera bien, j'en suis sûr.

L'homme qui leur avait adressé la parole semblait plus âgé qu'eux d'une bonne dizaine d'années. Il avait une calvitie naissante, un menton fuyant et portait une tenue très colorée. Seul son sourire lui donnait l'air accueillant et chaleureux – détail que Brida put remarquer quand il revint vers eux, après être allé échanger quelques mots avec ses compagnons de route. Il les observa encore un instant et hocha la tête.

— Eh bien, l'ami, nous allons dans la même direction et pour des raisons similaires, dit-il à Tom. Nous sommes ménestrels.

— Quelle chance ! s'exclama Thomas avec une joie un peu exagérée. Remercions le destin qui nous a placés sur votre route !

Brida avait du mal à croire qu'il puisse mentir avec un tel aplomb. Il se tourna vers elle et reprit :

— Avez-vous entendu cela, ma chère ? Nous allons *tous* distraire les cours d'Angleterre et du pays de Galles.

De toute évidence, c'était à son tour de dire quelque chose.

— Merveilleux, lâcha-t-elle du bout des lèvres en s'appliquant à sourire de son mieux.

Tom s'empressa de prendre le relais, une fois de plus.

— Nous avons quelques provisions et nous serions heureux de les partager avec vous, si notre compagnie ne vous dérange pas.

— Joignez-vous donc à nous pour la nuit. Venez…

L'homme les guida jusqu'au feu avant de faire les présentations.

— Je suis Baldwin le Sage et voici ma femme Amma. Les autres membres de notre troupe sont Ulric le Fou, Bertrand le Sot et Roland le Gros ; ainsi que leurs épouses Agnes, Mildred et Peg.

Brida était heureuse d'avoir abandonné ses vêtements d'homme au profit d'une robe avant de descendre dans la clairière, mais cela ne l'empêcha pas de se sentir intimidée par les toilettes bariolées et légères des autres femmes.

— Enchanté de faire votre connaissance, mes amis. Je suis Thomas le… le…

— Le Simple, dit-elle en ignorant le regard choqué qu'il lui adressa. Et je me nomme Bridget.

Une fois les présentations faites et après quelques échanges de plaisanteries, Tom et Brida attachèrent leurs chevaux à un arbre proche puis s'assirent au milieu des autres, dans la chaleur du feu.

— Thomas le *Simple* ? lui glissa Tom à l'oreille quand il fut installé près d'elle. Je suis donc prévisible, dénué de scrupules et bête, maintenant ?

— C'est la première idée qui m'est venue, répondit-elle sur le même ton, avec une pointe de culpabilité.

Il sourit, manifestement amusé.

— Ah, Brida… Vous êtes toujours si bonne avec moi.

— J'essaie.

— Vous auriez pu dire « Thomas le Galant », ou « Thomas le Brave », ou même « Thomas le Fort », mais je n'ai droit qu'à un fichu Thomas le Simple !

— Je pensais à l'impression que vous m'avez faite lorsque nous nous sommes rencontrés.

Il rit doucement.

— Arrêtez, vous allez me faire rougir !

— Souvenez-vous… À l'époque, vous aviez échangé

votre place avec Lord de Kinnerton et vous aviez endossé le rôle de son mutique et stupide écuyer pendant le tournoi royal. L'avez-vous oublié ?

— Non. Je repense souvent à ces jours avec attendrissement…

— Chut !

Elle sourit à son tour et glissa :

— Remerciez-moi au moins de ne pas vous avoir surnommé Thomas le Fripon.

— En effet, répondit-il en gloussant de plus belle. C'est un soulagement.

Chapitre 10

La troupe à laquelle ils venaient plus ou moins de se joindre était aimable et de bonne compagnie. Au fil de la soirée, l'ambiance devint plus légère et conviviale. On discuta, on rit, et on but le cidre que Tom et Brida avaient emporté pour leur voyage. Tout en partageant également le reste de leurs provisions – des fruits secs, des noix, un peu de fromage et de viande séchée qu'ils n'avaient pas terminés la veille – ,Tom lui expliqua que c'était un moyen simple et efficace de s'attirer les faveurs et la confiance des voyageurs qu'il rencontrait. Après tout, la plupart des gens appréciaient leur bière ou, dans ce cas, le cidre fort et savoureux de Kinnerton.

Peu à peu, la tension qui nouait l'estomac de Brida depuis leur départ du village se dissipa et elle put respirer plus à son aise. Elle se sentait étrangement légère au milieu de cette troupe joyeuse. Pour la première fois depuis le début de leur périple, elle ne craignait plus autant les poursuivants qui traquaient Thomas Lovent ou le danger sourd et plus trouble qui semblait flotter autour de son compagnon de route – et qu'elle préférait ne pas essayer d'identifier.

Les jours passant, son attirance pour lui n'avait cessé d'augmenter, comme un feu de brousse qui s'étend sous le vent, et elle commençait à avoir du mal à la refouler, à se convaincre que ce n'était qu'une émotion trompeuse, fausse. Elle feignait l'indifférence, traitant Tom comme une simple connaissance ou, au mieux, un ami. Seules les plaisanteries derrière lesquelles elle se réfugiait lui permettaient encore de masquer ses sentiments. Mais ce n'était qu'un mensonge.

Au fond d'elle, Brida ne pouvait s'empêcher de *beaucoup* apprécier Thomas Lovent. Il l'exaspérait, la mettait hors d'elle, la provoquait et l'agaçait. Mais il savait aussi la pousser à se dépasser et la faire rire avec ses sottises, la couvant d'un regard vert pétillant de malice. Il était attentionné et doux, plus honorable que quiconque, et elle mourait d'envie de le toucher… Ne serait-ce que pour chasser ses soucis et cette tristesse qui hantait parfois son regard quand il pensait que personne ne le voyait. Il n'y avait en fait rien de *simple*, chez cet homme, en dépit du surnom qu'elle lui avait donné en arrivant dans la clairière.

— Bien ! lança soudain Baldwin, le chef de cette petite troupe éclectique. Maintenant que nous avons terminé notre repas, pourquoi ne profiterions-nous pas de cette belle nuit pour nous distraire un peu ? Nous pourrions faire démonstration de nos talents ! Ce serait amusant.

Les autres membres du groupe poussèrent des exclamations enthousiastes tandis que Brida s'efforçait de refouler un flot de panique.

— Hélas, nous ne participerons pas à ces réjouissances, dit-elle d'une voix un peu trop aiguë. Nous avons beaucoup voyagé et nous sommes fatigués.

À peine eut-elle prononcé ces mots qu'elle comprit son erreur. Sans le vouloir, elle venait d'attirer l'attention de la troupe sur elle… Seigneur, ne saurait-elle donc jamais dompter sa langue trop vive ? Fallait-il toujours qu'elle s'attire des ennuis en parlant trop vite ?

— Eh bien, eh bien… On dirait que vous laissez votre

femme parler pour vous, Thomas, répliqua l'homme avec une certaine rudesse.

Heureusement, Tom ne perdit pas son sang-froid et se fendit de ce sourire nonchalant que Brida connaissait bien.

— On ne m'appelle pas « le Simple » pour rien, Baldwin le Sage. Il arrive parfois que le tempérament de feu de mon épouse la pousse à parler à ma place, mais j'avoue que j'aime bien cela. N'est-ce pas, ma fleur ?

Il lui fit un clin d'œil et lui pinça le menton pour faire bonne mesure, sous les rires gras des autres hommes.

Sans doute Brida méritait-elle cette remontrance masquée. Ils devaient éviter de contrarier ces gens, tant qu'ils auraient besoin d'eux pour se camoufler. Après tout, n'avaient-ils pas passé la journée à suivre leur caravane et ne venaient-ils pas de se faire accepter à grand renfort de cidre ?

— C'est vrai, mon chou. Et j'aime aussi votre manière d'adoucir mes paroles, quand je montre les dents…

Ciel, voilà qu'elle recommençait ! Elle ferma les yeux et réprima un grognement frustré. Comment avait-elle réussi en quelques mots à se donner encore plus des allures de harpie ?

— Oh ! beauté, vous ne m'avez jamais mordu, dit-il en secouant vigoureusement la tête de droite à gauche. Non. Vous vous contentez de m'asticoter avec vos épines, jolie rose. Mais cela m'amuse et me chatouille !

Baldwin et sa troupe rirent de plus belle et les acclamèrent.

Surprise, Brida les dévisagea un instant tour à tour. Étaient-ils réellement amusés par leur joute verbale ?

— Je le sais et j'ai conscience de parler trop vite, par moments. Mais, pour ma défense, cela me permet de meubler vos trop longs silences, mon petit pain au miel, reprit-elle. Surtout quand je vous vois lutter pour trouver quoi dire.

— Peut-être qu'on devrait le rebaptiser Thomas le Lent !

lança Ulric, ou Bertrand, ou l'un des hommes hilares qui les entouraient.

Brida sourit.

— Je dois dire que cela lui va comme un gant.

Thomas se frappa le torse avec une grimace théâtrale.

— Ah ! Comme j'aime votre langue si acérée, mon doux cœur !

Cette repartie arracha de nouveaux éclats de rire au groupe. Ces gens étaient-ils vraiment distraits par leurs plaisanteries ridicules, ou juste ivres ?

Baldwin donna un grand coup dans le dos de Tom, puis essuya une larme au coin de son œil.

— Vous vous dites ménestrels, mais êtes-vous certains que cette petite comédie ne fait pas partie du numéro que vous comptez offrir aux grands seigneurs de Carreghofa ?

— Vous êtes perspicace, l'ami. Notre spectacle comporte un peu de ci, un peu de ça, et tout ce que nous pouvons inventer sur le moment.

— Je le savais ! Vous êtes peut-être simple, mais aucun homme n'apprécie que son épouse se comporte comme une louve en colère ! Allez, installez-vous confortablement. Maintenant, c'est à vous de profiter de nos talents. J'espère que vous apprécierez autant ce que nous avons à vous montrer.

— Nous sommes flattés, n'est-ce pas, ma fleur ?

— Bien sûr, répondit Brida machinalement.

Déjà, elle avait l'esprit ailleurs.

Baldwin se campa près de Tom et passa un bras autour de ses épaules, bien qu'il fasse une bonne tête de moins que lui.

— Mais avant, portons un toast, comme le font les marins ! dit-il d'une voix forte. À nos femmes et à nos petites chéries – puissent-elles ne jamais se rencontrer !

Les autres se joignirent à eux et poussèrent des cris de joie. Tous… sauf Brida.

Elle se sentait comme si l'on venait de la frapper en plein ventre.

Se comportait-elle réellement comme une louve en colère ?

Était-ce ainsi qu'on la voyait, lorsqu'on la rencontrait pour la première fois ? Quelle humiliation… Cette simple pensée suffit à lui serrer le cœur. Était-ce ce que Gwen et Ralph, son époux, pensaient secrètement d'elle ? N'était-elle pour eux qu'une curiosité étrange, une créature dénuée de la douceur féminine dont elle s'était obstinément débarrassée au fil des ans ? Une mégère qui ne savait que mordre ? Se montrait-elle si difficile que même ses amis proches se contentaient de la tolérer sans vraiment l'apprécier ?

Seigneur… Était-ce ainsi que Thomas Lovent la voyait aussi ? Bien sûr, son opinion n'aurait pas dû avoir la moindre importance pour elle, mais elle ne put s'empêcher de se poser la question. Son seul réconfort était de savoir que Gwen l'aimait comme une sœur et tenait à leur amitié. Seulement, Brida était bien différente de la tendre, attentionnée et généreuse Lady de Kinnerton, qui tenait son rang à merveille et savait toujours faire passer les besoins de son époux avant les siens…

Même les quelques femmes assises là, autour du feu, paraissaient meilleures qu'elle. En fait, elle s'était entourée avec grand soin d'une muraille de glace pour s'empêcher de ressentir une nouvelle fois l'atroce douleur qui avait accompagné la perte de sa famille. Elle avait fait des efforts pour se rendre insensible aux autres, aux attachements que la plupart des gens considéraient comme normaux, et pour ne jamais se laisser séduire par un homme. Hélas, cette position devenait de plus en plus intenable pour elle…

— Est-ce que tout va bien, Brida ? murmura soudain Tom à son oreille.

Tirée de ses amères réflexions, elle cilla et se tourna vers lui, presque surprise de le trouver là.

— Bien sûr. Je pensais juste à ce que nous réservera la journée de demain.

— J'espère qu'elle nous apportera tout ce que nous en attendons.

— Le croyez-vous vraiment ? demanda-t-elle dans un souffle, en croisant son regard par inadvertance.

— Quand on cherche bien, on finit toujours par obtenir ce que l'on désire.

— C'est vrai, j'oubliais que vous établissez toujours un plan minutieux avant d'agir.

— Ah, vous avez donc décidé d'ignorer mes paroles d'hier. Je préfère ne jamais prévoir les détails de ce qui pourrait m'arriver, car je sais que les choses ne se passent jamais exactement comme on s'y attend. Je sais m'adapter au changement et accepter l'imprévu pour en tirer le meilleur. Je ne m'appuie que sur mon instinct et mes envies.

— Rafraîchissez ma mémoire : cette méthode a-t-elle toujours été aussi efficace que vous semblez le croire ?

— Non, pas toujours.

Il but une gorgée de bière avant d'ajouter :

— Mais nous avons déjà épuisé ce sujet de conversation et j'aimerais que vous teniez votre part du marché que nous avons passé, à présent.

Elle fronça les sourcils, confuse.

— De quoi parlez-vous ?

— Avez-vous déjà oublié ? demanda-t-il d'une voix traînante. Vous étiez censée m'exposer les raisons qui vous ont poussée à mentir aux habitants de Kinnerton au sujet de votre mariage.

— Je… Je…

Elle pinça les lèvres et le dévisagea un instant.

— Dites-moi pourquoi vous tenez tant à le savoir.

Tom haussa les épaules.

— Quand je me trouve dans l'obligation de tenir un rôle, j'aime au moins comprendre pourquoi on me demande de le jouer…

Baldwin le Sage choisit cet instant pour se lever. Il s'éclaircit la voix avant de s'adresser au groupe d'une voix forte :

— Pour entamer les réjouissances en cette belle nuit, Ulric et Mildred ont décidé de nous chanter *Badinage avec sa jolie fleur*. Roland le Gros les accompagnera au tambourin.

Tout le monde applaudit et les trois artistes se rassemblèrent pour entonner leur chanson.

Seigneur ! Étaient-ils réellement obligés d'interpréter une ballade grivoise ? Le premier couplet, plus qu'explicite, s'attardait longuement sur les plaisirs de la chair – et en des termes bien trop crus aux yeux de Brida.

— Alors ? murmura Tom en se penchant vers elle, sans quitter les musiciens des yeux. Allez-vous enfin répondre à ma question ?

— Vous êtes aussi insistant et persévérant qu'une puce sur un chien !

— Vraiment ? lâcha Tom en tapant d'un air ravi dans ses mains au rythme du tambourin. Quel langage ! Je crois que nos nouveaux amis commencent à déteindre sur vous. Quoi qu'il en soit, je vous rappelle que nous avons passé un marché…

— Je peux vous assurer que mon histoire n'a rien de très passionnant.

Elle s'interrompit le temps de prendre une profonde inspiration.

— Si vous voulez tout savoir, j'ai été fiancée, autrefois.

— Voilà qui me semble très intéressant, contrairement à ce que vous avez l'air de croire.

Elle l'ignora et se lança dans son triste récit. Autant en finir le plus vite possible et éviter des souffrances inutiles.

— Nous ne nous sommes pas mariés parce qu'il... hem... est mort.

Comme tous les membres de sa famille, à l'exception de sa mère qui la jugeait responsable du destin atroce de leurs proches.

« J'avais prévenu ton père. Je lui ai dit que la malédiction pesait encore sur notre maison, mais il ne m'a pas écoutée – et toi non plus ! Personne ne m'a prise au sérieux et maintenant, vois comme nous avons été punis. Le ciel a semé la mort et la destruction parmi nous pour nous faire payer les péchés d'autrefois ! »

Ravalant la boule qui s'était formée dans sa gorge, elle cligna des yeux. Qu'il était absurde de se souvenir ainsi des pires heures de sa vie, alors que leurs compagnons riaient et chantaient autour d'eux ! Le brouhaha ambiant devint vite un ronronnement sourd qui lui donna le vertige, tandis qu'elle entendait de nouveau le serment qu'elle avait fait à cette époque. Elle ne douterait plus jamais de la prophétie qui avait condamné sa famille. Elle ne chercherait plus jamais à contourner la malédiction attachée à son nom, qui la suivrait jusqu'à son dernier souffle.

Tom la regardait avec attention, maintenant. Son sourire s'évanouit peu à peu, laissant place à une expression compatissante et navrée.

— Je vois que la perte de votre promis a été un fardeau très lourd à porter, pour vous.

La perte de toute sa famille, plutôt. Son père et tous les siens, y compris son petit frère de onze ans, avaient connu une fin sanglante... sous ses yeux.

— Oui, en effet, répondit-elle en avalant péniblement sa salive.

— Quand est-il mort ?

La douceur et la gentillesse de Tom paraissaient étranges, au milieu des couplets paillards entonnés par le reste de la troupe.

La gorge nouée, elle baissa les yeux.

— Il y a près de huit ans.

— Et vous avez décidé de faire croire que vous étiez mariée pour que personne ne s'intéresse de trop près à vous ou ne vous pose de questions gênantes au sujet de votre passé ?

— Oui, lâcha-t-elle dans un souffle. C'est à peu près cela.

— Personne, sauf moi et ma fichue persévérance.

Son regard s'emplit de remords et il secoua lentement la tête.

— Je suis sincèrement désolé, Brida. Je pourrais me frapper pour me punir de mon insensibilité ! Je ne me doutais pas que vous aviez des raisons si puissantes de mentir sur ce point…

— Ne vous faites pas de reproches, Tom. Tout cela s'est passé il y a bien longtemps.

— Mais votre douleur reste intacte.

Il prit sa main dans la sienne et la serra. Longuement. Elle fut étonnée d'éprouver une telle gratitude pour lui. Son geste tendre la réconfortait, d'une certaine manière, et elle ignora la petite voix insistante qui lui répétait d'éviter toute intimité avec cet homme – même d'une manière aussi innocente et chaste. Mais ce n'était pas le moment de s'écarter de lui. Pas ce soir. Elle n'en aurait pas la force. Elle avait besoin de ce contact et de la chaleur que Tom insufflait en elle ; de son empathie et de son attention. Oui, pour une fois, elle acceptait avec joie de s'appuyer sur quelqu'un et de s'abandonner.

— C'est vrai, admit-elle, mais ne gâchons pas cette belle soirée en nous attardant sur des histoires aussi tristes. Écoutons plutôt les chants de nos hôtes.

Elle indiqua la troupe rassemblée près du feu d'un petit mouvement de tête.

— Je doute que vous ayez réellement envie d'écouter les paroles de ces ballades…

Elle sourit faiblement.

— Oui, c'est assez vulgaire, n'est-ce pas, Thomas le Simple ?

— Appelez-moi encore une fois comme cela, et je vous promets de trouver un moyen de vous faire subir l'assaut d'un millier de puces !

De nouveau, elle parvint à sourire et se tourna vers les ménestrels qui venaient d'achever leur chant.

— Voilà qui est mieux, fit Tom sans la quitter des yeux. Je ne veux pas être la cause de votre tristesse, Brida, même en vous rappelant celui que vous avez perdu. Je vous promets de ne plus jamais aborder le sujet, mais sachez une chose : si vous désirez un jour vous confier à moi, je serai honoré de vous écouter.

Elle sursauta, surprise par cette marque d'affection inattendue.

— Merci, murmura-t-elle.

Enfer !

Tom aurait pu se frapper toute la nuit pour avoir été aussi rustre. De toutes les choses stupides et inconscientes qu'il avait pu faire dans sa vie – et il y en avait eu ! –, cette conversation avec Brida était sans doute la pire. Sans le vouloir, il lui avait fait du mal en insistant à ce point pour connaître les raisons de son mensonge et du faux époux qu'elle s'était inventé pour qu'on la laisse vivre en paix.

S'il avait pris un moment pour réfléchir aux explications possibles, il aurait sans aucun doute compris plus tôt et ne se serait pas ridiculisé avec des plaisanteries salaces. Il aurait dû le savoir. Il aurait dû se douter que Brida O'Conaill avait le cœur brisé. Qu'elle souffrait *toujours* de la perte de son fiancé. Le simple fait qu'elle désire rester fille et qu'elle soit prête à inventer une histoire aussi élaborée pour rester fidèle à la mémoire de cet homme prouvait que son amour pour lui avait été sincère et profond.

C'était le genre de sentiment qui pouvait pousser une femme comme elle à s'adonner à une dévotion perpétuelle, désespérée, au point de s'interdire tout bonheur dans cette vie. À se vouer à une existence solitaire pour mieux garder en vie l'image d'un homme qu'elle avait aimé et perdu. Toute cette histoire était, au fond, assez tragique… Il avait d'ailleurs toujours pressenti qu'il y avait une part sombre, chez sa compagne de voyage.

Il ne pouvait toutefois pas non plus ignorer le fait qu'elle avait connu l'amour. Elle avait su ce que c'était d'être chérie et de se sentir proche d'une autre personne au point de vouloir passer sa vie à ses côtés. Lui-même ne pouvait se permettre d'éprouver de tels sentiments, et il se l'était toujours interdit. Une pointe de regret accompagnée par autre chose le déchira soudain. Une amertume qui le prit par surprise et qui ressemblait fort à… de la jalousie.

Durant quelques instants, il en voulut à ce fiancé mort d'avoir su conquérir à ce point le cœur de Brida. C'était ridicule, puisqu'il n'avait aucune intention de se faire aimer d'elle à son tour ! Bien sûr, il ne niait pas qu'il ressentait pour elle une attirance gênante et qu'il la désirait, mais ce n'était qu'une réaction physique naturelle. Et il s'ingéniait à ne jamais laisser cela prendre le pas sur sa raison.

— Vous n'avez pas à me remercier, dit-il au bout d'un moment. Après tout, nous sommes amis, à présent.

— Et plus adversaires ?

Il sourit et fut soulagé de voir qu'elle avait l'intention de changer de sujet.

— Je ne savais pas que nous l'avions été.

La chanson terminée, un autre couple de la troupe se leva et se lança dans un nouveau morceau enjoué.

Brida se pencha à l'oreille de Tom pour chuchoter :

— Quelle autre déduction auriez-vous faite à ma place ? Vous n'êtes jamais revenu à Kinnerton après le mariage de Ralph et Gwen.

La joie de Tom fut de courte durée. Une fois de plus, il eut l'impression d'être plongé tête la première dans un gouffre dont il ne voyait pas le fond. Comment réagir ? Que répondre à cela ? Lui-même ne savait pas exactement ce qui l'avait empêché de retourner chez son ami. Pendant ces trois années, il s'était convaincu qu'il était trop pris par ses missions et son travail pour aller jusqu'à Kinnerton. À la vérité, une part de lui tenait à éviter de revoir cette femme, à présent assise tout près de lui. Brida O'Conaill… S'il ne s'était pas retrouvé dans une situation aussi dangereuse que celle qu'il vivait à présent, s'il n'avait pas eu besoin de l'aide de Ralph et d'atteindre le pays de Galles sans tarder, il ne l'aurait sans doute jamais croisée de nouveau. Il se souvenait encore amèrement de ce qu'elle lui avait dit le soir du mariage : qu'elle n'aurait jamais dû embrasser un homme comme lui. Ses paroles le brûlaient toujours autant, chaque fois qu'il y repensait.

« – Quelqu'un comme moi ? Que suis-je censé comprendre ?

— Vous êtes convaincu que la vie n'est qu'une succession de plaisirs superficiels. Vous voyagez de village en village, prenant tout ce qui vous fait envie, sans le moindre scrupule, sans vous arrêter, sans vous soucier des autres ou de ce que vous laissez sur votre passage. »

Il n'avait jamais pris le temps de réfléchir aux raisons

qui rendaient ces mots si révoltants à ses yeux, si blessants. Était-ce parce qu'elle avait touché la vérité du doigt ou, au contraire, parce qu'elle n'aurait pas pu en être plus éloignée ? S'il était honnête, il admettrait qu'il avait souffert de voir qu'elle avait été convaincue de tout savoir de lui en ne voyant que le masque sous lequel il se réfugiait. Pourquoi en aurait-il été autrement ? Il avait toujours pris soin de cultiver cette image de débauché, d'homme insouciant, pour mieux cacher ce qu'il était réellement ; et cela lui avait souvent été utile, surtout depuis qu'il travaillait pour la Couronne.

Puis, quand il avait compris que même ses baisers ne parvenaient pas à changer l'opinion que Brida avait de lui, il s'était rendu compte qu'il tenait à lui plaire. Et cela l'avait terrifié. Il n'était pas homme à se soucier de l'affection d'une femme comme elle – ou à se laisser séduire par elle. Certes, elle s'était excusée pour son « comportement impardonnable », comme elle l'avait si bien dit dans la grotte, mais ses mots restaient gravés dans l'esprit de Tom. Brida demeurait très dangereuse pour lui, maintenant comme autrefois. Il ferait sans doute bien de ne pas l'oublier.

Chapitre 11

Tom se tourna vers sa compagne pour l'observer un moment.

— Non, admit-il finalement. Je ne suis jamais revenu.

Il se passa nerveusement la main dans les cheveux.

— Et ce, pour de nombreuses raisons. Tout d'abord, mon travail m'a pris beaucoup de temps et sa nature même m'interdit désormais les amitiés proches que j'appréciais autrefois. Si je veux accomplir mes missions tout en protégeant mes proches et ma famille, il faut que je conserve un certain anonymat. J'ai respecté cette distance prudente jusqu'à cette dernière aventure qui, comme vous le savez, ne s'est pas vraiment passée au mieux…

— Je vois.

Elle se mordilla la lèvre, comme chaque fois qu'elle réfléchissait.

— Ce doit être extrêmement difficile pour vous de vous tenir éloigné de votre famille, comme vous l'avez fait avec vos amis.

— En fait, ma seule famille est ma sœur.

— Oh ! je suis désolée ! Je ne savais pas.

— Comment l'auriez-vous su ? répondit-il en haussant les épaules. Tous nos proches ont péri il y a bien longtemps.

— Puis-je vous demander ce qui s'est passé ?

Elle avait parlé avec une douceur qui le poussa à se confier, sans qu'il comprenne réellement pourquoi.

— Un incendie s'est déclenché dans notre manoir, un soir. Il s'est étendu et a tué tous les occupants de la demeure sans leur laisser la moindre chance de s'enfuir.

Un petit cri échappa à Brida et elle plaqua une main sur ses lèvres.

— C'est atroce !

— Oui, c'était effroyable… Même si je n'ai pas été là pour assister au désastre personnellement, murmura-t-il sans cacher son amertume.

Par le ciel !

Comment en étaient-ils venus à discuter du sort terrible qui avait emporté sa famille ? Il n'avait encore jamais eu ce genre de conversation avec qui que ce soit. Très peu de personnes savaient quelle tragédie avait frappé les siens, ou qu'il se sentait responsable de ce qui était arrivé – même s'il avait été absent le jour où le feu avait réduit le manoir en cendres. Il portait un tel poids de culpabilité qu'il avait parfois l'impression d'avoir allumé la torche fatale de sa propre main.

Peut-être était-ce pour cela que les dures paroles de Brida en cette nuit étoilée, trois ans plus tôt, lui avaient fait si mal. Il avait l'impression qu'elle avait su voir clair en lui, ce soir-là. Qu'elle savait quel genre d'homme il était réellement. Il ne valait pas mieux que la piètre opinion que Brida O'Conaill avait énoncée ; il était un fripon qui « prenait tout ce qui lui faisait envie, sans le moindre scrupule, sans s'arrêter, sans se soucier des autres ou de ce qu'il laissait sur son passage ».

En effet, il avait bien été cela, et même pire… Égoïstement, il avait passé des années à ne penser qu'à sa personne alors qu'il savait très bien que son père était un ivrogne dangereux et un homme à l'esprit malade. Tournant le dos à ses obligations familiales, à ses responsabilités, il avait choisi son propre chemin : celui d'un chevalier. C'était à cause de sa négligence que la tragédie avait pu frapper les siens d'une manière aussi brutale.

Il aurait dû s'en douter. S'il était resté chez lui au lieu de courir le monde, il aurait sans doute pu éviter le feu et sauver bien des vies. Sa mère n'avait-elle pas insisté maintes fois pour qu'il prenne en charge la gestion du domaine afin de le soustraire à la tyrannie obstinée de son père ? Elle l'avait encore supplié, la dernière fois qu'ils s'étaient vus. Comme il avait refusé, elle était devenue pâle comme un linceul et l'avait traité de garçon stupide et irresponsable. Un goût de bile lui envahit la bouche lorsqu'il songea au mépris de sa propre famille, de leurs métayers, et à la honte de sa mère.

— Et votre sœur ? demanda Brida.

Il se redressa et prit une profonde inspiration.

— Elle est ma seule responsabilité, désormais, répondit-il d'une voix qui lui parut méfiante et étrangement distante. Je suis navré… Je ne veux pas vous paraître impoli, mais j'ai toujours du mal à parler de ces choses.

— Je comprends.

À présent, c'était elle qui tentait de le rassurer en posant sa main sur la sienne. Surpris, il observa un moment ses longs doigts, si fins comparés aux siens. Un soupir tendu et tremblant lui échappa.

— Ma sœur est presque aveugle. Sa vue s'est lentement dégradée depuis son enfance, et l'accident n'a pas aidé.

— Oh ! c'est terrible ! Je suis navrée.

Elle passa sa main sous la sienne pour que leurs paumes se touchent.

— Ne le soyez pas. Joan est peut-être jeune, mais elle supporte ces épreuves avec grâce et bonne humeur. Elle ne laisse jamais la méchanceté ou les moqueries des autres la tirer vers le bas.

Brida parut stupéfaite.

— On se moque d'elle parce qu'elle est presque aveugle ?

Tom hocha la tête.

— Oui, cette maladie pousse les gens à la croire maudite. Certains habitants de notre village ont même pensé qu'elle avait été la cause réelle de l'incendie qui a détruit notre demeure.

Le hoquet qui échappa à Brida le fit grimacer.

— Voilà pourquoi je tiens tant à la protéger. En ce moment même, elle est escortée par quelqu'un en qui j'ai toute confiance et sera installée dans un endroit où nul ne pourra l'atteindre, en attendant que cette histoire se tasse et que je puisse laver mon nom.

— Votre affection pour elle est toute à votre honneur, remarqua Brida en lui adressant un petit sourire timide. Vous avez de la chance de pouvoir compter l'un sur l'autre.

Elle avait dit ces derniers mots avec une telle amertume qu'il se demanda pendant un instant si elle avait encore de la famille, quelque part. Ralph lui avait une fois confié qu'elle était seule au monde. N'était-ce pas qu'une image ? Il aurait voulu lui poser la question, mais n'osa pas. Pas ce soir. Pas après toutes les confidences qu'elle lui avait déjà faites. Cette nuit semblait les avoir déjà poussés à trop en dire, et il était inutile d'en rajouter.

— Merci, chuchota-t-il donc en lui rendant son sourire. C'est étrange. Vous n'êtes peut-être pas impulsive et vous n'avez pas l'habitude de vous fier à votre instinct – puisque vous ressentez le besoin d'organiser et de contrôler en permanence tout ce qui vous entoure – mais, d'une certaine manière, vous me rappelez ma sœur…

— Moi ? demanda-t-elle, de toute évidence étonnée. Comment cela ?

Il haussa les épaules.

— Ce n'est pas une question d'apparence ou de comportement. Tout comme Joan, vous avez un esprit indomptable. J'admire votre courage, votre force face aux épreuves que vous avez traversées, face à la douleur du deuil et à la perte de l'homme que vous aimiez…

En voyant les grands yeux de Brida s'emplir de larmes, il s'interrompit.

Oh ! Seigneur ! Il n'avait pas eu l'intention de la blesser ! Il chercha désespérément un moyen de s'excuser et de se faire pardonner, quand elle lui prit la main et la pressa avec fièvre.

— Merci.

Elle renifla, d'une manière fort peu élégante pour une damoiselle.

— C'est sans doute l'une des plus belles choses que l'on m'ait dites…

Tom soutint son regard, ensorcelé par ce mélange de tristesse, de nostalgie et d'une sorte d'aspiration si fiévreuse qu'il en eut le souffle coupé.

Soudain, des applaudissements et de joyeuses exclamations marquèrent la fin d'une nouvelle chanson gaillarde et Brida baissa les yeux pour se joindre aux autres en frappant dans ses mains sans conviction.

Baldwin l'Incompétent, comme Tom l'avait finalement rebaptisé par-devers lui, s'approcha d'eux et tendit un luth à Brida, qui le dévisagea avec surprise.

— Venez, charmante et enflammée demoiselle. Le moment est venu de nous montrer vos talents. Accepterez-vous de nous offrir un petit spectacle ? demanda-t-il en désignant toute la troupe d'un geste théâtral.

Tom voulut s'interposer, mais l'homme poussa l'instrument entre les mains de Brida, qui recula vivement.

— Vous pouvez le faire, nous ne sommes pas méchants, ajouta l'odieux idiot.

Très vite, le reste du groupe se joignit à lui pour insister auprès de la pauvre Brida, qui tournait ses regards affolés de tous côtés, comme un animal traqué. Que signifiait réellement cet instrument à ses yeux, pour qu'elle réagisse ainsi ? Lui rappelait-il une autre époque, un autre lieu… une autre personne ? Avait-elle appris à en jouer aux côtés de ce fiancé depuis longtemps disparu, qui n'avait jamais cessé d'occuper son cœur ?

— Cela suffit, l'ami, dit-il d'une voix à la fois calme et inflexible. Comme ma femme vous l'a déjà dit, elle est fatiguée de son voyage et ne souhaite pas se produire ce soir.

— Attendez…

Brida le saisit par le bras et soutint son regard à la fois stupéfait et perplexe.

— Je crois que j'aimerais relever ce défi, Tom. Rien qu'une fois, j'ai envie de me montrer plus impulsive et moins pondérée.

Sentant bien que ces paroles lui avaient coûté, il l'observa un instant.

— Vous n'avez rien à prouver et nul ne vous oblige à réveiller de vieilles peurs ou d'anciennes douleurs, lui dit-il à voix basse.

— Merci, répondit-elle sur le même ton avec un faible sourire. Mais je crois que j'ai besoin de faire cela, d'affronter mes angoisses.

Il se pencha plus encore à son oreille, pour qu'elle seule puisse l'entendre.

— Très bien. Si vous pensez que cela vous apportera un peu de réconfort ou vous permettra de vous réconcilier avec les souvenirs liés à cet instrument sans vous causer la moindre détresse, alors agissez à votre guise.

Elle le regarda encore un moment avant de prendre le luth d'une main timide.

Ravalant son embarras évident, elle se leva et s'approcha du feu, là où les autres s'étaient produits avant elle. Ses doigts effleurèrent les courbes de l'instrument, comme si elle avait besoin de temps pour se souvenir de sa forme, de la sensation du bois sous ses mains.

Fasciné, Tom vit ses doigts se tendre et se plier au-dessus des cordes sans les toucher, comme si elle cherchait à retrouver une mélodie à demi oubliée. Puis elle se mit à jouer et toute pensée rationnelle s'évapora.

Tom se laissa envelopper par la mélodie légère, envoûtante, et sentit quelque chose se serrer dans sa poitrine. Il était ensorcelé, pétrifié, écoutant les notes que ces doigts si fins tiraient sans effort de l'instrument. C'était comme si toutes les émotions que Brida avait réprimées depuis toujours refaisaient soudain surface et s'écoulaient au rythme de la musique.

Jamais il ne se serait douté que la belle, rusée et austère Brida O'Conaill était capable de produire une mélodie aussi stupéfiante et féerique. Il en avait presque la gorge nouée. Pourquoi s'était-elle montrée si réticente à l'idée de partager son extraordinaire talent ? Pourquoi avait-elle conservé le luth de son père à Kinnerton, tout en prétendant qu'elle ne savait plus en jouer, qu'elle avait tout oublié ?

Elle était si charmante, ainsi penchée sur les cordes…

Ne voulant rien manquer des émotions qui défilaient sur son visage, il garda le regard fixé sur elle.

Les yeux fermés pour mieux se concentrer et les lèvres remuant lors des passages les plus délicats, elle paraissait entièrement perdue dans sa musique et le plaisir de jouer de nouveau. Tom n'avait encore jamais vu quelqu'un d'aussi fascinant et attirant qu'elle en cet instant. Sa mélodie lancinante tissait pour lui un cocon de regrets, d'amour, de perte et de douleur… Elle le touchait au plus profond du cœur, éveillant une surprenante braise de désir en lui.

D'un coup, il comprit qu'elle n'avait pas uniquement accepté de se produire pour surmonter sa réserve habituelle – elle lui ouvrait un peu plus son âme. Elle lui montrait qui était réellement Brida O'Conaill… Il se sentit soudain reconnaissant et honoré de sa confiance, si précieuse. D'une certaine manière, cela l'apaisa.

Puis, aussi vite que la musique était née sous ses doigts, elle s'acheva. Sans prévenir. Un long silence suivit avant que toute la troupe de ménestrels se mette à applaudir et acclamer Brida. Elle rouvrit les yeux, et son regard passa sans les voir sur les visages de leurs compagnons avant de s'arrêter sur celui de Tom. Leurs regards s'accrochèrent l'un à l'autre et il put profiter pendant un instant d'une vision enchanteresse. Il eut presque l'impression que la musique divine qu'elle avait produite l'avait mise à nu, rien que pour lui.

Dans les profondeurs de ses beaux yeux bleus pétillait une vivacité mêlée de vulnérabilité qui lui donna envie de s'élancer vers elle pour la serrer contre lui et ne plus jamais la lâcher. Elle baissa alors la tête et leur moment d'intimité magique s'acheva comme un songe qui s'efface au réveil, à tel point qu'il se demanda s'il l'avait vraiment vécu ou non.

Brida se tenait dehors, à l'écart des charrettes, les bras croisés tandis qu'elle observait le paysage nocturne. La lune baignait les environs d'un éclat bleuté, donnant aux collines et aux forêts une texture de riche velours dans l'air immobile. Elle inspira profondément, appréciant la fraîcheur qui envahit sa poitrine. Cette belle nuit silencieuse semblait se charger de magie et cela l'enivrait. Elle soupira, presque sans s'en rendre compte.

— Ah, vous êtes là ! lança Tom dans son dos.

Il s'approcha et lui déposa une couverture sur les épaules. Ses doigts s'attardèrent un peu plus que nécessaire à la base de son cou et elle sentit courir sur sa peau des fourmillements qui s'étendirent jusqu'à ses orteils. Il se campa à côté d'elle et s'éclaircit la voix.

— Vous serez heureuse d'apprendre que nos nouveaux amis ont accepté de nous accueillir dans leurs charrettes pour la nuit. À peu à contrecœur, ajouterai-je… Vous serez logée avec les femmes. Quant à moi, je vais devoir supporter la compagnie de Bertrand l'Immense Sot et d'Ulric le Pathétique Fou…

Consciente qu'elle s'en tirait à meilleur compte que lui, elle se mordilla la lèvre en faisant de son mieux pour ne pas rire.

— C'est déjà mieux que rien, lui rappela-t-elle avec douceur. Au moins, ils sont prêts à nous laisser passer la nuit parmi eux. D'autres n'auraient pas été aussi généreux.

— Vous avez raison et je ravale mes réticences. Je vais même prier pour remercier le ciel de nous avoir accordé une telle bénédiction, dit-il d'un ton peu convaincu. Je prierai aussi pour que cette nuit soit paisible et n'apporte aucun désagrément, ronflement, pet ou autre manifestation physique désagréable, provenant de mes compagnons de chambrée.

Cette fois, Brida ne put s'empêcher de glousser. Ils restèrent un moment côte à côte, admirant en silence le paysage sous la lueur argentée de la lune. Peu à peu, un même émerveillement les saisit.

— C'est magnifique, n'est-ce pas ? finit par murmurer Brida.

— Aussi beau que le morceau que vous avez joué tout

à l'heure, répondit-il avec douceur. Je ne me doutais pas de l'étendue de vos talents cachés.

Le fait d'avoir osé relever le défi et de jouer de nouveau du luth avait été exaltant pour elle. Cet instrument avait eu tant de valeur à ses yeux, autrefois. Elle avait partagé cette passion avec son père, Diarmuid O'Conaill, Lord de Clarmallagh ou Clár Maí Locha. Aux yeux de tous, cet homme avait été un seigneur puissant et intimidant, mais Brida avait connu chez lui une autre facette plus sensible, une facette qui laissait ses émotions s'exprimer grâce aux cordes du luth. Tout ce qu'elle savait, elle l'avait appris de son père…

C'était pour cela qu'elle avait abandonné la musique après son brutal assassinat. Lui et les hommes de leur clan avaient été pendus sous ses yeux – un souvenir horrible qu'elle ne parviendrait sans doute jamais à effacer de sa mémoire. Tout comme elle n'oublierait jamais non plus le regard d'incompréhension et de détresse que lui avait adressé son petit frère quand on l'avait traîné sur l'échafaud pour lui passer une corde autour du cou… Cela avait été un cauchemar. Jusqu'à son dernier jour, elle sentirait vibrer dans sa chair les hurlements déchirants de sa mère – ou étaient-ce les siens ?

Depuis cette journée effroyable, chaque fois qu'elle avait tenté de prendre le seul souvenir qu'elle gardait de son père, son magnifique luth taillé dans un chêne de leur ancien domaine, elle avait senti un courant glacé la parcourir, l'empêchant de laisser ses doigts courir sur les cordes tendues. Du moins jusqu'à ce soir.

Elle était encore stupéfaite d'avoir réussi un tel exploit, d'avoir retrouvé comment exprimer grâce à la musique toutes les émotions qu'elle gardait habituellement sous clé. La mélodie qui était née sous ses doigts déshabitués lui avait rappelé sa demeure, au nord de l'Osraighe et au cœur de l'Irlande… ainsi que tous ceux qu'elle avait aimés autrefois.

Ces images et ces sensations avaient fait naître dans sa poitrine une douleur qu'elle n'avait plus ressentie depuis une éternité. Une douleur qu'elle avait soigneusement enfouie au plus profond d'elle pour ne plus jamais l'éprouver. Seulement, lorsqu'elle avait fermé les yeux et laissé les notes envoûtantes l'envahir, elle avait réussi à entrevoir les visages à demi effacés de son père et de tous ses frères. Elle avait senti une nouvelle fois leur présence rassurante autour d'elle.

À un moment de la soirée, alors qu'elle se libérait peu à peu des contraintes qu'elle s'était imposées depuis des années, une part d'elle avait trouvé un moyen de se raccrocher au passé – comme un voyageur égaré qui découvre un sentier pour rentrer chez lui. Et, quand elle avait rouvert les yeux, toutes ces images s'étaient effacées, ne laissant que Thomas Lovent. Il se tenait à ses côtés, maintenant encore, observant la nuit en silence, les yeux si luisants qu'elle sentait son cœur battre plus vite chaque fois qu'il se tournait un peu vers elle.

— Je n'avais pas joué depuis une éternité, dit-elle au bout d'un long moment, et je dois bien admettre que j'ai vraiment apprécié cela. Plus que je l'aurais cru.

Tom jeta un coup d'œil en direction du campement.

— Il faut bien reconnaître que nos nouveaux amis n'ont pas ménagé leur peine pour vous convaincre de faire le grand saut.

Un vague sourire dansa un instant sur ses lèvres.

— Pour ma part, je suis encore sous le choc, Brida O'Conaill.

Elle ne le corrigea pas mais, au fond, ne l'avait-il pas poussée depuis leur rencontre à se montrer plus spontanée, à profiter de l'instant ? La troupe de Baldwin n'était pour rien dans cela. Elle coula un discret regard vers lui et poussa un soupir tremblant. Il était d'une beauté renversante : grand, musclé, avec des cheveux d'un blond sombre perpétuellement ébouriffés par sa manie de passer la main dedans. Elle fut soudain saisie par une envie dévorante de lui passer elle aussi la main dans les cheveux et dut serrer les poings pour s'en empêcher.

Avait-elle bu trop de cidre, pendant le repas ? Quoi qu'il en soit, elle était obnubilée par l'idée de toucher cet homme. Comment parvenait-il à avoir autant d'influence sur elle ?

Il se tourna vers elle et surprit son regard sur lui. Il lui avait dit quelque chose, se souvint-elle, et elle n'avait pas encore répondu…

— En quoi vous ai-je choqué ? demanda-t-elle, le souffle un peu trop court.

Oh ! Seigneur…

— En tout. Tout ce que vous avez fait était inattendu, dit-il de sa voix grave et sensuelle. Je n'avais encore jamais eu le privilège d'écouter une musique aussi délicate et émouvante. Vous avez un talent exceptionnel.

Elle soutint son regard, cherchant à savoir s'il plaisantait. Non. Il paraissait sérieux !

— Taisez-vous, ou vous allez me faire rougir.

Elle ne savait que dire d'autre. Il la contemplait avec une telle intensité qu'elle sentit son cœur battre la chamade. Il posa un doigt sous son menton et lui fit relever la tête en douceur.

— Pour être honnête, je crois que je n'oublierai jamais cette soirée. Et je peux le dire car vous rougissez *déjà*, Brida.

En effet, sa peau était brûlante, trop sensible, et le sang battait dans son cou, sur ses tempes. Elle s'humecta nerveusement les lèvres et leva un peu plus les yeux. Ce qu'elle vit dans le regard de Tom faillit lui faire perdre connaissance. Non qu'elle fût femme à s'évanouir pour un rien, mais son compagnon ne cherchait plus du tout à camoufler le désir qu'il ressentait pour elle. Ses iris verts mouchetés d'or flamboyaient et la firent frissonner d'excitation. Lentement, très lentement, il se pencha vers elle.

— Que faites-vous ? chuchota-t-elle en reculant la tête.

Ses pieds, eux, refusèrent de bouger et elle resta campée face à lui.

— Oh ! Brida…

Il s'arrêta tout près de ses lèvres, si près qu'elle sentait la chaleur de sa respiration caresser son visage.

— Vous avez un don pour parler aux moments les plus importuns, ma belle.

Il lui posa une main sur la nuque et l'autre vint épouser l'arrondi de sa mâchoire. Le désir flambait plus que jamais dans ses yeux tandis qu'il la caressait légèrement, ce qui fit accélérer plus encore les battements affolés de son cœur. Tremblant sous ces grandes mains d'homme, elle retint son souffle.

Il déposa enfin un petit baiser au coin de sa bouche.

— Et vous savez déjà très bien ce que je m'apprête à faire, reprit-il à mi-voix.

— Vraiment ?

— Oui.

Un baiser se posa de l'autre côté, juste à la commissure de ses lèvres, puis il l'embrassa le long du cou, tout en la poussant d'un geste à rejeter sa tête en arrière pour atteindre les endroits les plus sensibles près de son oreille. Elle sentit ses dents la mordiller et ne put réprimer un petit gémissement.

Ciel…

Laissant toute pensée rationnelle s'évanouir sous ses paupières closes, elle s'abandonna à lui.

— Je suis aussi persistant qu'une puce sur un chien, ne l'oubliez pas.

— Toutes mes excuses. Je ne m'attendais pas à ce que vous m'embrassiez dans le *cou* !

— Ne vous en faites pas, je ne compte pas m'arrêter là, répondit-il en lui souriant, les yeux plus brillants que jamais sous la lune. Tout vient à point, Brida…

Du pouce, il effleura ses lèvres, puis se pencha sur elle et les prit avec gourmandise. Elle ferma les yeux, emportée par le mélange de chaleur et de désir qui l'enveloppait. Encouragée par sa main qui descendit de sa nuque jusqu'au creux de sa taille, elle se coula dans ses bras. Ses doigts si forts se pressèrent un peu plus dans son dos. C'était délicieux.

Il se rapprocha davantage, jusqu'à presser son corps contre le sien, avec une audace choquante. Elle sentit son torse se plaquer à sa poitrine et une étrange tension naquit au creux de son ventre, tandis qu'une chaleur inattendue se mit à couler dans ses veines. Il la serrait fort, tandis qu'elle remontait ses mains jusqu'à ses épaules pour les glisser dans son cou et l'attirer un peu plus contre ses lèvres. Oh ! si près…

Il l'embrassait avec une lenteur presque insoutenable, une douceur tendre, comme s'il cherchait à mémoriser la forme de sa bouche, de son visage. Ce baiser, si différent de celui qu'ils avaient échangé autrefois, émerveilla Brida plus qu'elle n'aurait pu l'imaginer. Un gémissement étouffé lui échappa quand Tom lécha sa lèvre et la mordilla. Il recommença, pinçant sa chair tendre entre ses dents. La surprise lui arracha un hoquet et elle entrouvrit la bouche un instant. Il en profita pour glisser sa langue entre ses lèvres.

Tout parut changer en un éclair. La passion qu'ils ressentaient se déchaîna, comme un orage incontrôlable et inattendu. Tom explora sa bouche, sa langue. Elle l'imita et sentit un grognement le faire vibrer de la tête aux pieds.

Un flot de désir l'envahit alors et leurs baisers se firent plus affamés, plus fiévreux et plus sensuels.

Une petite voix lointaine lui chuchota qu'elle devait mettre fin à cette folie mais, contrairement à leur premier baiser qui l'avait choquée, surprise, celui-ci lui donnait envie d'en avoir plus. Pendant une nuit, une seule, elle était tentée d'oublier tout ce qui lui était interdit et de s'abandonner aux plaisirs dont elle rêvait depuis si longtemps, avec lui. Avec Thomas Lovent. Et advienne que pourra…

Elle laissa donc leurs baisers prendre des allures plus charnelles. Tom était la tentation à laquelle elle avait refusé de succomber trois ans plus tôt, et tout ce dont elle avait besoin malgré elle. Elle aurait presque pu souhaiter que ce moment ne s'achève jamais. Hélas, son compagnon finit par s'écarter en douceur. Il posa quelques derniers baisers furtifs sur ses lèvres, ses joues, puis ses sourcils. Il pressa son front contre le sien et prit une profonde inspiration.

— Mon Dieu, Brida, murmura-t-il d'une voix sifflante. Que m'avez-vous fait ?

Pour une fois, elle ne sut que répondre. Incapable de prononcer un mot, elle fit de son mieux pour ralentir les battements de son cœur et se demanda depuis combien de temps ils étaient là, ensemble. Combien de temps fallait-il pour bouleverser leurs vies à tout jamais ?

Que vous ai-je fait ?

Venait-elle de répéter ces mots à voix haute ou bien les avait-elle juste pensés ? Ils s'étaient embrassés, et cela venait d'altérer le tissu même de leur amitié. Cela changeait *tout* entre eux. Même si elle l'avait voulu, elle aurait été incapable de mettre des mots sur le tumulte d'émotions qui l'habitait. Tout ce qu'elle savait, c'était que l'incroyable bonheur que Tom venait de lui faire découvrir n'avait aucune commune mesure avec tout ce qu'elle avait connu avant.

Il posa ses grandes mains sur ses épaules et la fit reculer avec tendresse.

— Vous êtes une tentation bien trop dangereuse pour moi, Brida O'Conaill. Le savez-vous ?

Il avait parlé d'une voix très basse, en articulant avec soin chaque syllabe.

Les choses s'étaient passées beaucoup trop vite entre eux. La magie de cette soirée s'était évanouie aussi vite qu'elle les avait poussés l'un vers l'autre. Brida s'était doutée que l'intensité des émotions qui l'avaient envahie s'évaporerait, tôt ou tard. D'ailleurs, rien ne lui permettait de savoir si Tom partageait ou non ses sentiments.

Que c'est embarrassant !

D'un seul coup, une bouffée de honte, de confusion et de remords l'envahit. Elle avait failli se perdre et s'offrir entièrement à cet homme. Elle avait été prête à lui faire don de son corps comme une fille des rues – et elle ne se serait peut-être pas arrêtée à temps, si Tom n'avait pas lui-même mis fin à cette folie. Elle avait une dette envers lui.

— Sachez que je ne peux me permettre de m'attacher à qui que ce soit, Brida, dit-il encore. Mon travail et mon passé me l'interdisent, pour des raisons bien trop longues à expliquer.

Sentant les remparts qu'elle avait bâtis autour de son cœur des années plus tôt trembler et se fissurer, elle redressa la tête. Elle ne devait pas faiblir !

— Si vous pensez que je recherche la moindre forme d'attachement, vous vous trompez, Tom.

— Je le comprends, mais je croyais que…

— Je pense surtout que vous réfléchissez trop. Ce n'était qu'un baiser, après tout, dit-elle en se raidissant pour paraître plus forte qu'elle l'était. Un interlude plaisant au cœur de cette belle nuit, mais rien de plus. Je peux vous l'assurer.

— Dans ce cas, je suis heureux que nous ayons mis les choses au clair.

— Moi aussi. À présent, si c'est tout ce qui vous préoccupait, je me permets de vous souhaiter une bonne nuit.

Elle tourna les talons et s'éloigna rapidement. À peine eut-elle le temps d'entendre Tom étouffer un juron dans son dos.

Chapitre 12

Ils commencèrent à l'aube leur dernière journée de voyage en direction du château de Carreghofa. Leurs chevaux suivaient tranquillement les charrettes des ménestrels, qui discutaient et riaient à gorge déployée. Si la chance leur souriait, et si aucun imprévu ne venait les retarder, ils seraient en vue des remparts du fort avant la tombée de la nuit…

Brida retrouverait Gwen, ainsi que son époux Ralph, Lord de Kinnerton, et n'aurait plus jamais à souffrir la présence de Thomas Lovent à ses côtés. Non que cela soit une réelle souffrance, mais il semblait qu'ils n'arrivaient plus à s'adresser la parole sans rougir, et le silence qui s'était installé entre eux devenait de plus en plus embarrassant. Peut-être était-ce un mal pour un bien, au fond. Cela leur permettrait de retrouver en temps voulu une relation cordiale mais distante, et de faire comme si cette dernière semaine n'avait pas été réelle.

Elle lança un coup d'œil à Tom et remarqua soudain que des cernes noirs bordaient ses yeux habituellement si vifs et pétillants. Il semblait avoir à peine fermé l'œil de la nuit. Elle non plus n'avait pas vraiment trouvé le sommeil et s'était retournée sans arrêt sur sa paillasse jusqu'à ce que, avant l'aube, les ménestrels donnent le signal du départ.

Ils déjeunèrent tous ensemble avant de prendre la route,

puis s'arrêtèrent en milieu de journée pour partager une collation. Tom se montra attentionné et poli, mais ne chercha pas à la taquiner ou à plaisanter. De toute évidence, la curiosité qui les avait poussés à s'interroger sur leur passé ou à se rapprocher l'un de l'autre s'était tarie. C'était très bien ainsi, songea Brida, ignorant la douleur sourde et la mélancolie qu'elle ressentait. Oui, c'était ainsi que les choses devaient se terminer entre eux.

Malgré tout, elle ne pouvait s'empêcher de songer à tout ce que Tom lui avait raconté et aux événements de la veille. Tout cela tournait dans sa tête, lui donnant le vertige. Il l'avait poussée à s'ouvrir un peu plus au monde, à prendre des risques. Il l'encourageait à écouter son bon sens, son instinct, à être spontanée et à accepter son passé – aussi douloureux soit-il.

« Si vous pensez que cela vous apportera un peu de réconfort ou vous permettra de vous réconcilier avec les souvenirs liés à cet instrument sans vous causer la moindre détresse, alors agissez à votre guise. »

Comment avait-il deviné ce que le luth signifiait pour elle ? Peut-être n'en avait-il rien su avant de voir l'angoisse envahir ses yeux. Peut-être avait-il simplement compris à ce moment-là qu'elle nourrissait une profonde répugnance à l'idée de jouer. Quoi qu'il en soit, elle était heureuse d'avoir eu le courage de surmonter cette peur. Elle se sentait étrangement libérée, connectée de nouveau à son passé d'une manière viscérale plus puissante que ce qu'elle aurait cru possible.

Mais, de toute évidence, Tom n'avait pas suivi son propre conseil et n'avait pas lui-même affronté les souvenirs douloureux qu'il portait en lui. Elle avait été surprise de le découvrir, la veille, quand il s'était dévoilé, rejetant son habituel masque jovial pour lui montrer la culpabilité qu'il ressentait vis-à-vis de la disparition des siens dans cet incendie mortel. Pourquoi donc se sentait-il à ce point responsable de ce terrible accident ? Elle aurait tant aimé le savoir… Hélas, répondrait-il un jour à ses questions ? Rien n'était moins sûr.

Quoi qu'il en soit, cet homme était bien plus complexe et profond qu'elle l'aurait cru. Comme elle, il se dissimulait derrière un masque. Elle sentait malgré elle son cœur se serrer à la pensée des épreuves qu'il avait dû traverser, du deuil qu'il avait dû affronter seul… En cela, ils se ressemblaient tant ! Pour la première fois, il lui avait parlé de sa sœur Joan, qu'il semblait énormément aimer et qu'elle lui rappelait apparemment par son caractère emporté.

Après tout le cidre qu'ils avaient bu pendant la soirée, il n'était pas étonnant qu'ils se soient laissés aller à ces confessions intimes, qu'ils aient trouvé le courage de dévoiler leurs histoires si similaires. Et il n'était pas surprenant non plus qu'ils se soient finalement embrassés avec tant de passion.

Dans de telles circonstances, mieux valait mettre un terme à cette amitié qui les rapprochait, à ce désir incontrôlable, et ce le plus rapidement possible. Ces sentiments ne leur apporteraient rien de bon. La fin de leur voyage signerait la fin de toute relation entre eux. Rien n'était envisageable, au-delà. Cette intimité, cette tendresse, cette attraction n'avaient rien à leur offrir, en dépit de tous les baisers brûlants qu'ils pourraient échanger. Puisque aucun avenir n'était possible pour Tom et elle, tout cela n'avait pas la moindre importance. Elle sentit soudain la nécessité de le quitter – vite – avant de mettre son cœur en danger. Lui dire adieu serait un tel soulagement qu'elle eut soudain hâte d'arriver au château de Carreghofa.

Tom se frotta le front. La troupe avait heureusement réussi à franchir la frontière sans encombre, mais il craignait d'être encore traqué. Comment parviendrait-il à pénétrer dans l'enceinte du fort sans attirer l'attention des soldats à qui l'on avait sans doute communiqué son signalement ? Plus ils approchaient de leur destination, plus il réfléchissait à un moyen de passer les gardes. Il ne pouvait mettre Brida en danger, ni prendre le moindre risque lui-même. Il devait à tout prix trouver une solution. Le château était trop proche de l'Angleterre pour qu'il soit parfaitement tranquille. Il allait devoir improviser en fonction de ce qu'il découvrirait à son arrivée…

En dépit de toutes ces préoccupations et de la précarité de leur situation, il ne pouvait s'empêcher de songer à ce qui s'était passé la veille entre sa compagne de route et lui. Quel idiot il avait été de céder à son désir pour elle, alors qu'il n'avait rien à lui offrir ! Il ne pouvait se permettre le moindre attachement, avec qui que ce soit. Son travail pour la Couronne était bien trop important et il devait avant tout se concentrer sur sa mission – du moins, s'il parvenait à prouver son innocence pour continuer à œuvrer au service de son maître. De toute manière, Brida avait été très claire : elle n'attendait rien de lui.

Pourtant, malgré lui, cette femme avait fait irruption dans sa vie bien ordonnée et avait semé le chaos dans son cœur. Ou plus exactement, *il* avait fait irruption dans *son* existence. Au final, le résultat était le même. Il la désirait au point de se sentir déchiré entre ses envies et la nécessité de la tenir à bonne distance. C'était pour cela que, dans la matinée, il ne lui avait adressé la parole que lorsque cela s'était avéré nécessaire, et qu'il s'était borné à échanger quelques banalités sans importance avec elle depuis. Hélas, cela ne convenait pas. Sa conscience lui interdisait de piétiner ainsi leur amitié naissante et de faire comme s'ils n'étaient que des connaissances de passage.

Il fit ralentir son cheval pour permettre à Brida de le rattraper.

— Nous serons bientôt au château, annonça-t-il.

Elle acquiesça, sans le regarder.

— J'en suis heureuse. Pour être honnête, ce long voyage commence à me fatiguer un peu…

— Au moins, il ne s'est rien passé d'important depuis notre départ.

La voyant froncer les sourcils, il s'empressa de préciser, confus :

— Personne ne nous a poursuivis.

— C'est vrai. Craignez-vous des ennuis, quand nous atteindrons Carreghofa ?

— Je ne saurais vous le dire. C'est pourquoi nous devons rester sur nos gardes jusqu'à notre arrivée et nous préparer à tout en attendant.

Elle hocha de nouveau la tête et ils poursuivirent un long moment leur route en silence, à la suite des charrettes, chacun perdu dans ses propres pensées.

Il finit par prendre une profonde inspiration et jeter un coup d'œil dans sa direction.

— J'espère que vous ne vous êtes pas sentie insultée par mes propos ou mes actions d'hier…

Seigneur ! Depuis quand s'exprimait-il de façon si formelle ? Jamais encore il n'avait parlé à qui que ce soit sur ce ton, et encore moins à Brida, mais il avait du mal à retrouver sa légèreté coutumière en sa compagnie, après tout ce qu'ils avaient traversé. Il devait s'excuser, pas rendre la situation encore plus complexe pour eux… Surtout s'il l'avait offensée.

— Non, rassurez-vous. Rien de ce que vous avez pu dire ne m'est apparu comme une insulte. En particulier hier. Au fond, je considère cette soirée comme un moment agréable et très instructif.

— Je suis heureux de vous l'entendre dire, Brida, répondit-il. Néanmoins, je tiens à préciser que…

— Oui, nous nous sommes beaucoup confiés et j'imagine que c'est ce qui nous a conduits à échanger ce baiser fort justifiable. Pour être honnête, je l'ai trouvé agréable et très satisfaisant.

— Agréable ? Justifiable ?

Il ne put s'empêcher de froncer les sourcils.

— *Satisfaisant* ?

Elle secoua la tête, sans sourire.

— Je ne vois pas comment le décrire autrement. Je pense que nous pouvons même le considérer comme un baiser d'adieu venu un peu en avance.

Tom eut soudain très envie de l'embrasser de nouveau, juste pour lui montrer à quel point ses baisers pouvaient être « agréables » et « satisfaisants ». Mais elle ne lui en laissa pas le temps et enchaîna :

— On pourrait seulement regretter qu'il ait duré un peu trop longtemps. Je pense que c'est dû au fait que nous avons peut-être bu un peu trop de cidre.

Il aurait dû se contenter de ce constat et tourner la page. Il s'était excusé, indirectement, et Brida avait assuré qu'elle ne lui en voulait pas. Tout pouvait donc s'arrêter là.

— Vous avez trouvé ce baiser, justifié, agréable et assez satisfaisant, n'est-ce pas ? demanda-t-il malgré lui.

Non, il était incapable de se taire. Il savait qu'elle le provoquait, ou qu'elle essayait de minimiser l'importance de ce qui s'était passé entre eux, mais il était un homme, et il avait une fierté à défendre.

— En effet, répondit-elle avec un sourire poli et distant. C'était un moment plaisant.

Il lui sourit également.

— Dans ce cas, il va falloir que je fasse mieux la prochaine fois…

— La prochaine fois ? répéta-t-elle, surprise.

— Oh oui ! Vous ne pouvez pas mettre au défi un homme comme moi, qui adore relever les défis, et vous attendre à ce que je laisse l'occasion me filer entre les doigts.

— Puis-je vous demander *quand* cet heureux événement est censé arriver ?

— Je pense que la surprise est essentielle pour le succès d'une telle entreprise, ne croyez-vous pas ?

— Non. Je crains que sur ce point nous ne soyons pas du même avis.

— Quel dommage ! Sachez néanmoins que cela n'entamera pas ma détermination.

Soulagé de voir que leur camaraderie n'était pas morte et de sentir de nouveau l'étincelle complice qui avait illuminé tous leurs échanges passés, il réprima un éclat de rire.

Même s'il venait de se promettre de ne plus jamais se retrouver dans une telle situation avec elle, il aurait bien aimé pouvoir de nouveau l'embrasser jusqu'à en perdre la tête. Même s'il savait que cela reviendrait à tenter le diable. Le ciel lui en soit témoin, il lui avait fallu toute sa volonté, la veille, pour résister à son désir brûlant pour elle et s'écarter avant de commettre une erreur irréparable.

À en juger par la manière dont elle avait réagi, elle s'était également laissé emporter par ses émotions. Pendant un moment, ils avaient couru le risque de se perdre entièrement, tous les deux. Et s'il n'avait pas trouvé en lui le courage de mettre fin à ce baiser aussi intime que désespéré, qui sait ce qui aurait pu arriver ?

Voilà qu'il se proposait de recommencer, juste pour tenter d'alléger leur humeur et de restaurer un peu de cette ambiance bon enfant qui avait égayé la première partie de leur voyage !

— Dans ce cas, nous verrons le moment venu, marmonna Brida en se mordillant la lèvre.

De toute évidence, elle tentait de réprimer un fou rire.

— En effet, répondit-il avec un clin d'œil complice. Mais je vous préviens que vous surprendre quand je le déciderai sera pour moi un plaisir… Tout comme j'apprécierai de vous prouver mes talents accomplis, experts et – oserai-je le dire ? – flamboyants, en la matière.

Cette fois, elle rit bel et bien. C'était un son musical provenant du plus profond de sa gorge. Un son qui arracha un nouveau sourire à Tom.

— Vous plaisantez, j'espère ! s'exclama-t-elle.

— Oh que non ! Je prends l'art du baiser très au sérieux, Brida, croyez-moi. C'est pourquoi je ne peux pas permettre que vous vous contentiez d'une performance « assez satisfaisante ». J'ai une réputation à défendre, après tout.

Rejetant la tête en arrière, elle rit encore avant de s'essuyer les yeux.

— Dans ce cas, j'ai hâte de vous voir tenir votre promesse !

— Bien…

En un instant, il sentit son amusement céder la place à une flamme intense au creux de ses reins.

— Quand je vous embrasserai de nouveau, je veux vous voir essoufflée, transportée, et vous entendre me supplier de recommencer, Brida O'Conaill.

Elle reprit son sérieux et se tourna lentement vers lui, l'air incrédule, avant de rougir.

Voilà qu'il s'embourbait de nouveau tout seul ! Il avait simplement voulu la provoquer et plaisanter avec elle, mais il venait de laisser son désir insatiable l'emporter trop loin. Une fois de plus. Quel était son problème, à la fin ? Était-il à ce point incapable de se contrôler en présence de cette femme ? Il fallait pourtant à tout prix qu'il y parvienne !

Laisser parler ses émotions était une très mauvaise idée, étant donné qu'il allait être obligé de la quitter dès qu'ils auraient rejoint leurs amis – un moment fatidique qui paraissait soudain approcher à grands pas…

— Nous allons bientôt voir le château ! annonça Baldwin le Sage depuis la tête du convoi. Il se trouve juste derrière cette colline.

En entendant cela, Tom éprouva un immense soulagement. Ses prières avaient enfin été entendues ! Néanmoins, plus ils progressaient dans la vallée, plus il sentait l'angoisse s'insinuer en lui. Quelque chose ne semblait pas tout à fait normal, mais quoi ? Il ne parvenait pas à identifier le malaise qui lui nouait l'estomac. Ils allaient certainement avoir encore plus de mal qu'il l'avait pensé à se faire admettre dans l'enceinte fortifiée. Comme il s'y était attendu, la plaine était couverte de tentes et de monde, mais elle était également très bien gardée. Maintenant que le château était en vue il pouvait voir, même de loin, les cordons de soldats déployés. Jamais encore, en temps de paix, il n'avait assisté à une telle démonstration militaire. Un mauvais pressentiment le saisit. Il avait presque l'impression que Brida et lui s'apprêtaient à se jeter dans la gueule du loup.

Il talonna légèrement son cheval pour qu'il se rapproche de celui de Brida qui lui jeta un coup d'œil.

— Quelque chose ne tourne pas rond, lui dit-il.

Percevant sans doute son inquiétude, elle fronça les sourcils.

— Qu'est-ce qui vous fait croire cela ?

— Je me doutais qu'il y aurait de nombreux gardes et soldats, mais pas autant. Nous n'avons pas encore atteint le village, et encore moins les remparts !

Il rabattit un peu plus sa capuche sur son visage avant d'ajouter à voix basse :

— Tout cela me donne à penser que l'on a dû informer

le roi et Hubert de Burgh du meurtre de l'abbaye de Westminster.

Brida prit une profonde inspiration et il la vit frissonner.

— Que va-t-il se passer, à votre avis ?

— J'ai l'impression que nous allons au-devant de graves ennuis. Si la nouvelle du crime a atteint Carreghofa, il est pour ainsi dire certain que le nom de l'homme censé l'avoir commis est également connu ici, tout comme les accusations de trahison qui pèsent sur lui. Sur moi en l'occurrence…

Ils chevauchèrent un moment en silence puis, comme ils approchaient de la place du village, très animée, il scruta discrètement les alentours. Brida l'observait, l'air soucieux.

— Oh ! Tom ! Qu'allons-nous faire ?

— Rien… pour l'instant. Mais, très bientôt, je vous demanderai de m'obéir aveuglément, quoi qu'il arrive. Pensez-vous pouvoir me le promettre ? demanda-t-il avec douceur mais fermeté.

— Oui, fit-elle.

— Bien.

Il se redressa et héla Baldwin, qui guidait toujours leur petite troupe.

— Continuez sans nous ! Nous vous rejoindrons plus tard.

Il était temps de se séparer des ménestrels, ne serait-ce que pour leur éviter des ennuis ou des questions gênantes de la part des gardes. Si le filet devait se refermer sur Brida et lui, il ne voulait pas entraîner des innocents dans sa chute.

Baldwin se gratta la tête, manifestement perplexe.

— Que se passe-t-il, l'ami ?

— Nous devons nous arrêter un moment. Ma femme a besoin d'un peu… d'intimité, si vous voyez ce que je veux dire.

L'homme gloussa.

— Très bien, vous n'aurez qu'à nous rattraper un peu

plus loin. De toute manière, je suis certain que nous nous reverrons très vite, Thomas le Simple.

— Bien entendu, Baldwin le Sage, répondit Tom en hochant la tête. À plus tard.

Le ménestrel leur fit un signe de la main et reprit sa route en compagnie de son petit groupe.

Tom immobilisa son cheval, mit pied à terre, et se dirigea vers le palefroi de Brida.

— Le château est entouré par les troupes. Je vais devoir trouver un moyen détourné de vous conduire jusqu'à Ralph.

Elle paraissait très inquiète, mais acquiesça en silence.

— Ne vous en faites pas, reprit-il en l'aidant à descendre de selle. C'est moi que ces hommes cherchent, pas vous. Néanmoins, je tiens à vous assurer que votre sécurité est de la première importance pour moi.

— Je sais, souffla-t-elle.

Ils conduisirent leurs chevaux le long d'un sentier étroit à l'écart de la route menant à la grande porte.

— C'est pour cette raison que je ne peux pas vous conduire dans l'enceinte moi-même : cela vous mettrait en danger en même temps que moi. Me comprenez-vous ?

Il jeta un rapide coup d'œil autour de lui pour voir si leur arrivée avait attiré l'attention de quelqu'un. Heureusement, cela ne semblait pas être le cas.

— Je pense que je comprends, oui, répondit-elle. Vous voulez que j'entre seule.

— Pas exactement. Je ne peux pas vous laisser sans protection dans un lieu inconnu. Nous allons trouver quelques jeunes gens du village, et je les paierai pour qu'ils vous escortent.

Il soupira.

— Je suis vraiment désolé, mais c'est le mieux que je puisse faire, pour le moment.

— Ne vous inquiétez pas. Tout ira bien pour moi. Et vous ?

— Moins vous en saurez sur mes projets, mieux cela vaudra.

Cette fois, elle protesta vivement :

— Je *dois* savoir…

— Écoutez-moi, Brida, coupa-t-il en la prenant par la taille pour la faire se tourner vers lui. Nous n'avons pas un instant à perdre. J'ai besoin que vous fassiez quelque chose pour moi, une fois que vous aurez passé la porte. Essayez de trouver Ralph le plus vite possible, racontez-lui tout ce qui s'est passé, et demandez-lui de me rejoindre dans le petit bois à l'arrière du château. Je l'attendrai à la tombée de la nuit, après vêpres. Pensez-vous pouvoir transmettre ce message ?

— Oui, bien sûr !

— Parfait. Maintenant, hâtons-nous.

Il baissa un instant la tête, prit une profonde inspiration, puis la regarda de nouveau.

— Je pense qu'il est grand temps pour Ralph et moi de retrouver nos rôles de chevalier et d'écuyer simplet…

Elle se mordilla la lèvre d'un air soucieux.

— Tom, me promettez-vous d'être prudent ?

— Comme toujours, Brida, répondit-il avec un petit sourire. Comme toujours.

Chapitre 13

Les appartements royaux avaient été installés dans les pièces les plus lumineuses du donjon de Carreghofa. Les deux cours occupaient quant à elles des tentes et des pavillons légers dressés à l'intérieur des remparts.

Les nobles anglais étaient rassemblés dans la basse-cour et c'est là, dans une grande tente vert et or, que Brida retrouva enfin son amie Gwenllian de Kinnerton ainsi que son époux Ralph… Elle s'empressa de transmettre à Ralph le message de Tom. Ensuite, tout ce que les deux amies purent faire, fut attendre.

Brida faisait nerveusement les cent pas dans la tente tandis que Gwen, assise avec son bébé Roger sur les genoux, patientait tant bien que mal, en espérant à chaque instant voir revenir son mari.

— As-tu vraiment voyagé seule avec Tom Lovent, en sachant qu'il était recherché par les autorités ? demanda soudain Gwen.

— Oui. En l'accueillant chez moi pour le soigner, j'ai attiré le danger dans ma propre demeure sans le vouloir.

— C'était très noble de ta part, Brida, mais tu as pris beaucoup de risques en l'aidant ainsi.

— Je n'avais pas le choix ! Il s'est présenté à ma porte fiévreux, blessé, et a perdu connaissance.

En fait, les villageois l'avaient même porté jusqu'à son lit sans la consulter…

Consciente du fait que son amie avait raison, elle grimaça. Elle avait pris énormément de risques, en effet. Bien plus que les habitants de Kinnerton le croyaient.

— De toute manière, tout le monde a été convaincu qu'il était mon époux.

— Seigneur ! Dis-moi que ce n'est pas vrai ! s'exclama Gwen en plaquant une main sur sa bouche, sans pour autant parvenir à dissimuler son amusement.

Brida ne savait pas si elle devait s'emporter ou rire avec elle. Le mensonge qu'elle avait entretenu depuis trois ans était ridicule, et le fait que Tom ait accepté de jouer ce rôle n'avait fait qu'empirer la situation.

— Si, hélas, admit-elle. Non seulement je n'ai pas cherché à les détromper, mais je les ai encouragés, convaincue que cela m'aiderait à l'avenir.

Gwen pencha la tête sur le côté et l'observa longuement.

— Moi qui croyais que tu n'appréciais pas Tom…, dit-elle enfin.

— Non, je ne l'apprécie pas. Au mieux, je le considère comme un ami, une vague connaissance.

« Quand je vous embrasserai de nouveau, je veux vous voir essoufflée, transportée et vous entendre me supplier de recommencer, Brida O'Conaill. »

Les paroles du chevalier revinrent résonner à ses oreilles et firent battre son cœur un peu plus vite.

— Je vois…, fit Gwen.

Oh ! Pourvu qu'elle ne *voie* pas toutes les pensées qui se bousculaient en elle !

Elle n'avait aucune envie de faire naître la moindre rumeur au sujet de sa relation avec Thomas Lovent, et elle n'aima pas l'étincelle de curiosité qui était passée dans les yeux de son amie.

Heureusement pour elle, Ralph de Kinnerton revint à ce moment précis, et elles oublièrent leur conversation.

Brida le regarda entrer dans la tente, se diriger vers un coffre, remplir des chopes de bière qu'il leur tendit avant de boire lui-même en silence une gorgée de la sienne.

— Alors ? demanda Gwen. Quelle décision avez-vous prise, Tom et toi ?

— Aucune, dit-il avant de se tourner vers Brida. Il n'était pas dans le bois, comme vous me l'aviez dit.

Quoi ?

— Je ne comprends pas. Ce doit être une erreur, milord.

Ralph secoua la tête puis se pinça l'arête du nez, l'air soucieux.

— Je crains que non. Je m'y suis rendu avec deux de mes hommes. Nous avons exploré toute la zone, mais Tom n'y était pas.

— C'est impossible ! s'exclama Brida qui sentit le sang se retirer de ses joues. Pensez-vous qu'il lui est arrivé quelque chose ?

— Je ne saurais le dire, répondit-il avec douceur. Mais, connaissant Tom, je suis certain qu'il a eu une très bonne raison pour ne pas se montrer à un rendez-vous qu'il a lui-même arrangé. S'il a senti du danger, il a probablement décidé de changer ses plans. Après tout, il ne peut pas prendre le risque d'être découvert par les mauvaises personnes.

Elle l'observa un instant.

— Je suppose que vous connaissez la nature de son travail, milord.

Un petit sourire se dessina sur les lèvres de Ralph.

— Bien entendu. Je suis dans la confidence depuis le début… En revanche, je trouve intéressant qu'il ait décidé de vous en parler.

Elle surprit un regard lourd de sens entre les deux époux et rougit jusqu'aux oreilles.

— Je pense que Tom… Sir Thomas a considéré qu'il n'avait pas le choix, puisque je me suis trouvée impliquée malgré moi dans cette aventure.

— Je vois.

Tout comme sa femme, Ralph de Kinnerton semblait tirer ses propres conclusions un peu vite. Peu importait. Ils pouvaient bien penser ce qu'ils voulaient : cela ne la touchait pas.

— Où a-t-il bien pu aller ? marmonna-t-elle, plus pour elle que pour eux.

Ralph haussa les épaules.

— Je parierais qu'il se cache.

Brida retint son souffle et frissonna. Qu'avait-il bien pu arriver à Thomas Lovent ?

Finalement, Gwen intervint :

— Calme-toi, mon amie. Inutile de te mettre dans des états pareils. Je suis sûre que Tom va très bien. S'il lui était arrivé quelque chose, nous aurions déjà entendu des rumeurs ou remarqué une agitation inhabituelle dans le château.

Ralph croisa le regard de son épouse et sourit.

— Exactement, dit-il. Nous devrions nous reposer avant le banquet de ce soir, tout en espérant que Tom nous contacte rapidement. Personnellement, je suis convaincu que nous allons avoir très vite de ses nouvelles…

Plus tard, ce soir-là, Brida se retrouva assise dans la grande salle du château de Carreghofa, aux côtés de Ralph et Gwen de Kinnerton. En dépit de sa nervosité, elle fit de son mieux pour goûter à tous les délicieux mets préparés à l'intention des hôtes royaux. Il y avait là de l'agneau gallois rôti aux épices, des légumes, des faisans farcis, du lapin aux prunes, le tout accompagné de pain blanc encore chaud, de fruits secs et de fromage. La bière et le riche vin de Bourgogne que l'on avait servi coulaient librement, rendant les convives de plus en plus joyeux et bruyants.

Au milieu de tout ce faste, seule Brida ne parvenait pas à se réjouir. Son inquiétude au sujet de Thomas ne cessait de croître, et elle se demandait sans cesse où il pouvait bien être en ce moment. Ralph avait sans doute raison en affirmant qu'il avait changé ses plans pour éviter un danger, mais cette idée ne la réconfortait pas vraiment.

Gwen se pencha vers elle et lui pressa la main pour la rassurer. Hélas, cela ne suffit pas à dissiper l'anxiété qui l'habitait. Elle tenta de sourire, et échoua lamentablement. Elle devait à tout prix se reprendre ! Il fallait qu'elle ait foi en Tom. Il était parfaitement capable de trouver une cachette sûre en attendant de pouvoir les rejoindre – *la rejoindre* – une fois la menace écartée. Elle fit de son mieux pour ne pas trop réfléchir aux raisons qui la poussaient à tant souhaiter son retour, sain et sauf. Tout ce qui comptait, c'était qu'il ne lui arrive rien de grave. D'ici là, elle allait faire son possible pour chercher des moyens de l'aider, si elle le pouvait.

Elle observa la vaste salle dans laquelle résonnaient le bruit des conversations, des rires, et le pas d'une armée de serviteurs qui ne cessait d'apporter de nouveaux plats chauds. Sur une estrade tout au bout trônaient les cours royales d'Angleterre et du pays de Galles. D'un côté, on reconnaissait l'hôte, l'énigmatique Llewelyn de Galles, prince de Gwynedd, qui était sans doute l'homme le plus influent de ce côté de la frontière. Son épouse, Joan, demi-sœur de Henry, était assise à ses côtés. Le roi d'Angleterre était, quant à lui, accompagné par ses conseillers : les comtes de Chester et de Hereford, ainsi que l'évêque de cette dernière cité. À sa droite siégeait également l'homme le plus puissant du royaume : Hubert de Burgh. C'était lui que Tom devait à tout prix voir en privé, dès qu'il aurait trouvé un moyen de pénétrer dans l'enceinte du château…

— Es-tu malade, Brida ? demanda soudain Gwen dans un murmure. Tu n'as presque rien mangé.

— Je me sens bien, merci. Je suis seulement fatiguée.

— Nous nous retirerons bientôt, je te le promets. Pour être honnête, j'aimerais retrouver Roger avant qu'il s'endorme. Je pense que je partirai juste après le divertissement.

— Les ménestrels ? Avec tous ces soucis au sujet de Tom, je les avais complètement oubliés ! dit Brida en soupirant.

— De quoi parles-tu ?

Brida baissa la voix pour lui expliquer :

— Nous avons passé la frontière en compagnie d'une troupe de ménestrels, et ils pensent que Tom et moi sommes des musiciens – *mariés.*

— Eh bien, on dirait que tu as tenu à entretenir cette illusion du début à la fin…

— Ne plaisante pas, Gwen ! Je ne peux pas courir le risque qu'ils me voient ici, parmi les invités, et sans Tom. Ils risqueraient d'avoir des soupçons à notre sujet et d'alerter la garde.

— Ils ne te reconnaîtront pas, je te le promets. Mais je vois bien que tu es très tendue, ce soir, alors nous nous éclipserons dès que nous le pourrons, si tu préfères.

— Je te remercie.

— En attendant, essaie de te calmer, je t'en supplie.

Gwen lui servit un verre de vin et le poussa dans sa direction.

— Tiens, bois un peu. Cela te redonnera des forces et t'aidera à te calmer.

— Merci.

Elle se laissa aller contre le dossier de son siège et sirota son vin tout en continuant son examen de la salle. Gwen avait raison : elle s'était inquiétée pour rien. Dès que les musiciens firent leur entrée, ils entonnèrent une chanson enjouée et paillarde sans même remarquer sa présence. Ils étaient trop concentrés sur leur chant pour s'intéresser au visage des invités. Peu à peu, elle se détendit et commençait même à apprécier le spectacle, quand quelque chose retint son attention. Elle ne comprit pas immédiatement ce qui se passait. Avait-elle été si nerveuse que son imagination lui jouait des tours ?

Non. Elle ne se trompait pas !

Elle se souvint soudain de sa conversation avec Tom, deux jours plus tôt, lorsqu'il lui avait montré le contenu de la bourse en cuir léguée par le mort. Elle avait été intriguée par le blason que portait la bague et avait à peine écouté son compagnon mentionner un nom… d'importance.

À présent, tout s'éclairait. Lorsque Hugh Foliot, évêque de Hereford, fut invité sur scène par les ménestrels, sous un tonnerre d'acclamations, Brida se souvint brusquement de l'étrange blason représentant un serpent à deux têtes et fut effarée par ce que cela pouvait signifier. Elle avait déjà vu le blason figurant sur la bague de l'homme tué à Londres ! Elle l'avait remarqué lors d'une visite de l'évêque et de son clergé à Kinnerton…

Cette nuit-là, incapable de trouver le sommeil, elle se retourna sans arrêt sur son petit lit inconfortable. Son malaise n'était toutefois pas lié au matelas de paille trop dur. Elle avait peur pour Tom et ne parvenait pas à penser à autre chose. Chaque fois qu'elle fermait les yeux, elle l'imaginait gisant dans un fossé, la nuque brisée, ou agonisant sous les coups d'un tortionnaire dans l'un des cachots de Carreghofa. Il fallait à tout prix qu'elle cesse de se faire du souci pour lui. Ce n'était tout de même pas comme si elle était *vraiment* sa femme. Oh non, cela, jamais ! Pour autant, elle ne voulait pas non plus qu'on lui fasse du mal.

Elle rouvrit les yeux une fois de plus et soupira, exaspérée. Elle devait faire quelque chose. Peut-être pourrait-elle l'aider à sa manière, en attendant sa réapparition. Par exemple, en glanant des informations qui pourraient lui être utiles. Tout valait mieux que cette angoisse perpétuelle.

Les cloches de la chapelle se mirent enfin à sonner, annonçant l'office du matin. Brida repoussa son édredon et se leva. Sur la pointe des pieds, elle s'approcha du coffre placé près de son lit et, pensive, tapota un instant le couvercle. Lorsqu'elle eut enfin pris sa décision, elle l'ouvrit et enfila rapidement les vêtements d'homme qu'elle avait passés pour fuir Kinnerton sous l'apparence d'un écuyer. Elle compléta sa tenue par une cape au profond capuchon pour dissimuler son visage et sortit de la petite tente qu'on lui avait attribuée. Bredouillant quelques explications confuses à l'intention du garde qui, l'air perplexe, la regarda passer, elle quitta le campement et passa dans la haute cour en soufflant sur ses doigts pour les réchauffer. La veille, durant le banquet, elle avait pris soin de repérer l'entrée des cuisines. Elle traversa rapidement le potager ainsi que le jardin de simples et entra dans la vaste pièce chauffée où des serviteurs s'activaient déjà pour préparer les repas de la journée. On apportait des fagots de bois pour entretenir les grands feux sur lesquels les restes de la veille mijotaient dans d'immenses marmites, pour fournir aux invités une soupe nourrissante. Du pain tout frais sortait des fours et quelques souillons nettoyaient les longues tables sur lesquelles on allait découper la viande.

Le cœur battant, elle se fraya un chemin à travers la cuisine jusqu'à la porte donnant sur le couloir dallé qui menait au donjon. Personne ne l'arrêta ni ne lui posa de questions sur les raisons de sa présence. Sans doute la prit-on pour l'un des nombreux jeunes garçons engagés le temps des festivités. Elle jeta un rapide coup d'œil à gauche et à droite, remarquant deux servantes portant des plateaux chargés de coupes.

Elle attendit qu'elles aient disparu avant de descendre les quelques marches de la cave. Là, elle prit une profonde inspiration, remplit une cruche de bière et la plaça sur un plateau avec deux gobelets d'étain avant de remonter et de suivre le même chemin que les femmes qu'elle avait vues. Elle était presque certaine de retrouver sans peine la grande salle et la porte principale du fort. Une fois dans la cour la plus fermée, elle entreprendrait de découvrir l'emplacement des appartements de l'évêque. En homme d'Église, il s'était sans doute rendu à la chapelle pour les prières matinales, ce qui lui laisserait le temps de fureter dans ses affaires en quête d'un indice.

Bien que ne sachant pas vraiment ce qu'elle espérait trouver, elle tenait à fouiller les bagages de l'évêque, au cas où ils recèleraient une information qui puisse aider Tom dans sa tâche. Après tout, ce n'était pas un si mauvais plan, et c'était de toute façon mieux que rester allongée dans son lit en dénombrant les bosses du matelas qui l'empêchaient de trouver le sommeil !

Elle inspira l'air nocturne de la cour et s'assura que sa capuche retombait bien sur ses yeux. Arrivée devant le garde posté à l'entrée de la tour principale, elle murmura, d'une voix qu'elle espéra masculine et convaincante :

— Pouvez-vous me dire quel est le chemin le plus court pour gagner les appartements de monseigneur Foliot ? Je crois que je me suis perdu en prenant un nouveau couloir depuis la cuisine.

L'homme fronça les sourcils, l'air soupçonneux.

— Je ne crois pas vous avoir déjà vu, dit-il.

— C'est bien normal. Je viens de commencer mon

travail ici. Allons, ce plateau est lourd et Son Excellence tient à avoir sa bière matinale dans sa chambre !

Elle tremblait de tous ses membres, mais la fermeté de son ton la surprit. Heureusement, le garde parut la croire et lui indiqua le bâtiment, dans son dos.

— Contournez la tour et vous trouverez la porte de derrière. Je suis sûr que vous saurez où aller, ensuite.

— Bien sûr, sauf si mon maître a changé de chambre pour s'installer au deuxième étage, comme il a menacé de le faire en arrivant.

— Il faut reconnaître que cet homme ne cesse de se plaindre de tout, marmonna le garde. Mais il est déjà au deuxième étage.

— Oui, à l'*arrière* de la tour, hasarda Brida. Il dit qu'il n'aime pas la vue, depuis sa fenêtre.

— Qu'il l'aime ou pas, nous n'avons pas assez de place pour l'installer ailleurs !

Brida hocha la tête pour signifier qu'elle comprenait.

— Je le dirai à Son Excellence.

Ayant obtenu l'information qu'elle cherchait, elle contourna le bâtiment comme on le lui avait indiqué et se retrouva au pied d'un escalier en colimaçon éclairé par quelques torches. Elle monta rapidement les marches de pierre humides jusqu'au deuxième palier. Là, elle faillit être heurtée par une servante pressée qui s'engouffra dans l'escalier. Après s'être assurée qu'il n'y avait personne d'autre, elle s'engagea dans le couloir voûté qui menait à l'arrière de la tour en jetant des coups d'œil nerveux derrière elle pour vérifier qu'on ne la suivait pas. Dieu merci, elle était seule, dans une aile obscure de la tour, et le jour commençait à peine à se lever.

Arrivée devant les appartements de l'évêque, elle prit une profonde inspiration puis entrouvrit la porte, tressaillant lorsque les gonds grincèrent, et entra dans l'antichambre.

Des voix lui parvinrent depuis les pièces du fond. Elle posa son plateau sur un coffre, près d'une table, et fit mine de s'adonner à un peu de ménage tandis que quelques prêtres sortaient de leur chambre et passaient près d'elle pour quitter les appartements. Une fois sûre d'être seule, elle reprit son plateau et jeta un coup d'œil dans toutes les pièces jusqu'à trouver celle que devait occuper l'évêque. Un petit bureau était jonché de parchemins, tous adressés à monseigneur Foliot. Elle y était !

Après avoir posé son plateau, elle examina les documents – sans intérêt pour elle – puis se tourna vers les autres meubles. Par où commencer ? Pour tout dire, elle ignorait ce qu'elle avait espéré découvrir ici. Un lien quelconque avec cet anneau frappé d'un serpent à deux têtes. Un objet qui aurait porté le même emblème, peut-être. Elle regarda sous le matelas, dans des sacoches abandonnées par terre et même à l'intérieur de quelques manuscrits reliés de cuir posés sur un tabouret, près du lit. Elle alla jusqu'à ouvrir les rideaux qui masquaient des étagères vides nichées sous une arche de pierre. Hélas, la chambre ne contenait rien qui pût la mettre sur la bonne piste.

Alors qu'elle s'apprêtait à repartir, un bruit de pas résonna dans l'antichambre. Quelqu'un approchait ! *Seigneur...* Elle chercha du regard un endroit où se cacher et se dirigea de nouveau vers l'arche. Ce n'était pas idéal, mais comme sa retraite était désormais coupée elle allait devoir s'en contenter. À moins qu'elle reprenne son plateau, baisse la tête et tente de sortir comme si de rien n'était. Non. Ses nerfs lâcheraient avant qu'elle ait passé la porte.

Elle se glissa derrière le rideau et recula lentement dans le noir jusqu'à ce que son dos rencontre la pierre. Faisant de son mieux pour calmer les battements affolés de son cœur, elle attendit. Le loquet cliqueta et quelqu'un entra dans la chambre. Au même instant, ce qu'elle avait pris pour un solide mur se déroba derrière elle et elle faillit basculer en arrière.

Avant qu'elle puisse se retourner, un bras solide la retint par la taille tandis qu'une grande main se plaquait sur son nez et sa bouche. On la souleva de terre pour la porter dans un couloir étroit – un passage secret ménagé dans le mur séparant les différents appartements… Elle voulut protester, se défendre et se tirer du piège dans lequel elle s'était jetée, mais ses paroles furent étouffées par un baiser. Un baiser passionné, possessif et délicieux.

— Je vous avais bien dit que je saurais vous couper le souffle, la prochaine fois que je vous embrasserais, chuchota la voix grave de Tom à son oreille.

Un second baiser suivit, plus brûlant encore, et différent de tout ce qu'elle avait pu connaître jusque-là.

Chapitre 14

Tom était furieux contre cette femme qu'il venait d'arracher de la chambre de l'évêque de Hereford ! Sa fureur était telle qu'il ne savait pas s'il devait la serrer dans ses bras, hurler, ou la réprimander comme elle savait si bien le faire lorsqu'il s'agissait de lui. Finalement, il se contenta de l'embrasser de nouveau, laissant libre cours à son désir, comme si sa vie en dépendait. Il la mordilla, glissa sa langue entre ses lèvres et déversa toute sa rage dans cette étreinte.

Cette fois, ce ne fut pas un baiser « agréable » ou juste « satisfaisant ». Il éveilla une flamme si chaude au creux de ses reins qu'il eut l'impression de se consumer tout entier. Il pressa son torse et ses hanches contre les courbes sensuelles de Brida, la serrant dans ses bras avec fougue. Il ne put même s'empêcher de laisser ses mains descendre jusqu'à ses fesses si rondes. Décidément, cette insupportable femme lui faisait perdre la raison !

Submergé par son désir, sa colère – et aussi une pointe de soulagement –, il ferma les yeux. Il était heureux qu'elle soit saine et sauve, avec lui, mais il lui en voulait aussi de s'être mise en danger aussi bêtement.

Enfer !

Qu'avait-elle donc espéré faire, en s'introduisant ainsi au petit jour dans les appartements de l'évêque ?

Il avait fait en sorte qu'elle puisse rejoindre Ralph et Gwen, auprès de qui elle était censée se trouver en sécurité. Ainsi, l'esprit libre, il pouvait chercher un moyen d'approcher Hubert de Burgh – tâche qui s'avérait plus difficile que prévu, car celui-ci n'était jamais seul. Il finirait par trouver une solution, mais il n'avait pas besoin que Brida O'Conaill, aussi séduisante et attirante soit-elle, vienne le distraire !

Il s'écarta un peu d'elle, lui plaquant un doigt sur les lèvres pour lui intimer le silence. Elle paraissait choquée par sa réapparition et, même dans la faible lumière qui baignait le passage, il pouvait voir ses lèvres rougies par leurs baisers, sa poitrine qui se soulevait au rythme de sa respiration. Oh oui, il la désirait… Mais il ne pouvait se permettre la moindre imprudence.

— Pas ici ! chuchota-t-il quand elle voulut parler de nouveau. Nous discuterons quand nous aurons quitté cet endroit.

Puis, cédant à une impulsion irrépressible, il posa la bouche sur la peau fine de son cou avant de lui saisir la main et de la guider dans l'étroit couloir jusqu'à un escalier glissant. Ils descendirent prudemment en prenant soin de ne pas trébucher sur les marches inégales et débouchèrent derrière des tonneaux, dans un cellier dont ils sortirent après s'être assurés qu'il n'y avait personne en vue. Ils se trouvaient à présent dans la petite cour, à l'arrière de la tour. Il se tourna vers Brida et rabattit un peu plus le capuchon qui la cachait.

— Maintenant, dit-il sévèrement, pourriez-vous m'expliquer ce que vous faisiez là-haut ?

— Je pourrais vous retourner la question, répliqua-t-elle sur le même ton.

Tom ne put qu'admirer son courage – du moins l'aurait-il fait si elle ne l'avait pas à ce point effrayé. Dire qu'elle prétendait ne pas être impulsive ! Peut-être n'avait-il pas une si bonne influence que cela sur elle, au fond. Qu'aurait-elle fait, s'il ne l'avait pas surprise ainsi dans la chambre de l'évêque de Hereford ?

— Je suis sérieux, Brida. Nous ne sommes plus à Kinnerton, occupés à faire semblant d'être mariés pour sauver les apparences !

Elle tressaillit comme s'il venait de la frapper, mais se reprit très vite.

— J'en ai conscience et je tiens à vous rappeler que je ne cherchais pas d'ennuis.

— Alors, par tout ce qui est saint, pouvez-vous me dire ce que vous *cherchiez* ?

— J'essayais de vous aider, espèce de rustre ! lâcha-t-elle en pointant l'index sur son torse. Parce que je me faisais un sang d'encre pour vous.

Elle appuya de nouveau son index, plus fort.

— Étant donné que vous ne vous êtes pas rendu au rendez-vous…

Cette fois, elle lui donna un petit coup du plat de la main.

—… que *vous* m'avez demandé d'organiser avec Ralph de Kinnerton !

Il lui saisit la main avant qu'elle ait le temps de le frapper une quatrième fois et fit de son mieux pour garder son calme.

— Je n'ai fixé ce rendez-vous que pour assurer *votre* sécurité, insupportable créature ! répondit-il entre ses dents.

Un hoquet rageur échappa à Brida.

— Moi ? Je suis insupportable ? Et que voulez-vous dire par « assurer ma sécurité » ?

Exaspéré, il se passa la main dans les cheveux.

— Lorsque Ralph s'est rendu à l'endroit que je vous avais indiqué, j'ai su que vous lui aviez transmis mon message et que vous étiez donc saine et sauve dans son campement.

Elle fronça les sourcils comme si elle ne comprenait pas où il voulait en venir.

— Dois-je en déduire que vous n'avez jamais eu l'intention de retrouver votre ami dans le bois ?

— Pas exactement. Cela dépendait des circonstances et du risque que j'estimais pouvoir prendre ou non. De fait, j'ai préféré ne pas me montrer. Ralph a certainement compris que je ne pouvais pas me permettre de m'exposer pour lui parler dans un lieu aussi ouvert. Le plus important est que j'ai su, grâce à sa présence, qu'il ne pouvait avoir reçu mon message que par vous et que donc vous alliez bien.

Il soupira, plus tendu que jamais.

— Mais, bien sûr, au lieu de rester sous sa tente comme toute femme sensée l'aurait fait, vous avez gâché tous mes efforts en vous faufilant *seule* dans le fort au point du jour pour fouiller les affaires d'un évêque – rien que cela ! Je sais que je vous ai encouragée à écouter votre instinct et à vous montrer plus spontanée, Brida, mais jamais je n'aurais cru que vous feriez une sottise pareille !

Elle haussa un sourcil et lui adressa un sourire froid.

— Pardonnez-moi de m'être souciée de votre bien-être. Au risque de me répéter, j'essayais de vous aider, grande brute. Je me suis souvenue de l'endroit où j'avais vu l'emblème de la bague que l'homme de Westminster vous a confiée. Je l'ai aperçu sur un autre anneau d'or, et je sais qu'il était lié d'une manière ou d'une autre à monseigneur Foliot. Vous n'avez donc aucune excuse pour m'avoir malmenée comme vous l'avez fait dans ce couloir, ou pour avoir pris de telles libertés avec moi.

— Je ne vous ai pas malmenée et je me suis contenté de vous embrasser comme je vous l'avais promis après votre petit défi… Attendez !

Il se redressa brusquement.

— Qu'avez-vous dit au sujet de l'évêque et de cet anneau d'or ?

— Le blason qu'il porte m'a paru familier, souvenez-vous. Et quand j'ai vu monseigneur Foliot au banquet, hier soir, tout m'est revenu.

Tom n'en croyait pas ses oreilles.

— Je vous écoute.

— Cela s'est passé lors d'une visite de l'évêque et de son entourage à Kinnerton. J'ai été surprise par cet étonnant serpent à deux têtes et c'est sans doute pour cela qu'il s'est gravé dans un coin de ma mémoire.

L'évêque de Hereford impliqué dans un complot ? Une conspiration contre la Couronne ?

Cela paraissait trop énorme pour être crédible.

— En êtes-vous certaine ? demanda-t-il en baissant la voix. Avez-vous vu cet emblème porté par Son Excellence elle-même ?

Elle secoua lentement la tête, l'air songeur.

— Je ne pourrais l'affirmer, Tom, mais… Mais je suis sûre de l'avoir remarqué lors de sa visite, car j'ai été stupéfaite de voir un symbole aussi profane dans l'entourage d'un homme d'Église. Cela m'a paru incongru.

Le sens de cette révélation et les lourdes conséquences politiques qu'elle impliquait sautèrent aux yeux de Tom. Il avait cependant besoin de plus de preuves. Il fallait qu'il creuse plus profondément pour comprendre ce qui se passait vraiment, à la cour. Brida dut percevoir son inquiétude, car elle poursuivit son explication :

— Certes, je n'ai rien trouvé dans sa chambre pour confirmer mes soupçons, mais je suis certaine que mes souvenirs sont exacts.

Elle resserra autour d'elle sa cape de laine, avec des gestes très féminins qui paraissaient étranges chez une personne vêtue en écuyer.

— Et, pour mémoire, je ne vous ai jamais mis au défi de… m'embrasser comme vous l'avez fait.

Tom ne put s'empêcher de sourire.

— Dans ce cas, à l'avenir, je vous conseillerai de ne plus dire que le baiser d'un homme est juste « satisfaisant » ou « agréable ». Nous avons tendance à prendre cela pour une provocation.

— Vous êtes un personnage exaspérant, Thomas Lovent !

— J'essaie.

Elle lui lança un regard furieux, qui lui donna soudain très envie de la prendre dans ses bras une fois de plus pour la dérider à force de baisers. Or, ce n'était pas le moment. Il avait des choses bien plus urgentes à faire. Après avoir vérifié qu'ils étaient seuls, il lui prit la main et murmura :

— Venez. Il est temps de vous ramener dans le campement de Ralph.

Comme ils étaient déjà dans l'enceinte du château, il leur fut relativement facile de rejoindre les tentes des gens de Ralph. Malgré tout, Tom se montra aussi prudent que possible, changeant souvent de direction et avançant voûté pour se donner une démarche d'homme plus âgé, plus faible. Ce n'était certes pas son meilleur déguisement, mais cela suffirait ; en particulier à cette heure où seuls les serviteurs et quelques prêtres étaient déjà levés.

Ils traversèrent les différentes cours en silence puis, une fois qu'ils furent arrivés en vue du campement, Brida parvint à faire entrer Tom sans trop d'efforts. Il allait devoir informer Ralph de ce problème de sécurité dès qu'il le verrait : les sentinelles n'étaient pas assez attentives. Après tout, Brida aurait pu être accompagnée par n'importe qui !

Quelques instants plus tard, ils se glissèrent dans la tente principale et surprirent une scène d'une douceur délicieuse.

Gwenllian était assise sur un tabouret, souriante, tandis que son époux berçait leur bébé babillant dans ses bras. Ce tableau éveilla une sensation étrange en Tom, et il ne put s'empêcher de couler un regard en direction de Brida. Elle aussi contemplait l'heureux couple avec une expression un peu envieuse. Chassant son trouble, il toussa pour attirer l'attention de leurs amis.

— Je vois que vous avez réussi à mettre la main sur notre insaisissable compagnon, Brida, dit Ralph en souriant, manifestement amusé de les voir arriver ensemble.

— Oui, milord, répondit-elle avant de saluer Gwen de la tête et de prendre le bébé pour soulager Ralph.

Tom s'empêcha de l'observer avec l'enfant dans les bras et se contenta de sourire d'un air tranquille.

— Toutes mes excuses pour t'avoir laissé tomber, hier soir, Ralph. Je voulais te parler, mais les circonstances m'en ont empêché.

— Je m'en suis douté et je suis heureux de te retrouver en un seul morceau, mon ami. D'après ce que j'ai pu entendre, cela s'est joué de justesse.

— On peut le dire.

Ils se donnèrent l'accolade, puis Gwen s'avança pour embrasser Tom à son tour.

— Je suis ravie de vous voir en bonne santé, dit-elle.

— Moi de même, milady, répondit-il en lui faisant un baisemain. Et je constate que le jeune Roger a bien grandi depuis votre dernière visite à la cour.

— Oui, il va devenir un beau et solide garçon.

Ralph contempla un instant son fils d'un air particulièrement fier, puis se tourna vers Tom. En un instant, son sourire disparut, remplacé par une expression plus grave.

— Bien… Mais je suppose que tu n'es pas venu jusqu'ici pour discuter des progrès de Roger.

— Non. Brida vous a-t-elle raconté tout ce qui s'est passé depuis mon départ de Londres ?

— Oui, elle l'a fait.

Le regard de Ralph se fit si perçant que Tom baissa les yeux, un peu gêné. Pourvu qu'elle n'ait pas aussi raconté en détail *tout* ce qui était arrivé entre eux !

— Nous allons vous laisser discuter en paix, intervint Gwen avec douceur.

Alors que les deux femmes s'apprêtaient à quitter la tente, un jeune chevalier de Kinnerton entra en courant, l'air affolé.

— Milord, vous êtes demandé au château immédiatement !

Ralph parut étonné.

— Vous a-t-on dit pourquoi, Le Ruisseu ?

— Oui, répondit l'homme d'une voix altérée. Hubert de Burgh, comte de Kent, est subitement tombé malade. On soupçonne un empoisonnement ! La cour est en train de sombrer dans le chaos.

Tom résista difficilement au besoin de faire face au chevalier auquel il tournait le dos et de lui demander des précisions. Il resta immobile. Il ne fallait pas qu'on le reconnaisse…

Surtout pas maintenant !

De Burgh avait-il réellement été empoisonné ? Comment une telle chose avait-elle pu se produire ? La situation devenait de plus en plus intenable – et dangereuse pour lui.

— Voilà des nouvelles très graves, Le Ruisseu, reprit Ralph. Je vais me rendre au château sur-le-champ.

— Très bien, milord, répondit l'homme en s'inclinant avant de quitter la tente.

Dès qu'il fut parti, Ralph se tourna vers Tom.

— Cela change tout, et ce n'est pas de bon augure pour

toi, mon ami. Il semblerait que ta position soit devenue plus précaire que jamais…

Tom lâcha un juron étouffé.

— Nous avons beaucoup à faire, Ralph. Il nous faut trouver un plan et un moyen de nous rallier au jeune roi avant que le filet se resserre sur lui. L'absence de mon maître à la cour va le rendre vulnérable, et je crains une trahison. Je sais bien que tu as fait allégeance au comte de Chester, Ralph, mais il me semble que les deux seigneurs des Marches risquent de tout faire pour tourner cette situation à leur avantage.

— Peut-être. Quoi qu'il en soit, nous allons devoir avancer avec une grande prudence. Cette affaire pourrait vite devenir un désastre politique. Et il y a pire, à moins que tu le saches déjà…

Tom jeta alors un coup d'œil à Brida.

— Avez-vous raconté à Ralph ce que vous avez découvert au sujet de l'évêque de Hereford et de son clergé ?

— Non, pas encore.

En quelques mots, elle répéta à Ralph et Gwen ce qu'elle avait dit à Tom un peu plus tôt. Lui-même leur montra l'anneau que l'homme de Westminster lui avait confié. Bien entendu, ils prirent tous deux soin de ne pas mentionner l'intrusion de Brida dans les appartements de l'évêque…

Ralph parut immédiatement saisir les difficultés qu'ils allaient devoir affronter.

— Par le ciel ! Cette situation pourrait vite devenir mortelle – et c'est peu dire, lâcha-t-il à la fin de leur récit.

— Oui, d'autant plus que nous ne possédons pas encore de preuve réelle de l'implication des hommes les plus puissants du royaume dans ce potentiel complot contre la Couronne. Il nous faut des éléments tangibles, si nous voulons empêcher un drame.

— À quoi penses-tu ?

— Eh bien, si je pouvais me cacher ici avec ton accord, Ralph, je trouverais sans peine un moyen de mener mon enquête en toute discrétion.

— Non, mon ami. Je ne peux pas te permettre de rester. Pas encore. Si on te découvre dans l'enceinte du château, tout le monde croira que tu es responsable de l'attaque menée contre de Burgh.

Tom ne cacha pas son agacement.

— Et comment pourrai-je trouver des réponses, si je ne suis pas sur place ?

Ralph soupira et réfléchit quelques instants avant de répondre.

— Nous mènerons les recherches à ta place. Nous serons tes yeux.

— Quoi ? Non ! Je refuse !

— Écoute-moi, mon ami, dit Ralph en lui posant la main sur l'épaule. Si tu t'installes au château, quelqu'un risque de te reconnaître. Et que pourras-tu faire, alors ? La personne qui cherche déjà à te faire endosser le meurtre de Westminster n'aura aucun mal à t'incriminer encore plus. Avec ou sans le soutien de ton maître.

— Lord de Kinnerton a raison, Tom, intervint Brida avec douceur. Vous ne pouvez pas courir ce risque, pas tant que nous n'en saurons pas plus sur les chances de survie de Hubert de Burgh.

Tom soupira, frustré. Il n'avait jamais eu l'intention de se servir de ses amis pour résoudre cette affaire à sa place ! D'un autre côté, ils avaient raison sur un point…

— Je n'aime pas l'idée de fuir le danger et de vous laisser tout risquer pour devenir « mes yeux », comme tu dis, Ralph.

— Je suis bien placé pour comprendre ce que tu ressens, mais parfois s'éloigner du danger est la meilleure stratégie possible. C'est plus prudent et cela te permettra de poursuivre le combat en temps voulu.

C'était vrai. Ralph avait fait cela en quittant Kinnerton après avoir été trahi par son cousin. Il n'était revenu qu'au bout de trois ans d'exil, plus fort et prêt à vaincre. Tom ne pouvait se permettre d'attendre aussi longtemps. Il allait devoir résoudre cette affaire au plus vite.

— Très bien, soupira-t-il à contrecœur.

Cette stratégie ne lui plaisait pas, mais il n'avait pas vraiment le choix. Il pourrait au moins profiter de ce délai pour réfléchir posément à tout ce qu'il avait appris jusqu'à présent…

— Je te promets de faire tout mon possible pour t'aider, reprit Ralph en massant les cicatrices qui striaient son visage, comme chaque fois qu'il était nerveux. J'irai parler en personne à Hugh de Villiers et à Will Geraint, puisqu'ils ont toujours été de bon conseil pour nous deux. Ils doivent être arrivés au château, maintenant.

— Merci à vous tous. J'avoue que j'ai malgré tout du mal à voir ce que nous pouvons faire. Je dois à tout prix transmettre le message de l'homme de Westminster à Hubert de Burgh. Malheureusement, cela ne paraît pas possible pour le moment.

— Nous allons trouver une solution.

— Décidément, ce sommet qui devait renforcer la paix entre le pays de Galles et l'Angleterre semble plus compromis que jamais.

— C'est peut-être ce que désire la personne qui se cache derrière ce complot.

— Oui, j'ai eu la même idée, répondit Tom sans cacher sa nervosité. Ce traître est-il gallois ou anglais ?

Il se tut un instant, troublé par toutes ces complications.

— Quoi qu'il en soit, comme vous l'avez tous si bien

dit, je dois quitter ce château immédiatement, poursuivit-il avec amertume. Je ne voudrais pas apparaître comme le coupable désigné de tous ces crimes.

— Où comptez-vous aller ? demanda Brida en s'avançant d'un pas.

Abandonnant le masque qu'elle avait porté depuis son entrée dans la tente, elle ne faisait à présent plus aucun effort pour paraître insouciante et détachée.

— Est-ce réellement important ?

Il alla vers elle et lui prit les mains avec douceur.

— À présent que de Burgh est alité, peut-être même mortellement empoisonné, je suis contraint d'attendre en priant pour qu'il reprenne des forces. Sans lui, je n'ai aucun espoir de faire la lumière sur cette conspiration et de laver mon nom.

— Oh ! Tom ! C'est impossible. Je n'arrive pas à croire que tout cela arrive vraiment.

Il ne put s'empêcher de lui adresser un faible sourire.

— Calmez-vous. Je ne compte pas le mot « impossible » dans mon vocabulaire, et vous le savez.

— Qu'allez-vous faire, alors ?

— Je vais attendre, de préférence dans une cachette discrète qui m'évitera d'être de nouveau pourchassé par les hommes du roi.

— Je crois que je peux vous aider sur ce point, Tom, intervint Gwen avant de jeter un coup d'œil à son époux, qui hocha la tête. Près du village, au fond de la forêt, se trouve une petite cabane de bûcheron au bord d'un ruisseau. Pour l'instant, elle est vide.

— Comment le savez-vous ?

— Parce qu'elle appartient à l'un de mes parents gallois. Son occupant est actuellement parti pour Clwyd. Personne n'y reviendra avant plusieurs jours, voire des semaines.

— Je vois.

Il sourit de nouveau, avec plus de sincérité.

— Il faut croire que les bûcherons et leurs maisons vont une fois de plus me sauver la mise…

Chapitre 15

Tom et Brida quittèrent ensemble le campement à la tombée de la nuit. Tandis qu'ils traversaient la basse-cour, Brida sentait son cœur tambouriner dans sa poitrine. On avait longuement discuté avant de décider qu'elle l'accompagnerait jusqu'à la cabane pour l'y cacher jusqu'à ce qu'il puisse revenir à Carreghofa sans être inquiété. En fait, c'était elle qui avait insisté pour accomplir cette tâche, et les autres avaient fini par céder.

— Après avoir fait tout ce voyage sous votre protection, je trouve assez amusant de vous servir d'escorte jusqu'à la forêt, dit-elle dans un effort pour alléger l'atmosphère tendue qui régnait entre eux.

Ils arrivaient en vue de la grande porte, et Tom paraissait de plus en plus nerveux.

— Riez tant que vous le voulez, demoiselle Brida, mais je ne suis pas amusé le moins du monde par le costume dont vous m'avez affublé. Où donc avez-vous trouvé une idée pareille ?

— Cessez de vous plaindre ! Personne ne vous reconnaîtra, c'est ce qui importe.

— Je l'espère bien ! répliqua-t-il en grimaçant.

— Et j'ajouterai même que vous êtes très…

Elle l'étudia de la tête aux pieds.

—… *belle*, dans cette toilette.

Elle avait encore du mal à croire que Tom ait accepté de fuir le château vêtu en femme pour éloigner les soupçons. Sa robe avait été empruntée à Brunhilde, la suivante de Lady Eleanor Tallany, qui était la seule servante du campement assez imposante et plantureuse pour offrir à Tom une tenue à peu près à sa taille. Hélas, le chevalier était bien plus grand qu'elle et sa robe ne lui arrivait qu'aux genoux. Toutes les domestiques de Sir Ralph avaient œuvré de concert pour récupérer des pièces de lin et les coudre ensemble afin de rallonger la jupe.

On l'avait ensuite coiffé d'un voile qui lui couvrait la tête, le cou et les épaules, avec un cercle tout simple pour le maintenir sur son crâne. Afin de rendre sa silhouette plus féminine, il avait également accepté de porter du rembourrage judicieusement placé dans son corsage. Le résultat lui donnait l'apparence d'une matrone bien en chair et légèrement bougonne.

— Belle, hein ? siffla-t-il. Je suis ravi de vous distraire à ce point, très chère.

Elle haussa les épaules.

— Je ne suis là que pour vous soutenir et vous donner confiance en vous.

— Si vous le dites.

— Évidemment ! répliqua-t-elle en faisant un effort pour ne pas rire.

Elle passa son bras sous le sien, marchant au même rythme que lui, comme auraient pu le faire deux femmes qui se promènent. Heureusement pour eux, la lumière déclinante était de leur côté.

— Vous semblez beaucoup apprécier les humiliations que j'endure pour vous, reprit-il. D'abord, vous m'obligez à jouer le rôle de votre époux amoureux, puis celui de Thomas l'Imbécile, et maintenant… celui d'une tante fort peu avenante.

— Pas l'Imbécile, le *Simple*, corrigea-t-elle.

— C'est vrai. Néanmoins, j'ai l'air d'une…

Il ralentit d'un seul coup et lâcha un juron.

— Enfer !

— Qu'y a-t-il ?

— L'un de mes seins vient de se détacher, chuchota-t-il d'un air agacé.

Ils n'avaient pas besoin de ce genre de problème, surtout maintenant qu'ils approchaient des gardes postés près de l'entrée ! S'ils n'avaient pas couru un tel danger, Brida aurait pu éclater de rire devant l'absurdité de leur situation. D'ailleurs, pourquoi avait-elle tant insisté pour accompagner Tom jusqu'à la forêt ? C'était d'autant plus stupide qu'il avait tout fait pour la mettre en sécurité, sous la protection de Gwen et Ralph, dans l'enceinte du château. Pourtant elle était là, cherchant de nouveaux ennuis.

À vrai dire, elle savait pourquoi elle avait tenu à être là pour lui, même si elle avait du mal à l'admettre. Elle s'était énormément attachée à Thomas Lovent et avait peur pour lui. C'était ce qui la poussait à courir des risques inconsidérés – en particulier si l'on prenait en compte sa position privilégiée au sein de la maison de Kinnerton. Cependant, tout cela lui paraissait à présent sans importance. N'avait-elle pas déjà agi de manière imprudente et bien trop audacieuse, depuis l'instant où Tom était réapparu dans sa vie ?

En fait, elle était prête à tout pour passer plus de temps avec lui. Cet homme lui faisait ressentir des choses qu'elle n'avait aucun droit de connaître. Et, le ciel lui pardonne, quand il l'avait embrassée, elle en avait eu le souffle coupé et s'était laissée aller à un délicieux abandon – exactement comme il le lui avait prédit. Le simple fait de repenser à ce baiser incroyable faisait naître des frissons brûlants dans tout son corps. Elle avait beau tout faire pour lui résister, elle ne pouvait s'empêcher d'être attirée par cet homme.

— Brida ? Que dois-je faire, à votre avis ?

— Soutenez juste votre « poitrine » avec votre bras libre, murmura-t-elle du bout des lèvres.

— Je me sens si exposé, répondit-il sur le même ton, tout en lui obéissant. Et je doute de parvenir à convaincre ces gardes que je suis une femme.

— Baissez la tête, courbez-vous et marchez comme si vous étiez intimidé. Voilà… comme cela. Je vous promets que tout se passera bien. En fait, vous avez tout d'une charmante dame un peu gauche – et plus grande que la moyenne.

— Merveilleux ! C'est ce dont j'ai toujours rêvé !

— Taisez-vous. Nous arrivons.

Conformément à ses instructions, Tom garda les yeux baissés, et la laissa prendre les choses en main. Parvenue à la hauteur des gardes, elle sourit, leur fit un petit signe de tête, et ils les laissèrent sortir sans poser de questions.

Non seulement Tom tint son rôle à la perfection, ce dont elle n'avait pas douté un instant, mais elle se sentait plus confiante en le sachant près d'elle. Il n'était pas absolument nécessaire qu'elle l'accompagne – son déguisement aurait suffi – mais elle s'était dit qu'il paraîtrait plus crédible en sa compagnie. Peu de femmes se hasardaient seules à l'extérieur des remparts, le soir. Tom avait fini par accepter de mauvaise grâce.

S'efforçant d'adopter une démarche tranquille, ils poursuivirent leur route. Ils avaient beau être sortis du château, ils n'étaient pas encore en sécurité et Brida sentait son angoisse croître à chaque pas. Afin de se calmer, elle s'efforça de penser à la suite de leur plan. Ils allaient atteindre la cabane, et elle ne quitterait Tom que lorsque l'un des chevaliers de Kinnerton serait arrivé pour la raccompagner au château.

Alors qu'ils étaient encore en vue de la porte, l'un des soldats se mit soudain à lancer des remarques grivoises dans leur dos, tandis que ses amis éclataient de rire.

— Comment osent-ils ? grommela Tom, les dents serrées. J'aimerais pouvoir y retourner pour lui faire ravaler ses insultes !

— Ne l'écoutez pas.

Brida le tint plus fermement par le bras et pressa le pas pour l'éloigner au plus vite du château.

— Je ne vais tout de même pas laisser ces hommes vous manquer de respect sans rien faire…

— Ce n'est pas nouveau pour moi, Tom. Je suis une femme célibataire, ne l'oubliez pas. Allons, venez.

— Très bien, mais sachez une chose. Vous ne devriez jamais avoir à endurer ce genre de comportement ! Aucune femme ne mérite cela, et surtout pas vous, Brida.

— Pourquoi ? Qu'ai-je de si spécial ? Je ne suis pas différente des autres, vous savez.

— Vous l'êtes pour moi.

Il la força à se tourner pour qu'elle le regarde en face.

— Pensiez-vous vraiment que j'allais répondre autre chose ? poursuivit-il. Si vous doutez à ce point de mes sentiments, je peux toujours vous embrasser de nouveau.

Elle redressa la tête, se plongeant pendant un instant dans la profondeur de ses yeux verts, et son souffle se bloqua quelque part dans sa gorge. L'embrasser de nouveau ? Tout son corps réclamait un baiser. Tout son être en avait besoin… Besoin de *lui*.

Vous êtes spécial pour moi aussi, Tom.

Alors qu'elle aurait voulu pouvoir le lui crier, elle se contenta de lisser le voile qu'il portait et de sourire en murmurant :

— Vous feriez bien de vous en abstenir. Si ces gardes voyaient une charmante vieille dame comme vous m'embrasser, qui sait ce qu'ils pourraient penser ! Vous êtes censé jouer le rôle de ma tante, rappelez-vous.

En un instant, son regard brûlant se mit à pétiller.

— Croyez-moi, je sais exactement ce qu'ils penseraient répondit-il. Venez. Éloignons-nous d'ici.

Ils finirent par découvrir la cabane du bûcheron, au plus profond de la forêt. Heureusement, car il commençait à être tard. Sans les instructions précises de Gwen, ils n'auraient probablement jamais trouvé cet endroit, si bien caché. La maison était modeste mais jolie, avec un toit de chaume, et bâtie près d'un ruisseau comme promis. L'intérieur était propre, le mobilier simple : un grand lit dans un coin, un âtre au milieu de la pièce, et une table sur des tréteaux chargée de quelques ustensiles de cuisine. Les outils du bûcheron étaient suspendus aux poutres. Un long coffre, qui servait aussi de banc, complétait le décor.

— C'est un refuge convenable, ne trouvez-vous pas ? demanda Brida en ouvrant le coffre pour en tirer des draps ainsi qu'un édredon qu'elle secoua vigoureusement.

Elle aurait presque voulu pouvoir se secouer de la même manière. Chaque fois qu'elle croisait le regard de Tom, elle avait l'impression de fondre de l'intérieur.

— Oui, je pense que je serai très bien ici pour un jour ou deux, répondit-il de sa voix grave et traînante.

— Je l'espère bien.

Elle le regarda retirer le cercle qui maintenait son voile et se débarrasser de celui-ci.

— Laissez-moi vous aider.

Elle s'approcha pour lui prendre le voile et se figea, les yeux écarquillés, quand leurs doigts s'effleurèrent. Un frisson la parcourut et, les mains tremblantes, elle s'empressa de délacer le corsage prêté par Brunhilde.

— Jamais je n'aurais cru devoir un jour vous aider à ôter une robe, dit-elle en souriant, espérant ainsi dissiper la tension qui montait entre eux.

— Moi non plus, répondit-il dans un souffle.

Il saisit l'une de ses longues mèches brunes et l'entortilla autour de son doigt, tout en la regardant faire.

— Enfin ! reprit-il quand elle eut fini. C'était si serré que je pouvais à peine respirer !

— Bienvenue dans mon monde, gloussa-t-elle.

— Franchement, je ne vois pas pourquoi vous auriez besoin de vous serrer ainsi, Brida. Vous êtes parfaite sans cela.

Elle sentit ses joues s'empourprer sous la chaleur de son regard et chercha une réponse bien sentie. Ne trouvant rien, elle décida tout simplement d'ignorer cette dernière remarque.

— Ne vous en faites pas, Tom. Bientôt, vous pourrez retrouver votre charmante apparence masculine habituelle.

— Oh ! Je ne m'inquiète pas pour cela, répondit-il avec un grand sourire. Je suis même convaincu que ma *charmante* virilité survivra sans peine à tout ce rembourrage, ces lacets et ces jupons de vieille mégère !

— Une mégère, vraiment ?

Tandis qu'il s'approchait insensiblement d'elle, elle secoua la tête avec sévérité.

— Je ne peux pas laisser qui que ce soit parler de ma pauvre tante en ces termes. Peut-être est-elle un peu fruste, mais « mégère » ? Certainement pas.

Elle desserra le dernier nœud et la robe glissa au sol.

— Merci. À présent, auriez-vous l'amabilité de défaire cette ceinture ?

Il tapota la sangle qui maintenait les coussins censés lui donner une silhouette plus féminine.

— Je tiens à préciser que je me suis senti extrêmement chanceux de vous avoir eue pour protectrice, tandis que je déambulais dans les vêtements de cette brave Brunhilde.

Brida s'exécuta et le rembourrage cousu à la ceinture rejoignit la robe sur le plancher.

— Brunhilde a très bon goût en matière de toilettes, précisa-t-elle. Et je vous rassure : vous faisiez une ravissante vieille femme, tout à l'heure.

— Vous êtes bien bonne d'essayer de me réconforter...

— C'est la vérité ! répliqua-t-elle sans pouvoir retenir un éclat de rire.

Il lui sourit avec malice.

— Sachez que je ne suis pas aveugle, Brida. Néanmoins, je ne peux rester de glace quand vous portez mes charmes aux nues – même en de telles circonstances.

Sans répondre, elle le débarrassa des dernières épaisseurs de rembourrage avant de le laisser retirer sa tunique avec un soupir de soulagement.

Elle se retrouva soudain face à son torse solide, musclé, et à ses épaules puissantes. Il ne portait plus que ses braies, qu'il avait gardées sous son déguisement.

Il était magnifique... même avec les cicatrices, récentes et anciennes, qu'elle découvrait. Ces marques, loin de lui paraître laides, confirmaient ce qu'elle avait toujours su : il n'était pas seulement un chevalier, mais aussi un guerrier expérimenté qui avait déjà connu maintes batailles. Les traces de ces blessures mises à part, il avait une peau souple, lisse, des membres musclés, habitués à l'effort. Un fin duvet couvrait sa poitrine et descendait en ligne discrète sur son estomac avant de se perdre sous sa ceinture.

Brida se secoua, mortifiée. Elle n'aurait pas dû contempler le corps de Tom de cette manière, ni se laisser enivrer par son odeur si masculine qui lui donnait envie de le toucher. La bouche sèche, elle se détourna très vite.

— Quoi que vous en pensiez, notre ruse a fonctionné et les gardes n'ont pas eu le moindre soupçon, reprit-elle, le souffle un peu court. Mais pour être honnête, je pense que vous êtes trop grand, trop fort et bien trop viril pour que l'on puisse réellement vous prendre pour une femme en plein jour.

— Vous croyez ?

— Oh oui !

Elle se mordit la lèvre pour s'empêcher de prononcer des mots qu'elle pourrait regretter.

Tom haussa un sourcil, sans la quitter des yeux.

— Brida, Brida, Brida… Rassurez-moi : vous n'êtes pas en train d'essayer de me séduire, tout de même ?

— Mais non ! s'exclama-t-elle, choquée. Pourquoi ?

— Parce qu'un homme aime savoir ce genre de chose, murmura-t-il en lui effleurant la joue du bout des doigts. Quoi qu'il en soit, je suis heureux que vous ne m'ayez pas dit cela avant que nous sortions du château. J'aurais eu plus de mal à tenir mon rôle, si j'avais craint d'être démasqué. D'un autre côté, j'ai bien peur de devoir remettre ce déguisement dans quelques jours, pour retourner à Carreghofa…

— Et vous réussirez à vous faufiler, j'en suis certaine, dit-elle en lui souriant.

Il la contempla pendant quelques instants avant de lui rendre son sourire.

— Vous ai-je déjà dit à quel point j'adore vous entendre échanger des moqueries puériles avec moi ?

— Peut-être est-ce parce que nous avons passé trop de temps ensemble : votre comportement commence à m'influencer, dit-elle en riant. Mais j'avoue que j'aime bien ces petites conversations, moi aussi. Je dois m'être laissé corrompre…

Ce dernier mot enflamma le regard de Tom. Son sourire se fit plus suggestif, et Brida se demanda pendant un instant s'il pensait à la corrompre d'une autre manière.

Il s'approcha et appuya son front contre le sien. Elle ferma les yeux, se laissa envelopper par son odeur envoûtante. Presque sans s'en apercevoir, elle le laissa passer les bras autour de sa taille. Il était si proche d'elle, à présent, qu'elle pouvait sentir les battements de son cœur. L'air se fit plus dense, suffoquant, chargé de désir et de frustration. Cela devenait dangereux.

— Promettez-moi de faire très attention quand vous retournerez au château, chuchota-t-elle.

— Je vous promets au moins d'essayer, Brida.

Comme il se penchait un peu plus vers elle, elle s'écarta pour le dévisager.

— Essayez-vous de m'embrasser ? Encore ?

— Oui, dit-il sans la lâcher. Pourquoi cette question ?

— Parce qu'une femme aime savoir à quoi s'en tenir.

Il eut un petit rire amusé.

— Vous êtes adorable, Brida O'Conaill. Je l'ai toujours pensé.

Il s'approcha de sa bouche lentement, lui laissant tout le temps de le repousser, mais elle ne bougea pas. Elle voulait qu'il l'embrasse, et il le fit. Il cueillit ses lèvres avec une telle douceur, une telle tendresse qu'elle eut l'impression qu'elle allait défaillir. Plaquée contre ce torse si solide, elle sentit ses grands bras la serrer et ses paumes chaudes se poser au creux de son dos.

Timidement, elle caressa sa peau nue sous laquelle tambourinait son cœur. Tom poussa un petit gémissement sauvage et ses baisers se firent plus pressants, plus brûlants. Enivrée, elle sentit les lèvres de Tom explorer son cou, jusqu'au point le plus sensible derrière son oreille, puis sa clavicule et sa gorge…

Seigneur !

Que lui arrivait-il ? Il lui semblait qu'elle perdait le contrôle de son corps. Elle, qui avait toujours su rester réservée et éviter tout attachement, avait désespérément envie de Thomas Lovent. Elle s'abandonnait à ses désirs, aspirant à partager encore plus d'intimité avec lui alors que rien n'était possible entre eux.

Était-elle en train de perdre la tête ? Apparemment, oui, car elle voulait qu'il la *corrompe*. Elle voulait le toucher comme il la touchait. Oh… Et bien plus encore ! Sa langue effleura celle de Tom, ce qui éveilla un brasier au creux de ses reins.

Au même moment, des coups furent frappés à la porte. En un instant, Tom fut près de la porte, sa dague en main. Pour un homme aussi grand, il était étonnamment rapide et agile. Toujours prêt.

— Demoiselle Brida ? C'est Le Ruisseu. J'ai été envoyé par Lord de Kinnerton pour vous escorter jusqu'au château.

Tom recula en poussant un soupir de soulagement tandis que Brida lissait sa robe en faisant de son mieux pour reprendre son souffle.

— Merci, lança-t-elle en espérant que sa voix altérée ne trahisse pas son émoi. Je vous rejoins dans un instant, dès que j'aurai fait mes adieux à… ma charmante tante.

— Très bien, demoiselle, répondit le chevalier. Avec votre permission, je vais aller au ruisseau pour remplir ma gourde en vous attendant.

— Faites, monsieur.

Elle se tourna vers Tom, qui la dévorait d'un regard fiévreux. De toute évidence, il avait autant de mal qu'elle à étouffer ses émotions.

— Il est arrivé au bon moment…, dit-il en se passant une main tremblante dans les cheveux.

— En effet, admit-elle.

Elle rajusta son voile, qui avait glissé sur ses épaules pendant leur étreinte, et soupira.

— Je ferais mieux d'y aller.

— Vous pourriez aussi… rester, suggéra-t-il en lui prenant les mains.

Son regard intense la clouait sur place. Ils demeurèrent immobiles quelques instants, puis Tom marmonna un juron, secoua la tête et la lâcha.

— Bon sang, que suis-je en train de dire ? Croyez-moi, je ne voulais pas vous insulter en suggérant…

— Je sais, coupa-t-elle avec douceur. Je l'ai senti aussi… ce frisson entre nous.

— Peut-être, mais je refuse de vous déshonorer en vous demandant une chose que vous ne pouvez pas accepter.

— Me déshonorer ? Alors que je suis coupable de vous avoir mis au défi de m'embrasser ?

— Rien de ce qui s'est passé entre nous n'est aussi simple que cela.

— Ce n'était qu'un baiser, voyons !

— Oh non. Chaque fois que je vous embrasse, j'ai envie d'autre chose, Brida. De choses que je ne peux attendre de vous.

Il laissa ses bras pendre le long de son corps, les poings serrés.

— Je ne commets que des erreurs, quand je suis avec vous.

Émue, Brida vit un éclair furtif traverser ses beaux yeux verts. À quoi pensait-il, en cet instant ?

— Partez. Maintenant, reprit-il en baissant la tête. Je vous en supplie.

Se hissant sur la pointe des pieds, elle lui déposa un petit baiser sur la joue.

— Très bien. Soyez prudent, Tom, et prenez soin de

vous, dit-elle avant de laisser la porte de la cabane se refermer sur elle.

Elle prit une profonde inspiration puis alla retrouver le chevalier qui devait la raccompagner au château.

Ils traversèrent les bois en silence. Brida ne pensait qu'à Tom et à son expression déchirante, déçue, au moment où ils s'étaient dit au revoir. Comment avaient-ils pu se laisser emporter par leur passion si vite et si facilement ?

Depuis l'instant où elle l'avait découvert inanimé dans son lit, à Kinnerton, elle avait lutté contre son attirance pour Thomas Lovent. Jusqu'à présent, cependant, elle n'avait pas vraiment compris l'intensité de son désir pour lui ou les raisons qui la poussaient dans ses bras. Hélas, non seulement elle ne pouvait se permettre de s'attacher à un homme, mais elle pouvait encore moins se laisser aller à la moindre intimité avec *lui*. La malédiction l'empêchait de se marier ; pourtant, elle avait une folle envie de l'ignorer. Cet homme emplissait son cœur, son corps, de sensations délicieuses. Cet homme… qui lui était interdit.

Ciel, qu'allait-elle bien pouvoir faire ? Ce à quoi elle aspirait plus que tout, ce dont elle avait besoin n'était pas à sa portée. Céder aurait été imprudent, dangereux. Cela aurait mis en péril tout ce à quoi elle tenait – son cœur, son esprit, sa réputation – sans compter qu'il s'agissait d'un péché mortel qui la conduirait sans aucun doute à une catastrophe. Oui, elle savait tout cela. Mais, pour une fois, la réalité lui parut sans importance. Elle n'avait pas la force de résister à ses sentiments…

Tom aurait littéralement pu s'assommer pour avoir laissé ainsi son désir pour Brida O'Conaill échapper à son contrôle. Il n'avait pas mieux agi que ces fichus gardes, aux portes du château, qui leur avaient crié des obscénités !

Il voulait posséder cette femme à un point tel qu'il avait failli franchir la plus sacrée des limites. Il aurait pu la compromettre, aujourd'hui… Le pire était sans doute qu'elle n'avait pas protesté quand il l'avait embrassée et caressée. Au contraire, elle avait paru ressentir *la même chose* que lui.

Lorsqu'il se trouverait de nouveau seul avec elle, il devrait à tout prix parvenir à se contrôler, car il représentait un danger pour cette femme. Il devait se comporter en ami, à l'avenir, et rien de plus. Surtout, il devait s'interdire de l'embrasser de nouveau. Il fallait qu'il se limite à des interactions courtoises, platoniques, et qu'il…

— J'espère que vous ne m'en voudrez pas d'être revenue. J'ai éprouvé le besoin de rester en compagnie de ma charmante tante un peu grincheuse pour prendre soin d'elle.

Tom se retourna vivement et découvrit Brida sur le seuil de la cabane. Elle était si belle, un peu essoufflée et les lèvres encore rougies par leurs baisers ! La tentation incarnée…

— Vous voyez, reprit-elle dans un murmure, je tiens beaucoup à elle.

Il s'approcha en quelques grandes enjambées et se campa devant elle, le souffle court, lui aussi, et le cœur battant.

— Vraiment ? Dans ce cas, votre charmante tante un peu grincheuse vous remercie.

Elle sourit.

— C'est une femme si bonne.

— En effet.

Puis, mettant fin à leur badinage, Tom fronça les sourcils et reprit son sérieux.

— Brida, pourquoi êtes-vous réellement revenue ? Que faites-vous de Ralph et Gwen ? Que vont-ils penser quand ils se rendront compte que vous n'êtes pas rentrée au château comme prévu ?

— Le chevalier qui devait m'escorter leur expliquera que je me suis tordu la cheville en trébuchant sur une racine et que j'ai été contrainte de revenir sur mes pas pour passer la nuit avec ma chère tante.

— Ce n'est pas un sujet de plaisanterie, Brida ! Le Ruisseu ignore peut-être ma véritable identité, mais pas nos amis. Ils savent qui je suis… et que je suis un homme.

— Je ne plaisante pas, je vous assure, soupira-t-elle avant de poser avec douceur la main sur son torse. Et je ne suis pas non plus une enfant, vous savez. J'ai l'âge de savoir ce que je fais.

— Brida…

Il poussa un petit grognement frustré et prit son visage entre ses mains pour caresser la peau soyeuse de ses joues.

— Vous ne pouvez pas rester ici, ma douce.

— Sir Ralph et Gwen savent déjà que nous avons passé deux jours et deux nuits ensemble, durant notre voyage. Ce n'est pas très différent.

Elle effleura son visage à son tour et il couvrit ses doigts de sa paume.

— Vous savez aussi bien que moi que c'est faux, souffla-t-il.

— Peu importe. Ce n'est pas à eux que je pense, en ce moment.

— Ah bon ? Et à qui pensez-vous ?

Leurs voix n'étaient plus que des chuchotements dans le silence de la cabane.

— À vous, à moi. À cette nuit.

Tom sentit sa gorge se nouer et il se figea, comprenant lentement ce qu'elle essayait de lui dire. Il n'aurait pas dû céder, mais il n'avait plus la force de résister à la puissance de cette attraction qui les rapprochait, à son désir brûlant. Il baissa donc les armes et fit ce dont il rêvait depuis des jours. Il s'abandonna à ses pulsions.

Penché sur elle, il posa ses lèvres sur les siennes et l'embrassa avec passion. Brida lui passa les bras autour du cou et il la souleva de terre pour la porter jusqu'au lit. Il était inutile de parler plus longtemps.

Elle. Moi. Cette nuit...

Chapitre 16

Tom contempla la femme splendide qu'il venait d'allonger sur le matelas. Il avait du mal à respirer. Elle tendit les bras et il la rejoignit. Très lentement, il la déshabilla, commençant par sa robe et sa tunique, puis ôta son voile pour détacher ses longs cheveux tressés. Émerveillé, il effleura les lourdes boucles brunes qui retombaient jusqu'à sa taille. Elle ne portait plus qu'une fine chemise de lin qui ne masquait aucune de ses courbes sensuelles. Et elle respirait aussi vite que lui, sa poitrine se soulevant à chaque inspiration.

Elle était exquise, d'une beauté irréelle. Le simple fait de la regarder le bouleversait. Ses cheveux sombres étalés autour d'elle mettaient en valeur la blancheur laiteuse de sa peau. Ses yeux bleu nuit scintillaient dans la lueur tremblotante de l'unique bougie allumée. Du bout des doigts, il suivit la ligne de ses sourcils arqués, de sa pommette et caressa ses lèvres charnues. Il voulait graver dans sa mémoire chaque détail de son corps.

Elle entrouvrit les lèvres et lécha ses doigts, puis lui adressa un sourire si mutin qu'il dut réprimer un gémissement. Si elle tenait à ce point à le torturer, peut-être devait-il faire de même…

Sans la quitter des yeux, il souleva l'une de ses jambes et embrassa sa cheville. Puis il remonta jusqu'à son genou, sa cuisse, laissant courir sa langue sur sa peau frémissante.

Il l'entendit soupirer tandis que ses mains caressaient l'intérieur de ses jambes. Elle trembla lorsqu'il mordilla le haut de sa cuisse. Il n'alla cependant pas plus loin. Pas cette fois.

Il faillit presque s'écarter à ce moment-là. Mais y aurait-il une prochaine fois ? Pourquoi se laissait-il aller ainsi, faisant fi de toute prudence ? Agacé par toutes les questions qui l'assaillaient, il recommença sa lente exploration sur l'autre jambe avant de s'intéresser à ses hanches généreuses.

Brida se mit à gémir quand il remonta plus haut, embrassant et touchant son ventre, son nombril. Il referma les mains sur ses seins pour déposer des baisers juste en dessous. Puis il tourmenta l'un de ses tétons sombres du bout de la langue avant de le gober. Elle se cambra. Elle était si délicieuse, abandonnée ainsi !

À son tour, elle posa les mains sur son torse, ses épaules, l'attirant à elle. Il sentit ses ongles griffer son dos. Oh oui, plaisir et douleur… Joie et peine… Espoir et désarroi… Toutes ces émotions – et bien d'autres encore – l'envahissaient chaque fois qu'il se trouvait en compagnie de cette femme. Elle savait briser son cœur en un millier de fragments avant de le recoller et de tout recommencer. Encore et encore.

Soudain pressé, il se débarrassa des quelques vêtements qu'il portait encore, et s'étendit sur elle. Leurs jambes s'entremêlèrent. Il ne put résister à l'envie de lui sourire avec malice avant de poursuivre son exploration. Calant ses hanches entre ses cuisses, il l'embrassa de nouveau. Cette fois, c'était trop. Enivré par son désir irrépressible, il glissa sa langue entre ses lèvres. Il en voulait tellement plus !

Ses mains avides découvraient toutes les formes de ce corps parfait. Jamais encore il n'avait ressenti tant d'émotions de sa vie. Il perdait la tête, n'écoutant plus que son instinct, enivré par cette femme qui s'offrait à lui. Sa bouche, sa langue suivirent la ligne de sa clavicule, le creux de son cou, jusqu'à atteindre son oreille, la base de ses cheveux. Un parfum féminin et fleuri l'enveloppait.

— Tu n'aurais pas dû revenir, Brida, murmura-t-il à son oreille.

— Je sais, répondit-elle avant de pousser un petit cri quand il mordilla son lobe.

Bien que la tension du désir fût insoutenable, il devait lui laisser un instant pour réfléchir à ce qu'elle faisait et, éventuellement, se raviser. Elle savait sans doute ce qui allait se passer entre eux. Elle savait qu'il n'y aurait pas de retour possible. S'ils continuaient ainsi, leur relation allait changer à tout jamais et ils seraient tous deux précipités dans l'inconnu. Depuis leur rencontre, il avait eu le temps d'apprendre une ou deux choses à son propos – par exemple, qu'elle ne se détournerait jamais de ses convictions et de ses croyances sur un simple coup de tête. Le destin les avait rassemblés et quelques jours passés sur les routes avaient suffi à leur rappeler que l'étincelle qui avait brûlé entre eux n'était pas morte durant leur longue séparation. En réalité, elle s'était muée en incendie incontrôlable.

— Je… Nous ne devrions pas faire cela, reprit-il.

— Je le sais aussi, dit-elle dans un souffle. Veux-tu que je parte ?

— Oh ! Seigneur… Pourquoi me fais-tu cela, Brida O'Conaill ?

Elle fronça les sourcils, l'air surpris.

— Moi ? Ce que *moi* je te fais ?

— Oui.

Il embrassa de nouveau son cou et caressa sa chair frémissante. Son odeur un peu musquée lui donnait le vertige. Il ne savait même pas où il trouvait encore la force de parler.

— Ne comprends-tu pas que cela va rendre les choses beaucoup plus compliquées entre nous ?

— Si, bien sûr.

Elle gémit sous ses caresses.

— Mais, je t'en supplie, ne t'arrête pas ! J'ai envie de toi… Désespérément.

Enfer !

Désespérément, en effet.

Ce fut comme une coulée de lave dans ses veines quand il la pénétra lentement. Il s'arracha à ses lèvres lorsqu'elle poussa un petit cri et l'observa, inquiet.

— Est-ce que tout va bien, ma douce ? T'ai-je fait mal ?

Elle secoua la tête et effleura sa joue avec tendresse. Il tourna la tête le temps d'embrasser sa paume.

— Je vais très bien, murmura-t-elle.

Il ne put s'empêcher de sourire.

— Tant mieux, parce que ce n'est pas fini. Bien au contraire.

Brida avait perdu toute raison en s'abandonnant à la tentation et au désir qui palpitait dans son ventre. Elle avait été incapable de se retenir. Voilà à quoi Thomas Lovent l'avait réduite. Elle avait eu faim de ses caresses, de ses baisers, de ces braises qu'il attisait en elle. Si elle ne se montrait pas plus prudente, elle ne lui offrirait pas seulement son corps, mais aussi son cœur et son âme. Peut-être même était-il déjà trop tard…

Elle le sentait en elle, l'emplissant plus qu'elle ne l'aurait cru possible. Très vite, la douleur du début s'effaça pour laisser place à un plaisir inimaginable. Il se mit à bouger, plus fort, plus vite, et elle s'agrippa à ses épaules. Il l'embrassa de nouveau, puis accéléra encore. Ses mouvements éveillaient en elle un feu sauvage qui consumait tout sur son passage. Quelque chose monta, l'envahit. Une sensation explosive qu'elle n'avait encore jamais éprouvée.

Pour la première fois, elle se sentait réellement vivante, frémissante, comme si elle se tenait au bord d'un précipice. Soudain, la chose en elle éclata et elle eut l'impression de se briser en mille morceaux. Tom poursuivit ses va-et-vient pendant quelques instants encore avant de connaître sa propre jouissance et de s'écrouler sur elle dans un long frisson. Il la prit dans ses bras avec douceur et la serra fort, en attendant que leur respiration se calme. Mais comment retrouver un état normal quand rien de ce qui venait de se passer ne l'était ?

Brida se rendit vite compte que cela n'avait aucune importance pour elle – ces questions n'étaient rien, comparées au bonheur indicible dans lequel elle baignait. Avait-elle déjà éprouvé une telle joie ? Non. Jamais. Son existence entière avait été une prison solitaire, et elle le redeviendrait bientôt… mais pas tout de suite.

Pendant une nuit, au moins, elle voulait savourer ce qui lui était interdit et écouter son cœur. Elle voulait Thomas Lovent, un homme en qui elle avait confiance, qu'elle désirait et auquel elle tenait énormément. Bien plus qu'elle n'était prête à l'admettre.

— Attends ici, dit-il au bout d'un moment avant de se lever pour prendre sur le coffre un linge ainsi qu'une bassine d'eau fraîche.

Il déposa le tout près du lit.

— Puis-je ?

— Merci, mais je crois que je vais le faire moi-même.

Rougissante, elle rinça rapidement son corps engourdi. Tom lui servit ensuite une chope de la bière qu'ils avaient emportée pour lui, et vint s'asseoir à ses côtés.

Son sourire fit battre le cœur de Brida un peu plus vite. Décoiffé et nu, il était si beau, si masculin… Le simple fait de le regarder serrait quelque chose dans sa poitrine. Elle le contempla comme si elle devait ne plus jamais le voir de sa vie, pressée de graver dans sa mémoire chaque image, chaque instant de cette nuit. Sa démarche tranquille dans la pièce. Ce grain de beauté sombre sous son œil droit, qui disparaissait dans un creux quand il souriait. Le son de son rire. Son odeur. Tout. Oui, ce soir, elle s'abandonnerait au bonheur. Elle s'enivrerait de cette joie nouvelle. Elle ne penserait pas aux conséquences de ce qu'elle venait de faire, ne laisserait pas la honte et la culpabilité ternir son humeur. Cela viendrait en son temps. Mais pas *cette* nuit.

— Serre-moi contre toi, Tom.

— Avec joie.

Il s'allongea près d'elle et déposa un petit baiser sur son front.

— Dors, ma chérie.

La lumière blanche de l'aube arriva bien trop tôt au goût de Brida, qui émergea à regret d'un profond sommeil. Elle cligna des yeux, bâilla et s'étira avant de se rappeler où elle était… et auprès de qui elle venait de passer la nuit. Un bras était encore enroulé autour de sa taille et elle sentait contre ses jambes la chaleur de cuisses musclées.

Elle n'avait pas rêvé, et pourtant la situation lui paraissait presque irréelle. Elle écarta doucement le bras de Tom et se tourna pour le regarder dormir, un léger sourire aux lèvres. Elle eut soudain très envie de caresser cette mâchoire volontaire, mais eut peur de le réveiller. Si seulement ils pouvaient s'offrir plus d'une nuit ensemble ! Si seulement ils pouvaient avoir plus de temps ! Inutile de se faire du mal pour rien. Ce qu'ils venaient de partager était tout ce à quoi ils auraient droit. Elle se l'était juré en revenant à la cabane : dès ce matin, la vie retrouverait son rythme habituel, loin de cette unique parenthèse destinée à adoucir la tristesse et la solitude auxquelles elle était condamnée.

En soupirant, elle repoussa la couverture et se leva. Après une rapide toilette elle s'habilla. Son corps était douloureux et courbatu en des endroits qu'elle n'aurait pas crus possibles. Elle enfila sa tunique et passa sa robe de laine verte dont elle ajusta rapidement le corsage.

— Tu t'enfuis déjà ? lança soudain une voix sensuelle dans son dos.

Elle fit volte-face. Si beau, avec sa mâchoire ciselée, sa barbe naissante, son torse nu si masculin et ses cheveux blond sombre retombant sur ses yeux, Tom était assis au milieu du lit. Il repoussa une mèche rebelle et haussa un sourcil, attendant sa réponse.

Elle cligna des yeux et se détourna de lui, gênée de l'avoir détaillé trop longtemps.

— Je dois partir, répondit-elle simplement en finissant de s'habiller. Le chevalier d'hier va revenir pour me raccompagner au château. Heureusement pour moi, ma *cheville* va beaucoup mieux.

Un prétexte bien faible, pour justifier son retour auprès de Tom… Son comportement de la veille avait été pour le moins étrange, si ce n'est carrément choquant. Elle n'avait pas voulu prendre le temps de réfléchir aux conséquences de son acte et avait sciemment ignoré les mises en garde qui avaient résonné à ses oreilles. Certes, elle avait pris sa décision sans réfléchir, faisant fi de la prudence, mais elle refusait de laisser la moindre place aux remords.

— Je suis ravi de l'apprendre, dit Tom.

Elle s'assit sur un tabouret pour enfiler ses bas de laine et nouer ses jarretières. Le silence tomba, lourd, entre eux. De la gêne commençait à s'installer.

Brida se releva et s'écarta du lit, tout en essayant de lacer sa robe dans son dos. Ses doigts tremblants luttèrent avec les boucles et rendirent la tâche difficile. En quelques instants, Tom s'habilla et s'approcha d'elle.

— Laisse-moi faire.

Son souffle sur sa nuque la fit frissonner.

— Merci, lâcha-t-elle dans un chuchotement étranglé.

Il se mit à la tâche avec efficacité. Brida sentait ses doigts effleurer son dos, à travers l'étoffe fine de sa chemise. Elle déglutit, mal à l'aise.

— Il est très difficile de lacer cette robe sans aide, reprit-elle pour meubler le silence. C'est une ancienne toilette de Gwen.

— Voilà, dit-il au bout d'un moment. Je pense avoir réussi à la fermer comme elle était... hier.

— Oui. Merci encore.

Elle se retourna et lui adressa ce qu'elle espéra être un sourire amical.

Seigneur...

Elle arrivait à peine à soutenir son regard et son estomac était si noué qu'il lui faisait presque mal. Elle lissa nerveusement des plis imaginaires sur sa jupe et recula d'un pas. Puis de deux.

— Je dois vraiment partir.

— Attends ! Ne vas-tu pas au moins boire un peu de bière avant de t'en aller ? Ou manger quelque chose ? J'ai assez de provisions pour deux.

Il soupira et ajouta, d'une voix plus basse :

— Ne me quitte pas comme cela, Brida.

— Très bien. Je crois qu'un peu de bière me fera du bien.

Elle le regarda aller vers la table et remplir deux chopes.

— Je dois dire que j'ai un nouveau respect pour les femmes, avec tous les vêtements serrés et inconfortables que vous devez porter, reprit-il en revenant vers elle pour lui donner l'une des chopes.

— Merci.

Elle but une gorgée avec plaisir avant de déclarer :

— Mais tout cela n'est rien comparé à ce que nous devons subir chaque jour. Surtout quand nous sommes seules.

Il la regarda un moment en silence avant de repousser une boucle brune derrière son oreille.

— Tu n'es pas obligée de rester seule, tu sais, dit-il avec une telle douceur qu'elle sentit une boule se former dans sa gorge.

Ellc se détourna et alla poser sa chope sur la table pour y ajouter machinalement de la bière. Puis elle tenta de chasser la boule avec une longue gorgée. En vain.

— Malheureusement, si. Je n'ai pas le choix, répondit-elle presque pour elle-même.

Elle se retourna et vit qu'il s'était adossé au mur, les yeux fixés sur elle.

— J'oubliais que tu avais renoncé à toute chance de bonheur, lança-t-il avec une pointe d'amertume. Et pour quoi ? L'amour éternel que tu portes à ton fiancé mort ? Ta dévotion est certainement admirable, Brida, mais je suis certain que cet homme n'aurait pas voulu que tu t'empêches de vivre à cause de lui. Rien ne t'oblige à rester fidèle à sa mémoire jusqu'à la fin de tes jours.

— Tu ne peux pas comprendre, Tom.

— Vraiment ? Mille pardons ! Dans ce cas, pourquoi ne pas m'instruire ?

— Je n'ai pas *choisi* le célibat, contrairement à ce que tu penses. Et ce n'est pas du tout pour les raisons que… Je ne dois pas me marier, c'est tout.

Exaspérée, elle soupira. Tom, lui, parut plus intrigué que jamais.

— Qu'essaies-tu de dire, exactement ?

Elle ignora sa question, préférant l'interroger à son tour. Soudain, l'énormité de ce qu'il venait de lui dire lui apparut.

« Tu n'es pas obligée de rester seule. »

Qu'avait-il sous-entendu ?

— J'aimerais comprendre ce que tu m'as dit, Tom. Que je devrais rester avec toi pour fuir ma solitude ? Est-ce cela ?

À son regard surpris, elle comprit qu'il n'avait pas songé à ce que ses paroles impliquaient réellement. Il les avait prononcées d'instinct, sans réfléchir.

Lentement, il acquiesça.

— Bien sûr que nous pouvons rester ensemble, Brida. Cela ne tient qu'à nous. De plus, après ce que nous avons fait cette nuit, nous devons envisager la possibilité d'un enfant…

Elle sentit immédiatement le sang se retirer de ses joues. Non, c'était impossible ! Une grossesse serait un véritable désastre – pour eux deux. Et puis, ce n'était pas comme si Tom tenait réellement à se marier. Il avait suggéré cette éventualité sans prendre le temps d'y penser, de peser le pour et le contre.

— Tu n'as pas envie de prendre une épouse, Tom. Tu m'as souvent répété qu'un homme comme toi, un agent de la Couronne, ne pouvait se permettre de s'attacher ainsi à quelqu'un.

Frustrée, elle soupira de nouveau.

— Car c'est bien ce à quoi tu penses, n'est-ce pas ? Un mariage. Une famille. Tout cela parce que nous avons passé une nuit ensemble. C'est absurde !

— Je te demande pardon ? répliqua-t-il, manifestement agacé. Tu penses que *cela* est absurde, mais pas le fait de t'interdire tout bonheur jusqu'à ta mort ? D'ailleurs, tu ne m'as pas répondu. Qu'est-ce que je ne « comprends pas » au sujet de ton passé ?

— La vérité, c'est que je ne le connaissais pas… l'homme que j'étais censée épouser.

— En effet, je ne comprends pas, répondit-il avec un

froncement de sourcils. Si tu ne l'as même pas rencontré, pourquoi renoncer au mariage après sa mort ?

Pendant quelques instants, elle envisagea de lui mentir, de lui raconter n'importe quoi pour satisfaire sa curiosité. Mais, en fin de compte, elle avait envie qu'il sache tout d'elle. Elle lui devait bien cela.

— C'est une histoire triste et sordide, pour être honnête, commença-t-elle. Néanmoins, je pense que tu mérites de l'entendre, même si je ne l'ai encore racontée à personne. Même Gwen ignore tout de ce que je vais te confier.

Elle s'assit sur un tabouret, les yeux baissés.

— Mon véritable nom est Brighid Ni Diarmuid. Je suis la fille aînée de Diarmuid O'Conaill, Lord de Clarmallagh, et je viens d'Irlande.

Surpris, Tom écarquilla les yeux.

— J'ai entendu parler de ton père. C'était un grand guerrier qui jouissait d'une impressionnante réputation, même en Angleterre.

Puis, comprenant peu à peu, il ajouta :

— Cela veut dire que tu es une noble, Brida.

— Je le serais si je pouvais porter mon nom de famille, dit-elle tristement. Hélas, mon père a perdu tout ce qu'il avait bâti, Tom, et j'ai par conséquent perdu le droit d'utiliser son nom ainsi que tous mes liens avec mes parents irlandais. J'ai été contrainte de quitter ma terre natale à tout jamais. De toute manière, cela n'a plus aucune importance, maintenant, puisque je suis la dernière survivante de mon clan.

— Que s'est-il passé ?

— Il y a bien longtemps, un devin puissant a énoncé une prophétie à notre sujet. Il a dit que les enfants de Diarmuid O'Conaill étaient destinés à ne connaître que tragédie et mort, que sa lignée s'éteindrait à cause de ses nombreux péchés de jeunesse. Personne n'a pris cette mise en garde au sérieux jusqu'à ce que notre château soit assiégé par nos ennemis, la veille de mon banquet de fiançailles. Mon père, mon promis et même mes petits frères furent… furent assassinés en public.

— Oh ! Seigneur ! Brida, je suis désolé…

Il vint s'asseoir près d'elle et lui prit la main avec tendresse.

— C'est terrible…

— Oui, ma mère et moi avons été épargnées à condition que nous quittions nos terres pour toujours et que nous entrions au couvent. Ma mère s'est soumise à cette pénitence, après m'avoir expliqué que la chute de notre famille était ma faute puisque j'avais décidé de me marier et de poursuivre notre lignée à mon tour. Elle a dit que personne ne peut échapper à son destin et que le nôtre était écrit depuis bien longtemps.

— Mais enfin, comment a-t-elle pu te blâmer pour cette tragédie ?

— Elle y est parvenue sans peine, Tom. Selon elle, je suis maudite. Bien entendu, ce qu'elle m'a dit m'a dévastée et j'ai cru toutes ses paroles. Depuis, je vis chaque jour avec cette culpabilité. Je lui ai juré de mener une vie de célibat pour me racheter, de toujours me souvenir de la prophétie, et de ne plus jamais attirer le malheur sur nos têtes.

Tom lâcha un juron entre ses dents.

— Mais tu n'as pas pris le voile !

— Non.

Elle eut un faible sourire.

— Plutôt qu'entrer au couvent, j'ai choisi d'entrer au service de William Marshal et de Lady Isabel de Clare. La comtesse avait connu mon père grâce à sa famille irlandaise et a eu pitié de moi. Je suis devenue l'une de ses suivantes. C'est ainsi que j'ai pu rencontrer Gwenllian ferch Hywel, et que je me suis installée à Kinnerton avec elle après son mariage.

— Jamais je n'aurais pu imaginer une telle chose, dit-il en passant ses doigts dans ses cheveux en désordre. Depuis cette époque, tu subis le poids de cette… culpabilité, comme tu dis ?

— Oui.

— Est-ce pour cela que tu ne t'es jamais mariée ?

— Oui. Et j'ai bien l'intention de rester fille. J'en ai fait le serment.

— Oh ! Brida…

Il ferma un instant les yeux avant de reprendre :

— Une fois de plus, je ne comprends pas comment on a pu considérer que le malheur qui a frappé ta famille était ta faute. Tu n'étais qu'une jeune fille innocente. Ta mère a eu tort de t'accuser.

Gênée par le tour que prenait leur conversation, Brida se leva vivement.

— Qu'elle ait eu tort ou non, j'espère que tu comprends à présent pourquoi je suis restée célibataire jusqu'à maintenant… et pourquoi j'ai l'intention de poursuivre mon chemin seule.

— Pas vraiment. J'ai du mal à envisager qu'une femme aussi intelligente et cultivée que toi puisse croire aux malédictions et aux prophéties.

— J'y crois parce que ma mère m'a fait promettre de ne jamais plus l'oublier. J'ai vu de mes propres yeux les horreurs que l'on a fait subir à ma famille. J'ai vu toute mon existence dévastée en une seule journée, Tom.

— Tu sais, Brida, ce genre de brutalité – aussi atroce et déchirante soit-elle – arrive assez souvent, hélas ! Je regrette juste que ton clan ait dû la subir ainsi.

Il se leva à son tour pour reprendre ses mains et la regarder, l'air grave.

— Moi aussi, j'ai assisté à des événements sanglants, sur les champs de bataille, et j'ai été témoin du vide qu'ils laissent sur leur passage. Mais l'issue de n'importe quel combat dépend surtout du hasard et de la chance. Cela n'a rien à voir avec la destinée ou les devins. Ce qui s'est passé autrefois chez toi n'est pas différent.

Elle le dévisagea un long moment, incapable de parler. Y avait-il de la sagesse dans ce qu'il venait de dire ? Impossible. Les combats dont il parlait et le siège de son château familial n'avaient rien en commun !

— Il ne s'agissait pas d'une simple guerre avec un vainqueur et un vaincu, Tom.

— Vraiment ?

Il fronça les sourcils.

— Les situations sont peut-être différentes, mais au fond l'issue reste aussi incertaine, impossible à prédire. Tu peux me croire.

— Non ! Tu oublies que le destin de ma famille a été écrit et scellé avant même que ce drame n'arrive !

— Par qui ? Un devin ? Qui était cet homme, pour prétendre connaître l'avenir ? À qui avait-il fait vœu d'allégeance ? Envers quel seigneur était-il loyal ? Je suis un agent de la Couronne, Brida, et j'ai pour mission de rassembler des informations, d'examiner chaque fait en détail pour découvrir la vérité. J'ai vu à quel point certains hommes savent exploiter la moindre faiblesse et détourner les faits pour écraser leurs ennemis. Bien souvent, ils le font avant même de se risquer sur le champ de bataille.

— Es-tu en train de suggérer que ce qui est arrivé à mon père, mes frères et à mon fiancé a été… planifié et préparé avant le siège ?

— Je ne peux pas l'affirmer, Brida. Mais je sais quel poids certaines paroles peuvent avoir sur l'esprit d'un homme. Les mots peuvent être un poison insidieux. Par exemple, lorsque l'on persuade quelqu'un qu'il n'a pas le moindre contrôle sur une situation donnée, que sa destinée ne peut être changée. Ne vois-tu donc pas qu'il n'y a rien de certain, dans la vie ?

Elle ferma les yeux et se massa les tempes en grimaçant.

— Pendant des années, j'ai été convaincue d'être la seule responsable de ce drame. Je pensais que l'on m'avait laissée vivre pour que je me repente chaque jour de cette faute…

— Et maintenant ?

Maintenant, face au point de vue de Tom, elle ne savait plus où elle en était.

— Je ne peux pas supporter tout cela. Honnêtement, je ne sais plus quoi penser.

— Toi seule pourras résoudre ce dilemme, Brida. Je me garderai bien de te dire ce que tu dois croire ou pas. Je te demande seulement de faire appel à ton bon sens et à ta raison.

Il l'observa pendant un moment avant de reprendre :

— N'oublie pas que ta mère était en deuil, tout comme toi. Elle aussi a souffert de la mort atroce des hommes de sa famille. Je peux comprendre que vous vous soyez toutes les deux raccrochées à cette prophétie pour trouver une cause à ce drame. Il n'y a aucune honte à cela.

— À t'entendre, tout serait si simple… Pourtant, je sais que ce n'est pas le cas.

Elle aurait aimé pouvoir expliquer l'horreur de cette journée aussi facilement. Elle avait vécu avec une certitude pendant tant d'années qu'elle ne pouvait admettre un autre point de vue sur le massacre qui avait détruit son clan. Elle s'était agrippée à ses croyances, comme une noyée à sa branche. Elle ne pouvait tout de même pas avoir eu tort, depuis tout ce temps ! N'est-ce pas ?

Tom soupira.

— Je comprends, Brida. Je comprends même mieux que tu le penses ce que c'est que vivre avec une culpabilité aussi lourde à porter.

Surprise, elle leva les yeux sur lui.

— Comment cela ?

— Je t'ai parlé de l'incendie qui a tué toute ma famille et nos gens, à l'exception de ma sœur. Tout comme toi, je suis convaincu d'être responsable de cela. J'étais un débauché égoïste, à cette époque, et beaucoup pensent que c'est à cause de moi qu'une telle catastrophe a pu arriver. J'étais un mauvais fils, un mauvais frère, et un mauvais ami. Je n'avais aucune conscience de mes responsabilités…

— Je n'arrive pas à le croire.

— Vraiment ?

Il se détourna avec une moue amère.

— Si j'avais été un homme meilleur, j'aurais pu empêcher cet incendie, avoua-t-il à voix basse.

Brida fronça les sourcils, sans comprendre.

— Je ne vois pas comment. Veux-tu dire que cet accident était ta faute ?

— J'en suis convaincu, tout comme tu es persuadée que ta malédiction est réelle.

— Mais tu n'étais qu'un enfant, un jeune homme au mieux ! protesta-t-elle en ignorant la petite voix qui lui rappela qu'elle aussi était très jeune quand son clan avait été décimé.

Tom secoua la tête.

— J'étais assez âgé pour savoir que mon père avait une maladie de l'esprit, et qu'elle s'aggravait. Seulement, au lieu d'écouter les appels suppliants de ma mère, qui m'a écrit plusieurs fois pour me demander de rentrer, de l'aider, sais-tu ce que j'ai fait ? Rien. J'ai poursuivi mes seules ambitions, mon rêve de devenir chevalier. Je savais que j'avais des devoirs envers ma famille, et je leur ai tourné le dos.

— C'est peut-être vrai, mais cet incendie a été un

accident. Il n'avait rien à voir avec toi, Tom ! Tu n'étais même pas là.

— C'est justement le problème. Je n'étais pas là quand ma mère, mes frères et mes sœurs ont eu besoin de moi. Ils avaient besoin de mon soutien, Brida ! Mais au lieu de rentrer et d'endosser mes responsabilités d'aîné, j'ai ignoré leurs appels. Puis, un soir, mon père qui n'avait déjà plus toute sa tête, a mis le feu au manoir pour chasser les mauvais esprits, ou je ne sais quelle sottise de ce genre. Les flammes ont détruit la maison, les granges, les troupeaux et, plus important encore, tous ceux qui vivaient là. Seule Joan, ma pauvre sœur terrorisée, en a réchappé.

— Je suis tellement désolée, Tom…

Il haussa les épaules.

— C'est arrivé il y a bien longtemps. Il m'a fallu des années pour accepter enfin le poids de mon passé – et je lutte encore bien souvent avec ma conscience, même maintenant. Pour me racheter, je me suis consacré à mon travail. J'ai tout fait pour servir dignement mon seigneur et pour aider Joan au mieux.

— Comment as-tu réussi à tourner la page ? demanda-t-elle, le souffle court.

Il ne répondit pas immédiatement et ferma les yeux, comme s'il se laissait emporter par ses souvenirs, bien loin d'elle.

Finalement, il la regarda de nouveau et sourit faiblement.

— Je me suis pardonné. William Geraint m'y a poussé. Lui-même, en son temps, a dû se battre contre ce genre de remords.

— Je vois.

Non, en fait, elle ne voyait pas. Les confidences de Tom étaient trop inattendues pour qu'elle parvienne à bien comprendre.

— Moi aussi, j'ai souffert de la culpabilité du survivant, reprit-il. C'est pourquoi je sais que tu ne pourras jamais aller de l'avant et vivre pleinement ta vie tant que tu n'auras pas accepté ton passé, et tant que tu ne te seras pas pardonné d'être encore là.

— Ce n'était pas ta faute, Tom.

— Et le meurtre de tes proches n'avait rien à voir avec toi, ou avec une quelconque malédiction, assura-t-il avec un nouveau petit sourire.

Brida recula d'un pas mal assuré, sans quitter son compagnon des yeux.

Pendant de longues minutes, ils gardèrent le silence, chacun emporté par le poids de ses souvenirs, de son malheur, de ses angoisses et ses émotions.

— Je dois y aller, dit-elle enfin.

— Dis-moi encore une chose avant de partir. Qu'a donc fait ton inestimable père, pour attirer sur son clan une vengeance aussi sanglante ? demanda-t-il avec douceur.

— Il a pris quelque chose qui ne lui appartenait pas…

Chapitre 17

— Imbécile ! marmonna Tom rageusement pour lui-même. Idiot !

— As-tu dit quelque chose ? demanda Ralph en lui jetant un regard de biais.

— Non, je parle tout seul.

— Seigneur, je ne pensais pas qu'on t'avait laissé aussi longtemps dans cette cabane, gloussa William Geraint, Lord de Clancey.

Ralph sourit à son tour.

— Pas assez longtemps pour que tu perdes la tête, en tout cas ! renchérit-il.

Il s'était passé plus de temps que ce à quoi Tom s'était attendu, avant qu'il reçoive enfin des nouvelles de Hubert de Burgh. Non seulement son maître avait survécu à son empoisonnement mais, le ciel soit loué, il retrouvait déjà des forces.

À la tombée de la nuit, ses vieux amis étaient venus pour l'escorter jusqu'au château.

Deux jours plus tôt, Brida s'était enfuie de la masure, et Tom avait l'impression qu'une éternité s'était écoulée depuis leur dernière conversation.

Deux longues journées et deux longues nuits de solitude dans cette fichue cabane au fond des bois ! Bien assez pour que les souvenirs de la nuit qu'ils avaient passée ensemble le poussent à réfléchir à tout ce qu'ils avaient fait et dit…

Il avait songé à chaque instant qui s'était écoulé depuis leurs retrouvailles, à leur combat pour résister au désir qui les hantait, à l'instant où ils avaient enfin cédé et s'étaient offerts l'un à l'autre, puis aux confidences qu'ils s'étaient faites à l'aube. À leur passé, étrangement similaire… Avait-il été obligé d'ouvrir sa grande bouche et de suggérer à Brida qu'ils devraient rester ensemble ? Avait-il réellement pensé qu'il aurait le pouvoir de la libérer de la solitude cruelle qu'elle s'imposait ?

Pire, il avait insisté – presque ordonné. Sans lui expliquer à quel point sa présence faisait chanter son cœur, à quel point il adorait ses reparties cinglantes et ses plaisanteries. Sans lui dire qu'il tenait à elle d'une manière qu'il avait du mal à comprendre ou que son univers entier semblait s'illuminer chaque fois qu'elle apparaissait.

Sans lui parler d'amour…

Il avait tout gâché. Encore. Et il n'aurait pu choisir pire moment pour aborder le sujet du mariage avec si peu de tact. Le matin qui avait suivi leur nuit de passion, juste avant de traiter par le mépris ses croyances au sujet de la mort de sa famille. Il s'était permis de moquer cette malédiction, qui pourtant semblait tant faire souffrir Brida depuis de longues années.

À présent, il n'avait plus qu'une chose à faire : lui laisser le temps de réfléchir posément à toutes les possibilités qui s'offraient à elle. Sa maladresse l'avait obligé à la laisser partir et il n'avait aucun droit de la retenir. Il avait donc passé ces deux derniers jours à se lamenter, priant pour qu'elle le désire encore autant qu'il la désirait. Le pire, c'était qu'il n'avait rien à lui apporter : il n'était qu'un simple chevalier, un agent de la Couronne qui opérait dans le secret. Sa vie ne lui permettait pas de laisser la moindre place à qui que ce soit d'autre.

Maintenant encore, sur le sentier, alors qu'il aurait dû se préparer à l'épreuve qui l'attendait au château et chercher un moyen d'obtenir une entrevue avec Hubert de Burgh, toutes ses pensées étaient tournées vers elle. *Brida O'Conaill.*

Peut-être était-il vraiment fou…

— Est-ce que tout va bien ? demanda Ralph tandis qu'ils traversaient un ruisseau.

Tom contempla un instant le petit cours d'eau qui serpentait entre les arbres et soupira. Si seulement ses pensées pouvaient être aussi limpides et claires !

— Bien sûr. Pourquoi cette question ?

— Tu ne sembles pas tout à fait toi-même, mon ami.

Comme à son habitude, il tenta de détourner l'attention de son compagnon avec un peu d'humour :

— Cela t'étonne ? Dois-je te rappeler que je me trouve une fois de plus contraint de me pavaner dans une robe trop courte pour moi, en essayant d'avoir l'air féminin ?

— Ton costume de vieille dame respectable est très convaincant, Tom, mais je ne parlais pas de ton apparence… Et tu le sais.

— Vraiment ?

— Je tiens aussi à préciser que Brida a l'air aussi perturbée que toi, ces derniers jours, reprit Ralph en baissant la voix. J'espère que nous n'aurons pas besoin de nous expliquer à ce sujet et que je ne serai pas obligé de te demander ce qui s'est réellement passé entre vous, dans cette cabane.

— Tu peux me poser toutes les questions que tu veux, ma réponse sera la même : cela ne te regarde pas !

— Oh ! tu te trompes ! Cela me concerne directement, Tom. Brida est la meilleure amie de Gwen. Ma femme la considère presque comme une sœur et, par conséquent, moi aussi. Je ne laisserai personne lui faire du mal.

— Moi non plus, répliqua Tom, les dents serrées. Je tiens énormément à elle, Ralph. Quoi qu'il en soit, ce qui s'est passé ou non est une affaire privée entre elle et moi.

Son ami dut percevoir, dans son ton, quelque chose qui le poussa à se radoucir.

— Je te comprends, Tom. Tu sais quelles difficultés j'ai dû arriver à surmonter pour convaincre Gwen de m'épouser.

Oui, Tom avait été témoin de la persévérance qu'il avait fallu à son ami pour la persuader qu'un avenir heureux était possible entre eux. Mais Ralph et Gwen avaient toujours été promis l'un à l'autre, alors que Brida pensait que son destin la condamnait au célibat. Tout cela, parce que sa mère lui avait répété qu'elle ne méritait pas mieux, tout en mettant cette affirmation sur le compte d'une absurde prophétie…

— Non, tu as tort, Ralph. La situation est très différente.

— Qu'elle le soit ou non, je te conseille d'être très prudent. D'après ce que je sais, Brida désire rester fille et je ne laisserai personne la tourmenter… Personne. Pas même toi.

— Si cela ne te dérange pas, je préférerais que nous discutions d'affaires plus pressantes, coupa Tom froidement, en s'efforçant de songer à la situation épineuse qui l'attendait à Carreghofa. Parle-moi un peu de l'évêque de Hereford et de ce que tu as réussi à découvrir au sujet de ce fichu blason, sur la bague.

— Très bien.

Ralph continuait à le surveiller du coin de l'œil, mais il paraissait prêt à changer de sujet – pour le moment.

— Comme tu le sais déjà, de Burgh s'est à peu près remis de sa maladie. Le traité de paix entre Henry et Llewelyn ne semble pas remis en cause. Les négociations ont repris comme prévu, et un grand banquet sera donné dans deux jours pour célébrer enfin la signature de ce document.

— Et l'évêque, dans tout cela ?

— Hélas ! je n'ai aucune nouvelle à t'apporter sur ce point. Cet homme semble être un parangon de piété et un fin stratège.

Will s'approcha pour ajouter :

— Nous avons fouillé toutes ses affaires, depuis ses aubes et ses capes jusqu'à ses chasubles et ses étoles. Nous avons également examiné ses autres bagages, qui se limitent à un coffret contenant son anneau épiscopal et quelques bibelots. Nous avons discrètement lu tout son courrier, tous ses parchemins. Cet homme semble blanc comme neige.

Perplexe, Tom fronça les sourcils.

— Il doit pourtant y avoir un lien entre Foliot et la conspiration…

— À moins que Brida se soit trompée.

Devant son mouvement d'impatience, Will s'empressa d'ajouter :

— Je ne remets pas sa parole ou ses convictions en doute, bien sûr !

— Bien sûr, répondit Tom en évitant de croiser le regard de son ancien mentor. Si Brida pense que l'évêque est impliqué, c'est qu'il l'est. Elle est certaine d'avoir déjà vu l'emblème gravé sur la bague que l'homme de Westminster m'a confiée. Nous n'avons pas encore remonté la bonne piste, c'est tout.

— Malheureusement, c'est bien le problème, mon ami. Nous n'avons trouvé aucun indice qui nous permette de lier l'évêque à cette affaire. Rien du tout. Certes, je ne suis plus un agent de la Couronne depuis de longues années, contrairement à toi, mais j'estime ne pas encore avoir perdu tous mes capacités d'observation ou mon intelligence. J'ai suivi Foliot nuit et jour moi-même et je te le dis : il n'est pas ton homme, Tom.

Will pinça les lèvres d'un air contrarié et Tom lâcha un juron.

— Dans ce cas, dit-il, nous n'avons plus qu'une chose à faire. Pousser le coupable à se démasquer.

— S'il est ici.

— Comment pourrait-il ne pas être là ? Si nous sommes face à une tentative de sabotage de l'alliance entre les deux royaumes, alors les responsables sont forcément au château, en ce moment. Ils guettent et attendent une opportunité de frapper.

— Si tu as raison, nous devons ouvrir l'œil, nous aussi. Malheureusement, le temps nous est compté. Henry et Llewelyn signeront très bientôt le traité. Juste après le grand banquet, en fait, répondit Ralph.

— Si tes informations sont correctes, remarqua Tom, je pense que la meilleure option pour notre traître serait d'accomplir sa sinistre mission – quelle qu'elle soit – pendant le banquet.

— Oui, tu as sans doute raison.

— Mais que signifie l'empoisonnement de Hubert de Burgh ? Le jeune roi est-il en danger ?

— La sécurité a évidemment été renforcée… Ce qui nous rendra la tâche encore plus difficile, si nous voulons t'aider à obtenir une audience privée avec de Burgh.

— Ne vous inquiétez pas pour cela. Comme vous le voyez, je suis capable de me dissimuler sous n'importe quel déguisement.

— Oh oui, gloussa Will en l'examinant de la tête aux pieds. Et tu fais une femme remarquable, bien qu'un peu enrobée…

Tom ignora les moqueries de son mentor et resta concentré sur sa mission.

— Quelles que soient les difficultés qui m'attendent, je dois à tout prix trouver un moyen de parler en tête à tête avec de Burgh. Il n'y a pas de temps à perdre, et je tiens à obtenir des réponses.

— Assure-toi tout de même de ne pas finir arrêté pour haute trahison. Une récompense a été placée sur ta tête, Tom.

— Hugh de Villiers et nous pourrons t'aider à te cacher et t'apporter tout le soutien dont tu pourrais avoir besoin.

Tom sourit. Il avait de la chance de pouvoir compter sur l'amitié et le soutien de ces hommes puissants, influents. Néanmoins, cette mission *lui* avait été assignée. S'il voulait avoir une chance de sauver son honneur, il devait la mener à bien.

— Je vous remercie tous du fond du cœur, dit-il, la gorge nouée.

— Une dernière chose, Tom, reprit Ralph. Je pense qu'il vaut mieux que je te mette en garde avant que tu atteignes le château : Brida a déjà commencé à t'aider, elle aussi.

Quoi ?

Tom s'arrêta net et sentit son sang se glacer dans ses veines.

— Qu'a-t-elle fait, exactement ?

— Elle a trouvé un moyen d'être introduite dans les appartements privés de De Burgh en prétendant pouvoir le soulager en cette – je cite – « période éprouvante ».

Tom serra les dents et un muscle tressauta à la naissance de son cou.

— Bon sang, Ralph ! Ne pouvais-tu pas l'empêcher de faire une chose pareille ?

Will les regarda tous les deux, sourit et haussa les épaules.

— Non seulement notre Ralph s'est bien gardé de s'opposer à la folie de Brida, mais en plus sa propre tendre épouse l'a encouragée à prendre ce risque pour toi.

— Uniquement parce qu'elles étaient convaincues que c'était la meilleure chose à faire, répliqua Ralph sèchement.

Conviction largement entretenue par Isabel, *ta* tendre épouse, Will.

— J'admets qu'il est plutôt difficile de dissuader Isabel, une fois qu'elle a une idée en tête… Et je ne tiens pas à m'attirer son courroux, surtout quand elle a raison – ce qui est le cas ici.

— Par le ciel, c'est une affaire sérieuse ! s'exclama Tom. Un homme a déjà trouvé la mort et j'ai été pourchassé depuis Londres pour des crimes que je n'ai pas commis. Pensez-vous vraiment que Brida ou vos femmes doivent être impliquées dans tout cela ?

— Tu m'as beaucoup manqué, Tom, tu sais, dit Will en lui donnant une grande tape dans le dos. Mais dans la situation présente, je refuse de tenter d'inculquer un peu de bon sens à ces dames. Si tu tiens vraiment à le faire, ce sera sans moi.

— Comprends-les, ajouta Ralph comme pour les excuser. Elles essaient simplement de t'aider.

— Le ciel nous vienne en aide, marmonna Tom en soupirant. Et puis-je savoir comment Brida parvient à « soulager » de Burgh ?

— En jouant du luth. Elle est particulièrement douée, tu sais…

— Le comte prétend qu'il est fasciné par sa musique. Il dit que cela apaise ses nerfs et l'aide à réfléchir.

— Je me moque que Brida parvienne à apaiser ses nerfs ! Je ne veux pas qu'elle s'implique dans une histoire aussi dangereuse ! s'écria Tom avant de fermer les yeux pour ravaler son angoisse. C'est beaucoup trop risqué pour elle…

— Calme-toi, Tom, lui dit Will avec douceur. Demoiselle Brida et Lady Gwenllian sont en sécurité. Je te l'assure.

— En effet. Et Brida nous a déjà été d'une grande aide. Non seulement elle a été témoin d'un certain nombre de discussions importantes chez de Burgh, mais elle a également profité de sa nouvelle position pour nous répéter toutes les informations qu'elle peut glaner.

Éberlué, Tom regarda ses deux amis. Avaient-ils tous perdu la raison ?

Il eut une moue écœurée en songeant à la situation délicate dans laquelle se trouvait à présent Brida. Dire qu'il n'avait pas été là pour la protéger, l'empêcher de se jeter ainsi dans la gueule du loup ! Les choses échappaient totalement à son contrôle, et il n'aimait pas cela. Laisser une femme – à laquelle il tenait par-dessus tout – accomplir tout ce travail pendant qu'il se cachait dans une cabane au fond des bois ? Non ! Cela ne lui ressemblait pas.

Quand il songeait à tous les dangers qu'elle courait volontairement pour lui, il avait envie de frapper quelque chose… de toutes ses forces. Il ne voulait pas savoir Brida si proche de Hubert de Burgh, ou de n'importe quel autre noble présent à ce sommet. Ralph n'aurait-il pas réagi de la même manière s'il s'était agi de Gwen ? Non que Brida soit sienne, bien au contraire. Mais il ne pouvait ignorer l'instinct protecteur qui s'emparait de lui chaque fois qu'il pensait à elle.

— Vous pouvez dire ce que vous voulez, tous les deux, mais je n'aime pas cela, grommela-t-il. Je n'aime pas cela du tout.

Vêtu en femme et accompagné par deux puissants seigneurs connus des sentinelles, Tom n'eut aucun mal à pénétrer de nouveau dans l'enceinte du château de Carreghofa. Obtenir une audience privée avec de Burgh, en revanche, fut autrement plus compliqué. Le lendemain matin, il avait cependant réussi à se faire accepter dans les appartements improvisés de son seigneur – sous son déguisement féminin, une fois de plus.

Lorsqu'il entra dans les appartements de son maître, il fut heureux de constater qu'il n'y avait presque personne. En plus des deux gardes postés dans le couloir, il n'y avait que quelques hommes placés en renfort dans l'antichambre. Quand il fut dans la chambre même, son regard se porta dans le coin de la pièce où étaient installées Brida et Gwen, en compagnie d'un chevalier de Kinnerton. Depuis son retour au château, Tom n'avait pas revu sa compagne qui semblait décidée à l'éviter.

Plongée dans la délicate mélodie qu'elle jouait, elle ne remarqua pas son arrivée.

Sous les habits de Brunhilde, Tom sentit son cœur se serrer. Elle paraissait fatiguée. Des cernes noirs marquaient ses yeux, et ses lèvres pincées trahissaient les émotions que la musique réveillait en elle. Malgré cela, jamais encore il ne l'avait trouvée aussi belle…

Il s'avança, le dos courbé comme une vieille femme, aux côtés de Hugh de Villiers, Lord Tallany. Très peu de personnes les savaient amis, ce qui avait fait de Hugh l'escorte idéale pour éviter d'éveiller les soupçons. Ils se dirigèrent lentement vers le fond de la pièce, où de Burgh était installé sous deux épaisses fourrures, au coin du feu. Deux autres gardes veillaient sur lui, postés de part et d'autre de son siège.

En dépit des récents événements, le vieil homme paraissait avoir retrouvé son énergie coutumière. En le voyant ainsi, assis dans un grand fauteuil, personne n'aurait pu se douter qu'il avait failli mourir d'un empoisonnement quelques jours plus tôt…

— Milord, commença Hugh de Villiers en s'arrêtant à quelques pas de lui. Puis-je vous présenter ma noble tante, qui souhaitait vous transmettre personnellement ses vœux de prompt rétablissement ?

— Approchez, Lord Tallany, et dites à cette *dame* de venir jusqu'à moi.

De Burgh claqua des doigts et glissa quelques mots à l'oreille de ses gardes. D'abord perplexes, ils finirent par acquiescer et se retirèrent dans le coin le plus éloigné de la pièce.

— Venez, milady, et asseyez-vous près de moi pour reposer vos vieilles jambes, murmura-t-il en tapotant un tabouret placé à la droite de son fauteuil.

Tom obéit et s'assit avec légèreté, ajustant coquettement les plis de sa jupe autour de lui. De Burgh se pencha un peu plus vers lui avant de laisser tomber son masque et de chuchoter :

— Que la peste vous emporte, Lovent ! Vous avez pris votre temps pour me rejoindre ici !

S'il souriait toujours, son maître avait parlé d'un ton dur, implacable.

— Et j'imagine que c'est à vos maladresses que nous devons ce déguisement ridicule…

Tom ne fut pas surpris par ces remontrances. De Burgh avait toujours eu un don pour avoir un temps d'avance sur tout le monde, et n'hésitait jamais à en profiter pour prendre l'avantage.

Sans se laisser impressionner, Tom répondit :

— Toutes mes excuses, milord. J'ai été retardé et j'ai eu beaucoup de mal à rejoindre Carreghofa.

— Je l'avais compris, siffla l'autre. Vous avez commis un nombre impressionnant d'erreurs, depuis le début de cette mission. Et vous vous retrouvez maintenant au cœur de ce qui pourrait devenir un véritable cauchemar politique.

— Oui, milord.

— Tout d'abord, vous sabotez votre rendez-vous avec un informateur au sein de Westminster…

— C'est vrai, admit Tom entre ses dents.

— Et ensuite, vous vous laissez pourchasser dans tout le pays par la moitié de la garnison de l'évêque de Londres !

— Oui, milord, répondit Tom à voix basse, laissant l'autre évacuer sa colère et sa frustration.

— Sans compter que vous avez mis en danger mon organisation censée rester secrète en laissant vos amis vous aider. Bon sang, Lovent ! Ces imprudences sont inexcusables, venant d'un homme tel que vous !

Tom ravala le juron qui lui monta aux lèvres et fit de son mieux pour garder son calme.

— Avec votre permission, j'aimerais vous rappeler que seuls les Lords Tallany, de Clancey et de Kinnerton sont au fait de la nature de mon travail. Ce sont des hommes d'honneur et je me considère chanceux de les compter parmi mes plus loyaux alliés. Leur droiture ne peut être mise en cause et jamais ils ne me trahiront.

— Vous avez de la chance d'avoir tant d'amis, répliqua de Burgh avec un cynisme évident. Et la femme ? Qu'avez-vous à dire à son sujet ?

Enfer !

Comment le comte avait-il appris la vérité au sujet de Brida ? Les quelques avantages que Tom pensait encore avoir lui échappaient et, s'il n'y prenait garde, la situation pourrait très vite tourner au désastre. Il aurait voulu protéger Brida, mais il était inutile de chercher à cacher des choses à son maître : celui-ci était sans doute l'un des hommes les mieux informés du royaume.

Du coin de l'œil, il examina Brida, toujours assise à l'autre bout de la pièce, et fut de nouveau frappé par sa beauté tandis qu'elle penchait la tête sur son instrument et se balançait lentement au rythme de la musique. Comme il aurait aimé pouvoir la rejoindre et l'enlever pour la placer en sécurité, loin de tout cela ! Il le ferait dès que cette affaire serait résolue…

Si elle veut de toi, Tom. Seulement si, corrigea-t-il.

Elle ouvrit soudain les yeux, croisa un instant son regard, puis glissa quelques mots à l'oreille de Gwen.

— D'après votre silence, j'en déduis que vous ne pensiez pas que je découvrirais votre relation avec Brida O'Conaill, ou plutôt Brighid Ni Diarmuid ?

Tom ouvrit la bouche, stupéfait. Comment connaissait-il son vrai nom ? Il se rappela soudain que Brida avait été au service de la comtesse de Pembroke et de William Marshal, protecteur du royaume, peu de temps avant la mort de celui-ci…

De Burgh lui adressa un regard rusé.

— Si je n'avais rien su, pourquoi croyez-vous que j'aurais laissé cette fichue femme s'installer dans ma chambre pour m'assourdir à longueur de journée ? Je dois admettre qu'elle joue plutôt bien, comme son père, l'unique fois où j'ai eu l'occasion de le voir manier autre chose que son épée.

Tom prit une profonde inspiration.

— Aurais-je dû protester, lorsque Brida a deviné quelle était la véritable nature de mon travail, milord ? Et aurais-je aussi dû la laisser à Kinnerton, à la merci des hommes de l'évêque de Londres, alors que je fuyais pour sauver ma peau ?

— Bien sûr que non. Mais vous avez dévoilé à cette femme les détails les plus sensibles de votre mission. Je parierais qu'elle sait absolument tout, Lovent, ce qui la place aujourd'hui dans une position périlleuse.

Tom baissa la tête pour s'empêcher de regarder Brida de nouveau. Il soupira et jura dans sa barbe sans se retenir, cette fois.

— Je n'avais pas le choix, milord. J'ai été gravement blessé en approchant de Kinnerton et j'avais besoin d'un sanctuaire où me faire soigner.

Il se pencha un peu plus et ajouta :

— Après tout, même les meilleurs d'entre nous ne peuvent pas toujours prévoir d'où viendra la prochaine attaque. Vous le savez mieux que personne, n'est-ce pas, milord ?

— Insolent ! Dites-moi plutôt comment vous comptez vous assurer du silence de cette femme ? lâcha de Burgh entre ses dents. Par le ciel, à quoi pensiez-vous donc ?

Hélas, c'était bien le problème. Il n'avait pas pensé du tout – pas une seule fois depuis qu'il s'était écroulé sur le lit de Brida, délirant de fièvre. Il savait que de Burgh disait la vérité, même s'il n'appréciait pas de l'entendre – surtout venant de son maître. Il avait certes commis de très nombreuses erreurs depuis qu'on lui avait assigné cette mission, mais aucune ne concernait Brida ! Pas à ses yeux, en tout cas. Et jamais il ne regretterait le temps qu'il avait passé avec elle.

— Brida O'Conaill est non seulement une femme d'une force de caractère exemplaire, milord, mais elle fait aussi preuve d'une droiture irréprochable. Je suis prêt à me porter garant pour elle, sur mon honneur de chevalier. Elle ne trahirait jamais mes secrets.

— Vous seriez-vous entiché d'elle ?

De Burgh secoua gravement la tête.

— Ce genre de relation ne se termine jamais bien, Lovent. Jamais. Et vous pouvez me croire…

Chapitre 18

Tom avait du mal à garder son calme. Il inclina néanmoins la tête tout en cherchant un moyen de détourner la conversation de Brida. Et vite !

— Je comprends tout cela, milord, dit-il. Mais c'est d'autre chose que je souhaitais vous entretenir. Avant de mourir, mon informateur a eu le temps de me confier ceci.

Il tira la bourse de cuir des plis de sa robe.

— Je ne savais pas cela, admit le vieil homme en se grattant sa barbe d'un air songeur.

Pour la première fois depuis le début de leur discussion, Tom sentit qu'il était bien plus troublé qu'il le laissait voir.

— De quoi s'agit-il, Lovent ?

Tom écarta les genoux pour former une cuvette avec sa jupe et y déposa les objets contenus dans la bourse.

En les voyant ainsi penchés l'un vers l'autre, n'importe qui aurait pu croire que Hubert de Burgh était plongé dans une conversation intime avec une ancienne flamme.

Par le ciel...

— Tout ceci paraît avoir été assemblé par un novice un peu maladroit. Chacun de ces éléments semble faire partie d'une énigme à résoudre, comme une plaisanterie.

— Je suis bien d'accord, répondit de Burgh.

— Mais j'ai eu le temps de les étudier, et je peux vous dire que ce n'est pas le cas, reprit Tom, les sourcils froncés.

Ce qui m'étonne le plus, c'est que cet homme ait été tué juste parce qu'il tentait de me faire parvenir cette bourse. Et le seul objet que j'ai réellement cru d'une importance suffisante pour expliquer un tel acte est ce morceau de parchemin que je ne peux malheureusement pas déchiffrer…

— Parce que vous n'étiez pas censé pouvoir le faire, Lovent. Je mets un point d'honneur à m'assurer que mes agents ne connaissent pas tous les codes que j'emploie. Cela me permet d'être le seul à pouvoir gérer notre organisation.

Et de garder le contrôle sur toutes les informations qui passent entre les mains de vos hommes, songea Tom avec amertume.

Son maître claqua des doigts d'un air impérieux.

— Donnez-moi ce parchemin, je vous prie. J'aimerais l'examiner de plus près.

Tom obtempéra, tout en poursuivant ses explications.

— Comme je l'ai dit, cela a été ma première pensée. Seulement, avec l'aide de Brida O'Conaill, j'ai compris que l'objet le plus significatif de cet assortiment était la bague frappée de cet étrange serpent à deux têtes. Avez-vous déjà vu ce blason ?

— Non, jamais, dit de Burgh avec une grimace de frustration. En quoi votre amie a-t-elle réussi à vous éclairer sur ce point ?

— Elle a reconnu l'emblème. Elle l'avait remarqué lors d'une visite de l'évêque de Hereford et de son clergé à Kinnerton, il y a quelque temps.

Tom résista à l'envie de jeter un coup d'œil en direction de Brida. De son côté, de Burgh prit une profonde inspiration, les dents serrées, et lâcha un juron.

— Seigneur, Lovent ! L'évêque de Hereford ? Cet homme est pratiquement un saint ! Comment pouvez-vous être certain que cette femme ne vous a pas menti ?

Cette fois, Tom leva les yeux et croisa le regard de Brida,

depuis l'autre bout de la chambre. Il eut un petit sourire en la voyant rougir un peu.

— Brida est l'une des femmes les plus intelligentes et perspicaces que j'aie jamais rencontrées, milord. Si elle dit avoir déjà vu ce blason, alors c'est la vérité.

Hubert de Burgh les dévisagea tour à tour et poussa un soupir tendu.

— Une chose est sûre : ce parchemin est également un artifice…

Tom l'interrogea du regard.

— Comment cela ?

— Son contenu vous concerne, d'une certaine manière, Lovent ; comme il aurait concerné n'importe quel autre agent qui aurait été chargé de cette mission. En fait, ce message est destiné à vous incriminer, et moi à travers vous.

Cette fois, ce fut au tour de Tom de jurer entre ses dents.

— Je partage vos sentiments, reprit de Burgh. J'ai de très nombreux ennemis, Thomas, comme vous l'avez sans doute compris en apprenant que l'on a tenté de m'empoisonner.

Il se massa le front et, pour la première fois depuis son arrivée, Tom vit qu'il était épuisé – et un peu découragé.

— Des forces sombres sont à l'œuvre ici, et nous devons faire tout notre possible pour les contrer.

— Oui, milord. Cependant, le seul de ces objets qui pourrait jeter les soupçons sur une autre personne reste cette bague, répondit-il. Je pense que mon informateur a dû découvrir le complot et a glissé son unique preuve dans cette bourse dans l'espoir que vous en compreniez l'importance. On l'a fait taire à tout jamais pour sa peine.

— C'est justement le problème, Thomas. Je ne comprends pas l'importance de ceci. Pas le moins du monde.

— Dans ce cas, puis-je vous suggérer de chercher un moyen de piéger notre homme, de le pousser à commettre une erreur ? Avec un peu de chance, il se montrera imprudent et se dévoilera.

— Pendant le banquet de demain soir ?

— Précisément, répondit Tom avec un sourire.

— Nous devons protéger les gens auxquels nous tenons, Thomas. Ne l'oubliez jamais.

Conscient de la menace qui pesait sur eux tous, Tom jeta un nouveau coup d'œil à Brida. Oui, il était du même avis…

Brida apprit par Gwen que Tom comptait la retrouver à l'arrière de la tour. C'était là que se situait la porte qu'ils avaient empruntée quelques jours plus tôt, quand ils étaient sortis du passage secret. Il l'attendrait entre la sonnerie de complies et la fin de la messe du soir, dans l'espoir qu'elle trouve un moment pour le rejoindre discrètement. Oui, qu'elle vienne ou non, il serait là… Mais Brida n'était pas certaine qu'il soit sage pour elle d'aller à ce rendez-vous. Non qu'elle se sentît en danger avec lui. Elle avait au contraire peur de ne pas pouvoir *se* faire confiance, en sa présence.

Depuis qu'il était revenu au château, elle avait souffert d'une insoutenable frustration, passant sans cesse d'une émotion à une autre, incapable de le chasser de ses pensées. Tout ce qu'il lui avait dit au sujet de la malédiction qui avait frappé sa famille était logique et rationnel. Hélas, elle avait beau s'y efforcer, elle ne parvenait pas à se servir de son « bon sens », comme il le lui avait suggéré. Elle voulait trouver le courage de se rapprocher de lui, d'accepter tout ce qu'il avait à lui offrir. Mais elle avait peur. Terriblement peur… Jamais encore elle ne s'était autant haïe pour sa faiblesse. Et jamais elle n'avait été aussi tendue.

Elle avait donc décidé d'employer toute cette énergie négative en la rendant utile et avait cherché par quel moyen elle pourrait aider Tom à achever sa mission, aussi énigmatique et dangereuse soit-elle. Elle déversait aussi tous ses sentiments dans sa musique, lorsqu'elle jouait du luth pour Hubert de Burgh, tout en essayant d'observer, d'écouter et de mémoriser toutes les informations utiles qu'il pourrait laisser échapper en sa présence.

Aujourd'hui, lorsqu'elle avait vu Tom accompagné par Lord Tallany entrer dans la chambre du comte, elle avait failli laisser son soulagement la trahir. Ce même soulagement la poussait à présent à ignorer toute prudence et à se rendre au rendez-vous qu'il lui avait fixé. Un jeune chevalier avait été désigné pour l'escorter mais, incapable de contenir son excitation plus longtemps, elle le renvoya bien vite. Seigneur ! Elle devait à tout prix se contrôler et enfouir ses sentiments au plus profond de son cœur, là où Tom ne pourrait les trouver. Elle était encore trop troublée et inquiète en songeant à tout ce qui s'était passé entre eux et aux conséquences possibles de leurs actes.

Arrivée à l'arrière de la tour, elle s'assura une dernière fois qu'on ne l'avait pas suivie, et attendit. Son voile voletant sous la brise, elle scruta chaque recoin, chaque ombre. Tom n'était pas là. Où était-il ? Elle patienta longtemps, très longtemps. Un imprévu l'avait-il empêché de la rejoindre ? Au moment où elle commençait à envisager de rentrer au camp de Ralph, quelqu'un l'attrapa par-derrière et plaqua une main sur sa bouche. Oh non ! Pas encore ! En un clin d'œil, elle fut emportée dans la tour, puis dans le cellier où s'ouvrait le passage secret creusé dans l'épaisseur du mur de pierre.

Quand elle fut déposée dans l'étroit couloir faiblement éclairé par une unique torche et qu'elle put enfin se retourner, elle découvrit Tom, toujours vêtu de la robe de Brunhilde.

— Es-tu vraiment obligé de faire cela chaque fois que nous nous voyons ? lâcha-t-elle dans un murmure.

— Toutes mes excuses, mais il ne me semble pas que

notre rencontre dans les appartements de l'évêque de Hereford puisse être comparée à ce rendez-vous secret...

— Qu'essaies-tu de dire ? Est-ce une manière de te justifier ?

— Non. D'ailleurs, je tiens à te faire remarquer que je ne t'ai pas encore embrassée, contrairement à la dernière fois. Un manquement que je ne vais pas tarder à rectifier, dit-il assez sèchement. Et note que, cette fois aussi, je te préviens...

— Il est hors de question que je te laisse faire, marmonna-t-elle d'un ton peu convaincu.

Au fond d'elle, elle mourait d'envie qu'il presse de nouveau ses lèvres sur les siennes – et il le savait ! Elle préféra changer de sujet et se concentrer sur les raisons de ce rendez-vous clandestin.

— Pourquoi as-tu tenu à me voir ici ce soir ? Qu'y a-t-il de si urgent ?

Son regard vert émeraude s'adoucit et il lui caressa la joue avec tendresse.

— Dois-je attendre une urgence pour vouloir te parler ? demanda-t-il d'une voix grave qui la fit frissonner de la tête aux pieds.

— Je ne sais pas. Je ne suis pas toi.

Elle fit de son mieux pour paraître calme, alors que son cœur tambourinait contre ses côtes.

— Pourquoi ce soir ?

— Parce que j'avais besoin de te parler en privé, sans subir les regards intrigués de tous nos amis.

Il était vrai que Brida avait attiré beaucoup d'attention sur elle, depuis qu'elle était rentrée de la cabane du bûcheron, quelques jours plus tôt. Pourtant, bien que ni Gwen, ni Sir Ralph, ni personne d'autre n'ait prononcé le moindre mot au sujet de la nuit qu'elle avait passée avec Tom, cela ne l'avait pas empêchée de se sentir rougir chaque fois que quelqu'un posait sur elle son « regard intrigué », comme le disait si bien son amant. Mal à l'aise, étouffant sous le poids de ces silences, elle était de plus en plus confuse – et c'était exactement pour cela qu'elle n'aurait pas dû s'empresser de rejoindre Tom ici quand il le lui avait demandé ! Comment, en si peu de temps et avec si peu d'efforts, avait-il pu briser toutes les défenses soigneusement érigées autour d'elle ? Face à Thomas Lovent, elle se sentait vulnérable et impuissante…

Chassant cette pensée désagréable, elle fit de son mieux pour sourire et se comporter comme si tout allait bien.

— Mais pourquoi ici ? demanda-t-elle. Et pourquoi t'entêter à porter encore les vêtements de Brunhilde ?

— La dernière fois que nous nous sommes trouvés dans ce couloir, tu étais habillée en homme, alors je tenais à te rendre la pareille. De plus, n'as-tu pas dit que tu me trouvais charmant, dans cette tenue ? Ou bien n'as-tu cherché qu'à ménager ma fierté masculine ?

Elle pouffa.

— Je suis certaine que tu ne m'as pas attirée ici pour me parler de ta « fierté masculine ». Crois-moi, elle n'a pas besoin d'encouragements !

— Tu me blesses, Brida ! s'exclama-t-il avec un sourire en coin. Rassure-toi : si je porte cette robe, c'est uniquement parce que Hubert de Burgh pense qu'il est plus prudent de continuer à me cacher – et je suis d'accord avec lui. Après tout, nous ne voulons pas que notre ennemi se doute que j'ai réussi à pénétrer dans ce château et à porter la bourse du mort à mon maître.

Elle acquiesça.

— Oui, cela semble sage.

— Par contre, je tiens à dire que je n'apprécie pas le rôle que tu continues à jouer dans cette affaire. C'est *ma* mission. À quoi donc pensais-tu ?

— Je voulais simplement t'aider.

Elle retint soudain son souffle et baissa les yeux. Quand donc l'avait-il saisie par la taille ? Et depuis quand se sentait-elle aussi à l'aise, avec des mains d'homme refermées sur ses hanches ?

— Je ne vais pas prétendre que cela me plaît, Brida, dit-il. En fait, j'aurais préféré que tu t'abstiennes…

— Je t'assure que tu n'as pas besoin de t'inquiéter.

— Oh si ! Au contraire ! Une situation de ce genre est imprévisible et je ne pourrais jamais plus me regarder en face s'il t'arrivait quelque chose.

— Je te promets de rester très prudente.

Il fronça les sourcils.

— J'aimerais mieux te savoir cachée, à l'abri de nos adversaires. Je refuse que quelqu'un te fasse du mal à nouveau.

Le regard de Tom s'emplit d'une telle tendresse qu'elle sentit son cœur se serrer.

— Merci, mais tout ira bien, je te le promets. C'est plutôt pour *ta* sécurité que je m'inquiète, Tom.

— Tu as peur pour moi ?

Il secoua la tête avec une expression à la fois perplexe et amusée.

— C'est inutile, Brida, et tu le sais !

— Bien sûr que non. Tu es impliqué dans une affaire très dangereuse, sans rien savoir de ton ennemi. Ta tête est mise à prix et des hommes t'ont poursuivi sans relâche depuis Londres. Si tu ne courais aucun danger, tu n'aurais pas besoin de te déguiser comme tu le fais, dit-elle en montrant la robe de Brunhilde d'un geste de la main. Ai-je oublié un détail ?

— Non.

Il se pencha vers elle pour l'embrasser avec une infinie

douceur. Il mordilla sa lèvre et pressa sa bouche contre la sienne, tout en enserrant son visage entre ses mains.

— Merci pour ce résumé de ma situation, ma belle, mais j'ai déjà traversé bon nombre d'épreuves tout aussi périlleuses. Ne perds pas ton temps à te ronger les sangs pour moi, murmura-t-il avant de déposer un nouveau baiser au coin de sa bouche.

— Cela ne suffit pas à apaiser mes angoisses, chuchota-t-elle, le souffle bien plus court qu'elle l'aurait voulu. Et ne crois pas un seul instant que j'ignore ce que tu essaies de faire…

Il repoussa lentement son voile et mordilla le lobe de son oreille.

— Vraiment ? Qu'est-ce que j'essaie de faire, selon toi ?

— Tu cherches à me distraire pour que je cesse de te poser des questions.

— C'est vrai, je l'admets.

Son sourire fut à la fois si sensuel et si tranquille que Brida sentit une délicieuse vague de chaleur l'envahir.

— Je pense que je ne pourrai jamais cesser de t'embrasser, même si je le voulais, reprit Tom. Et crois-moi, je n'en ai aucune envie ! Tu as des pommettes qui appellent les baisers…

— Mes pommettes ?

— Et tes sourcils, ajouta-t-il en déposant un baiser au-dessus de son œil.

— Ah bon ? Mes sourcils ?

— Mais, par-dessus tout, tes lèvres… Elles sont si charnues et si douces qu'on a l'impression de mordre dans un fruit mûr.

Il l'embrassa de nouveau, s'attardant longtemps avec une gourmandise qu'il n'essayait même pas d'étouffer.

— Oui, si douces, murmura-t-il contre sa bouche.

— Sans doute est-ce…

Elle dut s'interrompre, trop enivrée par ses baisers pour poursuivre.

—... sans doute est-ce parce que j'ai mangé du pain au miel, ce soir.

— Oui, probablement.

— Tom, arrête cela ! Il le faut.

— Pourquoi ?

— Parce que je suis incapable de réfléchir quand tu m'embrasses ainsi. J'ai pourtant besoin de penser à un certain nombre de choses.

— Peut-être était-ce mon intention, ma jolie. J'aimerais que tu cesses de te tracasser et que tu me dises ce que tu ressens, à la place.

Il enfouit son visage dans le creux de son cou, déposant une myriade de baisers de son oreille à son épaule.

— J'ai peur, avoua-t-elle en s'écartant un peu. Je suis terrifiée et je me sens perdue. J'ai l'impression de ne plus être moi-même, ces derniers temps. Cela ne me plaît pas du tout.

— Je ressens la même chose, surtout quand je songe que tu ne sais pas encore quelle couleur je préfère ou quel est mon plat favori. Tu devrais avoir honte d'être si peu curieuse, Brida...

Perplexe, elle fronça les sourcils.

— Je crains de ne jamais avoir l'occasion de découvrir ces facettes si importantes de ton caractère.

— Dans ce cas, laisse-moi t'éclairer. J'aime le vert – la couleur de mes yeux – et les soupes revigorantes d'hiver. Tu vois, j'ai des goûts simples.

Il haussa les épaules avec un petit sourire.

— Voilà. Ce n'était pas si difficile, en fin de compte.

Elle ferma les yeux et soupira.

— Tom...

Quand elle le regarda de nouveau, elle vit que l'étincelle

d'amusement qui brillait dans ses prunelles un peu plus tôt avait disparu. Il paraissait grave, déterminé.

— Ce que je vais te dire ne te plaira probablement pas, mais je tiens à ce que tu le saches. Je suis bien décidé à me battre pour toi, Brida. Et jamais je n'abandonnerai la lutte.

— Tu ne comprends pas ! protesta-t-elle avec véhémence. Nul ne peut changer son destin, Tom. C'est une chose que nous ne pouvons pas maîtriser.

— Je comprends très bien, au contraire. Je sens ton inquiétude, ta peur, tes doutes. Pour quelqu'un qui n'a eu à veiller que sur sa sœur depuis des années, j'avoue que je suis aussi angoissé que toi. Oui, je n'ai pas honte de le dire. Cependant, je refuse de laisser ces émotions prendre le dessus et me submerger.

Il lui caressa la joue du bout des doigts.

— Nous possédons tous la clé de notre destinée, Brida. Ne l'oublie jamais.

Ce n'était pas exactement ce qui l'angoissait le plus, en cet instant. L'attirance entre eux n'était qu'une passade, une aventure distrayante et sans avenir. Forcément.

Hélas, son cœur lui murmura que ses sentiments pour Tom étaient bien plus profonds et plus intenses que cela – si seulement elle s'autorisait à les écouter et les accepter. Jamais encore elle n'avait éprouvé cela pour une autre personne…

— Regarde-moi, Brida, reprit-il en lui soulevant le menton pour plonger avec fièvre son regard dans le sien. Écoute-moi. Tu dois faire confiance à ton cœur, même si l'inconnu t'inquiète ou te paraît insurmontable.

— Comme tu l'as fait toi-même, c'est cela ?

— Oui. Tout à fait.

Elle l'observa un long moment dans la lueur tremblotante de la torche avant de rompre le silence.

— Le bleu, souffla-t-elle. J'ai toujours adoré le bleu.

Les yeux humides de larmes, elle sourit faiblement.

— Et j'aime les friandises. Ce que je préfère est sans aucun doute le pain au miel, comme celui que j'ai mangé tout à l'heure.

— Cela ne m'étonne pas, dit-il avec un petit rire en l'attirant dans ses bras pour lui embrasser le front. Je ne m'attendais pas à autre chose de ta part.

Brida sentait au plus profond d'elle que tout ce que Tom lui avait dit était vrai. Chacune de ses paroles avait sonné juste. Pourtant, après avoir cru pendant des années qu'elle n'avait aucun pouvoir sur sa propre destinée, elle avait beaucoup de mal à accepter ce raisonnement, et encore plus de peine à le faire sien. Elle en avait envie, c'était certain. Désespérément envie. Elle voulait construire un avenir différent de celui qu'on lui avait imposé. Elle voulait se montrer courageuse, intrépide, et saisir enfin ce qu'elle désirait réellement. Mais quelque chose la retenait. Une impression désagréable, comme un mauvais présage, qui l'emplissait d'effroi.

Elle se hissa sur la pointe des pieds et embrassa Tom dans l'espoir de dissiper cette angoisse.

Chapitre 19

Le banquet du lendemain soir fut le plus fastueux de tous ceux qui avaient été donnés à Carreghofa depuis le début des négociations. D'interminables rangées de tables sur tréteaux avaient été dressées dans la grande salle, couvertes de nappes immaculées et décorées de guirlandes de fleurs dans lesquelles s'entremêlaient des roses et les variétés les plus symboliques d'Angleterre et du pays de Galles.

Des plats d'argent ciselé débordaient de mets de saison – de l'agneau succulent cuit sur la braise, mariné dans des herbes et des épices ; d'épaisses tourtes farcies et ornées de décors en forme de couronnes ; des marmites de ragoût savoureux. Il y avait aussi du gibier en abondance, du sanglier chassé par les nobles plus tôt dans la journée, du faisan et de l'oie nappés de sauces onctueuses. Pour accompagner ce festin, on avait également disposé entre les plats du pain frais, du fromage et des fruits confits. Le vin et la bière coulaient à flots.

Sur l'estrade, à la place d'honneur, trônaient les hommes les plus importants des deux royaumes. Le jeune roi Henry était installé près du puissant Llewelyn de Galles, prince de Gwynedd, et de son épouse Joan. Autour d'eux gravitaient conseillers et membres des deux cours : Chester et Hereford, comtes des Marches, Hubert de Burgh, comte de

Kent, ainsi que monseigneur Foliot, l'évêque de Hereford, remarqua Tom.

Il avait pu se défaire de ses vêtements féminins pour la soirée – le ciel soit loué ! – et était à présent vêtu d'une livrée de serviteur aux couleurs de la maison de Burgh. Sous une tunique de laine grise et une cape courte ceinturée, il portait de simples braies brunes et des bottes usées. Pour tenter de mieux se fondre dans la masse et éviter qu'on le reconnaisse, il avait glissé un accessoire spécialement conçu devant ses dents afin de déformer un peu ses traits. Profitant de son rôle, qui lui permettait de se déplacer sans arrêt dans la salle, il examinait chaque invité avec attention, guettant un signe suspect et écoutant de toutes ses oreilles. Bref, il était prêt à agir si la situation l'exigeait.

Cependant, avec le joyeux brouhaha qui régnait, le banquet se déroulait de façon tout à fait normale… jusqu'à présent. Portant de lourdes carafes de vin, Tom allait d'une table à l'autre, remplissant les coupes et observant les convives avec soin. Si seulement il avait eu la moindre idée de ce que leur ennemi anonyme prévoyait pour saboter le sommet ! Il avait l'impression d'avancer dans le noir, et cela le mettait très mal à l'aise. Heureusement, sous son déguisement, il semblait n'avoir attiré l'attention de personne. Cela faisait déjà une préoccupation en moins.

Il s'approcha des bancs où étaient installés les hommes de Kinnerton et, remplissant le verre de Ralph, en profita pour lui glisser à l'oreille :

— Où est Brida ? Je pensais la voir parmi tes gens, ce soir…

— Elle ne devrait pas tarder, répondit discrètement Ralph en faisant mine de boire. Je crois qu'elle se prépare à jouer un morceau, une fois que tes atroces amis ménestrels auront terminé leur déplorable prestation. Tu sais, j'oublie parfois à quel point notre roi est jeune… Il semble être le seul ici à apprécier leurs plaisanteries grivoises et leurs pets !

— Elle se prépare à jouer ? siffla Tom. Qu'est-ce que cela signifie ?

— Essaie de garder ton calme : tu vas te trahir. De Burgh en personne a demandé sa présence pour faire découvrir ses talents à la cour, et elle a accepté.

Tom s'éloigna, le temps de servir d'autres convives, puis revint à la charge. Il aurait été ravi d'étrangler son ami, pour le punir d'avoir laissé une chose pareille arriver.

— Comment as-tu pu l'autoriser à se produire en public ? murmura-t-il entre ses dents.

— Je n'ai pas vraiment eu le choix, Tom. De Burgh a lui-même parlé à Brida et j'ai été placé devant le fait accompli.

— Non seulement elle risque d'attirer l'attention sur elle et de se mettre en danger, mais sa présence va aussi m'empêcher de me concentrer sur ma tâche !

— Je le sais bien. D'un autre côté, elle est très perspicace et ton seigneur a peut-être cherché à introduire une autre paire d'yeux dans la salle, le temps de sa performance. Je dois dire qu'elle a su lui faire une certaine impression, ces derniers jours.

— Qu'il garde ses « impressions » pour lui ! Bon sang, Ralph ! Tu sais mieux que personne que j'ai assez à faire, ce soir, sans devoir en plus m'inquiéter pour elle…

— Dans ce cas, arrête de t'inquiéter et démasque ce criminel. Le plus tôt possible.

Ralph avait raison : plus vite il parviendrait à remplir sa mission, mieux cela vaudrait pour tout le monde.

— Oui, allons-y.

Soudain, il sentit la présence de Brida et les poils de ses bras se hérissèrent. Il n'eut même pas besoin de lever les yeux pour savoir qu'elle venait de faire son entrée dans la grande salle.

Il la regarda néanmoins s'avancer, resplendissante dans une tunique à manches longues recouverte d'une robe bleu nuit et coiffée d'un voile léger cerclé d'argent. Elle se tenait très droite, regardant devant elle, le menton fièrement levé.

Oh ! qu'elle était belle ! En cet instant, on n'avait aucun mal à voir en elle une noble dame irlandaise, et non plus une simple suivante. Le cœur de Tom se serra quand elle prit place sur un tabouret, lissa sa jupe, inspira profondément et commença à pincer les cordes du luth que de Burgh lui avait prêté.

Tout comme le soir où il l'avait entendue jouer pour la première fois dans la clairière, il fut happé par la mélodie envoûtante qu'elle tirait de son instrument.

Peu à peu, les convives cessèrent de parler et écoutèrent avec ferveur la musique divine qui s'élevait jusqu'au plafond. C'était si exquis, si tendre et sincère, que Tom en eut presque mal au cœur.

Brida avait fermé les yeux. Son visage trahissait le flot d'émotions qui la traversait. Ses mains couraient sur les cordes dans une série d'envolées légères qui rappelaient le chant des oiseaux.

Soudain, elle battit des paupières et son regard se fixa sur lui. Son sang s'échauffa, sa bouche s'assécha et son cœur se mit à tambouriner contre ses côtes, dans un rythme qui répondait aux accords cristallins. On aurait presque pu croire qu'elle avait su depuis le début où il se tiendrait dans les ombres du fond de la salle. Tout le reste parut brusquement sans importance. En cet instant, ce fut comme si le monde entier avait cessé d'exister, comme s'ils étaient seuls. D'un coup, il comprit le sens de cette mélodie ensorcelante – sans un mot, elle *lui* déclarait tout son amour.

Il fut saisi d'une envie presque irrépressible de la rejoindre et de lui ouvrir son cœur à son tour. Il aurait voulu lui dire tout ce qu'il ressentait pour elle, lui montrer à quel point elle avait laissé son empreinte en lui, en son âme… Des mots tendres et sincères. Ici. Maintenant. Mais, quoi qu'il fasse, Brida resterait celle qui s'épanchait avec le plus d'ardeur, à travers sa musique. Jamais encore il n'avait vécu de moment aussi précieux. C'était parfait.

Il regrettait seulement de ne pas être en tête à tête avec elle. Il aurait voulu pouvoir lui accorder toute son attention, au lieu de devoir se détourner d'elle pour accomplir le travail que son maître lui avait confié : découvrir le conspirateur qui se cachait sans aucun doute parmi cette assemblée.

À contrecœur, il baissa les yeux et fit de son mieux pour se concentrer sur sa tâche, observant une fois de plus les convives attablés, à la recherche d'un signe suspect – quel qu'il soit. Il jeta un coup d'œil à l'estrade et à l'évêque de Hereford, assis à côté de Hubert de Burgh. Non, il n'y avait rien. L'homme d'Église discutait avec naturel, comme on pouvait l'attendre de la part d'un homme de son rang lors d'un banquet officiel.

Il examina ensuite chacune des autres tables, puis les serviteurs qui circulaient entre elles. Rien là non plus. Il n'y avait aucun signe d'activité inhabituelle…

Puis il le vit. Ce qu'il avait attendu depuis le début du banquet. Une flamme vacilla, agitée par un léger courant d'air, près de la longue table sur le côté. Il serra les dents en comprenant ce qu'il venait de voir et, discrètement, s'approcha.

Brida avait attendu cette soirée avec beaucoup de nervosité, mais elle avait néanmoins accepté de jouer sur le bel instrument que Hubert de Burgh avait tenu à lui prêter. Elle ne l'avait fait que pour une raison : aider Tom, si elle le pouvait. Cependant, dès l'instant où ses doigts effleurèrent les cordes, glissant sur le manche avec légèreté dans un rythme lent, elle se laissa emporter par la musique. Elle déversa dans son morceau tous les sentiments qu'elle avait pour son chevalier. Allait-il comprendre ? Allait-il lire en son cœur ? Sans doute était-ce un mauvais moment pour lui faire une telle déclaration, mais l'élan qui était monté du fond de son âme l'entraîna sans qu'elle puisse lutter et elle fut incapable de le réprimer. Elle n'en eut d'ailleurs pas envie. Hélas, ce soir, les enjeux les dépassaient, elle et lui. Elle continua donc à jouer, enchaînant les ballades lentes pour apaiser la foule. Ce serait au moins un baume pour atténuer le drame qui risquait de se produire.

Elle vit soudain Tom détourner les yeux. Il se mit à avancer, dans la pénombre du fond de la salle, se débarrassant de sa livrée tout en marchant, et s'approcha du mur de gauche, se dirigeant vers l'angle où était installé l'évêque de Hereford. Le cœur battant trop fort, elle surprit un mouvement du coin de l'œil. Redoublant d'efforts, elle acheva son morceau avec passion. Dans le silence qui suivit, tous les convives se levèrent pour l'applaudir.

Elle quitta alors son tabouret et chercha de nouveau Tom du regard, mais elle l'avait perdu de vue pendant un petit moment et ne parvint pas à le retrouver. Les acclamations et les rires se mêlèrent pour former un brouhaha indistinct à son oreille. Elle se tourna de tous côtés, inquiète à présent. Puis, tout arriva en un instant. Un cri perçant résonna par-dessus les voix de la foule, une table fut renversée, des plats, des coupes et des couverts tombèrent sur le dallage avec fracas… Il y eut un mouvement d'affolement tandis que les convives s'écartaient vivement, laissant un passage entre eux. Tom réapparut, tenant par le col de son habit un gros homme qu'il jeta au sol au milieu de la salle. Une femme hurla. Des gardes se précipitèrent et s'alignèrent devant l'estrade pour protéger les deux rois ainsi que leur cour.

— Repos ! ordonna Llewelyn de Galles tandis que ses chevaliers se pressaient autour de lui, l'épée brandie.

Tom et l'homme étaient encerclés.

— Quelle est la signification de tout ceci, Sir Thomas ? demanda Hubert de Burgh qui, comme ses compagnons de table, venait de se lever sans souci des sièges qui se renversaient derrière eux.

— Voici l'homme que nous recherchions, milord, dit Tom en saisissant de nouveau le conspirateur.

— Vous devez vous tromper, chevalier, intervint l'évêque. Je le connais. Il s'agit du père Peter de Salisbury. C'est un prêtre et un homme de Dieu !

— Malheureusement, je n'ai pas fait erreur, monseigneur.

Tout en parlant, Tom retroussa la manche du père Peter et dévoila aux yeux de tous un bracelet de cuir frappé d'un serpent à deux têtes – l'emblème de la bague.

Brida étouffa un cri. Elle reconnaissait cet homme, à présent : il avait accompagné l'évêque à Kinnerton. C'était lui qui portait alors l'étrange blason… Et il faisait partie de la suite de monseigneur Foliot. Ce soir, il avait troqué sa robe contre une livrée aux couleurs de Llewelyn de Galles. De toute évidence, quel qu'ait été le crime qu'il avait l'intention de commettre, il avait tout fait pour que les Gallois soient accusés.

L'homme eut un rire mauvais et, prenant Tom par surprise, tira de sa manche une dague effilée. L'attaque fut si brusque que Tom lâcha prise, permettant à son prisonnier de s'écarter. L'homme lui fit face et un silence de mort s'abattit sur l'assemblée. Tom sortit également un poignard de sa tunique et commença à tourner autour de son adversaire avant de bondir sur lui. Le prêtre, étonnamment doué pour le combat, esquiva aisément son attaque.

— Rendez-vous ! Vous ne pouvez pas vous échapper, cria Tom.

Le père Peter ne l'écouta pas et continua à se battre comme si sa vie en dépendait. Les lames courtes se heurtèrent plusieurs fois dans des cliquetis menaçants. Les deux opposants enchaînaient feintes et fentes si vite qu'il était difficile de suivre leurs mouvements. Pour un homme aussi grand et puissant, Tom était particulièrement rapide. Il frappait avec souplesse, ne ménageant pas ses efforts. Son adversaire n'eut bientôt plus d'autre choix que parer sans pouvoir lui-même attaquer. Brida surprit une étincelle meurtrière dans le regard de Tom qui, enfin, parvint à percer la défense adverse ; le prêtre perdit l'équilibre. Tom n'eut cependant pas le temps de le désarmer, car le père Peter bondit hors de sa portée, chercha une échappatoire des yeux, puis secoua la tête.

Il prononça alors des paroles menaçantes avant de plonger dans son propre cœur, sans la moindre hésitation, la dague qu'il n'avait pas lâchée.

Ses mots résonnèrent longtemps dans la salle silencieuse et sous le choc.

« Et non abscondam ab inferno possit, si anima tua sit liberaremur. Mutatis mutandis. »

Brida n'eut pas le temps de traduire car le silence fut soudain rompu par toutes sortes d'exclamations. Dans le chaos qui suivit, les gardes entourèrent Tom qui abaissa son arme et regarda le prêtre affalé sur le sol. Cet homme avait compris qu'il était perdu, et avait préféré se tuer plutôt qu'être capturé. Dans l'agitation générale, Brida prit enfin le temps de réfléchir au sens de ses dernières paroles.

« Vous ne pourrez fuir l'enfer, vous dont les âmes sont souillées. Mutatis mutandis. »

Quelle étrange manière de faire ses adieux ! Rien de tout cela n'avait de sens mais, pour le moment, elle s'en moquait. Tout ce qui comptait, c'était que ce cauchemar ait pris fin. Les yeux fermés, elle murmura une prière de gratitude.

Au campement de Kinnerton, la fête se poursuivit tard dans la nuit. Tout le monde était soulagé que le banquet ne se soit pas achevé en désastre et que le coupable ait enfin été identifié. Cela avait bien été la seule raison de la présence d'une partie des hommes rassemblés sous la tente de Ralph : arrêter un ennemi bien décidé à commettre une trahison sanglante. Sur ce point, le banquet avait été un franc succès…

Tom avait passé un long moment à s'entretenir en privé avec son maître, le chef de la garde, les comtes des Marches, et l'évêque de Hereford. Ralph était présent lui aussi. Lorsque les deux amis rejoignirent la tente où les attendaient tous leurs compagnons, ils furent accueillis par un tonnerre d'applaudissements.

Hugh de Villiers leur tendit des coupes de vin en souriant.

— Je pense qu'il est temps pour nous de porter un toast, dit-il. À vous, mes amis. Et tout particulièrement à toi, Tom, qui as réussi à démasquer notre ennemi avant qu'il puisse saboter pour toujours ces importantes négociations de paix.

Tout le monde se rapprocha pour boire à la santé de Tom et célébrer son succès avec le riche vin des terres de Tallany.

— C'était bien ce que ce prêtre comptait faire, n'est-ce pas ? demanda Will Geraint entre deux gorgées. Provoquer une catastrophe diplomatique avant la signature du traité ?

— Tout porte à le croire, répondit Tom. Mais, sans aveux de sa part, il est difficile d'en être certain. Nous avons longuement parlé avec l'évêque et fouillé toutes les affaires du père Peter pour rassembler des preuves de sa culpabilité. Bien entendu, monseigneur Foliot ignorait tout de ce complot, fomenté sous son nez.

— Pouvons-nous réellement le croire sur parole ?

— Nous n'avons pas le choix, pour l'instant. De Burgh l'a déjà invité à Londres pour discuter d'affaires concernant l'Église, mais je crois que c'est surtout un prétexte pour garder l'œil sur lui pendant quelque temps.

Tous les hommes hochèrent gravement la tête.

— J'aimerais à mon tour vous remercier pour tout ce que vous avez fait, Tom, dit Gwen en levant sa coupe. Je pense que nous allons tous pouvoir enfin dormir sur nos deux oreilles, ce soir.

— Merci, milady, répondit Tom en s'inclinant. Je n'ai fait que mon devoir.

— Vous n'avez pas été blessé, au moins, pendant votre combat avec ce prêtre ? lâcha soudain Brida malgré elle.

— Si c'est le cas, je peux vous soigner, Tom, ajouta Isabel de Clancey. J'ai un onguent très puissant dans mes bagages.

— Non, je vous remercie. Je n'ai souffert que d'une simple égratignure.

À cet instant, le jeune William Tallany s'approcha de lui et tira timidement sur son gambison.

— Tom ? Est-ce que vous allez épouser Brida, maintenant ? demanda le petit démon, une étincelle mutine au fond des yeux.

Un silence choqué accueillit sa question, puis Eleanor prit une profonde inspiration exaspérée.

— William ! dit-elle à son fils. Je croyais te l'avoir déjà répété cent fois : on ne parle pas sans réfléchir. Excuse-toi pour ton insolence !

— Mais c'est ce que tu as demandé à papa. Tu as dit que ce serait une bonne chose, si…

Sa mère le fit taire d'un regard assassin et le garçon se retourna vers Tom d'un air penaud.

— Je vous demande pardon, Tom. Bien sûr, ce serait merveilleux que vous épousiez Brida. Vous n'arrêtez pas de vous regarder quand personne ne fait attention à vous… Mais je n'en parlerai plus.

— Je ne t'en veux pas, William. D'ailleurs, je ne crois pas avoir déjà entendu d'excuses aussi sincères, répondit Tom en souriant avant d'adresser un clin d'œil à Brida.

Elle sentit ses joues s'empourprer. Oh ! ciel ! Si seulement elle avait pu disparaître en cet instant ! Elle était mortifiée d'apprendre que Tom et elle avaient à leur insu nourri tant de spéculations. Elle avait pourtant tout fait pour l'éviter…

Tom et elle n'eurent heureusement pas besoin de s'éclipser pour se soustraire aux questions des autres : la compagnie commença presque immédiatement à se disperser. Gwen et Ralph eurent soudain besoin d'un moment en tête à tête, tout comme Isabel et Eleanor qui voulurent s'entretenir en privé. Très vite, Brida se trouva seule avec Tom, hors de la tente où s'étaient retirés les autres.

— J'aimerais aussi te féliciter pour ton succès, dit-elle, un peu gênée.

Il balaya sa remarque d'un geste nonchalant.

— Tais-toi, Brida. Tu vas me faire rougir.

— Mieux vaut toi que moi, gloussa-t-elle. J'ai de plus en plus l'impression que l'on m'observe en permanence, ici. C'est assez déconcertant.

— Je le comprends sans peine. Viens.

Il lui prit le bras et l'éloigna de la tente de Ralph.

— Nous serons plus tranquilles ailleurs pour parler, expliqua-t-il.

Ils s'éloignèrent un peu du campement de Kinnerton

et se promenèrent un moment dans la cour, silencieuse et désertée.

Un frisson parcourut Brida qui croisa les bras.

— As-tu froid ? demanda Tom.

— Non, je vais très bien. Je trouve juste que le ciel change trop vite à mon goût, ces derniers jours. C'est agaçant de ne jamais savoir à quoi s'attendre.

Elle ne faisait que gagner du temps, et le savait. Mais comment mieux cacher sa nervosité à l'idée d'être une fois de plus seule avec cet homme ?

Il l'observa quelques instants, puis soupira.

— Tiens, prends ceci. Tu auras plus chaud.

Il dénoua les liens de sa cape et la lui tendit.

— Merci, dit-elle, bien consciente qu'elle n'avait pas besoin d'être réchauffée.

Au contraire, sa peau brûlait déjà beaucoup trop. Elle passa néanmoins la cape sur ses épaules et se retrouva enveloppée par la tiédeur du corps de Ralph et par son odeur familière.

— Tu dois être heureux d'avoir enfin rempli ta mission.

— Oui, répondit-il, les sourcils vaguement froncés. Oui, bien sûr…

Surprise, elle lui prit le bras pour l'amener à s'arrêter.

— Quelque chose te préoccupe encore, je le sens.

Il regarda sa main fine, posée sur sa manche.

— Non, ce n'est rien. J'ai juste la désagréable impression qu'un détail important m'a échappé, ce soir.

S'écartant un peu, Brida reprit sa marche lente.

— Ne crois-tu pas que c'est ton soulagement qui te perturbe ? Le fait de savoir que tu as enfin lavé ton nom et mis un terme à ce complot ?

— Probablement. Les dernières paroles de ce prêtre ont été assez… inhabituelles, ne trouves-tu pas ?

— Oui. Puisqu'il avait décidé de mettre fin à ses jours,

on peut supposer qu'il n'a pas prononcé ces mots au hasard ; que sa déclaration, aussi étrange soit-elle, était mûrement réfléchie. Comment as-tu réussi à le démasquer, au milieu d'une telle foule ?

— J'ai aperçu l'emblème qui ornait son bracelet. C'était le même que sur la bague.

— Ah. Le serpent à deux têtes.

— Exactement.

Tom se rapprocha soudain d'elle et chassa de son visage une mèche échappée de son voile. Ses doigts lui effleurèrent un instant la joue. Elle retint son souffle.

— Mais ne parlons plus de tout cela, poursuivit-il avec douceur. Ce soir, toutes ces grandes affaires d'État me paraissent si futiles…

Le cœur de Brida se mit à battre plus vite.

— Comparées à quoi ?

— À tout ce qui s'est passé entre nous.

Elle soutint son regard pendant quelques instants. Ses prunelles luisaient d'un tel désir qu'elle faillit se laisser aller dans ses bras.

— Oui, il s'est passé beaucoup de choses, dit-elle en faisant de son mieux pour garder le contrôle de ses émotions.

— Dis-moi, comptes-tu partir demain, avec Ralph et Gwen ?

— Pourquoi ?

— Parce que j'ai besoin de savoir combien de temps il me reste pour te faire ma cour…

Elle étouffa un petit cri et, le souffle court, déglutit péniblement. Les battements de son cœur devenaient presque assourdissants.

— Tu me flattes, Tom. J'aurais dû m'en douter… Tu as toujours été doué pour cela.

— Si seulement c'était vrai ! J'avoue qu'il m'est arrivé de jouer la carte du charmeur sans scrupule plus d'une fois.

— Sans scrupule et débauché, ne l'oublions pas, répondit-elle avec un sourire. Retrouvons notre sérieux un moment. Que comptes-tu faire, à présent ? Quels sont tes projets ?

Il haussa les épaules.

— Hubert de Burgh m'a demandé de le rejoindre demain matin, pour discuter du dénouement de cette affaire, et ensuite… Ensuite, j'aimerais beaucoup avoir l'opportunité de parler avec *toi*, Brida. Si tu acceptes de me faire cet honneur.

Elle acquiesça.

— Bien entendu.

— Parfait, car j'ai une question importante à te poser.

— Et tu ne peux le faire ce soir, sous la lune et les étoiles ? demanda-t-elle en s'efforçant de garder un ton léger.

— Non, dit-il gravement. Ce que je veux te dire, ou plutôt te demander, mérite que l'on attende l'aube d'un jour nouveau. Un jour qui n'aura pas été entaché par les événements du banquet.

Elle chercha son regard. Pendant quelques instants, aucun d'eux ne bougea – ni ne respira. Pouvait-elle se permettre d'espérer ? Sa fameuse question qui méritait d'attendre le point du jour était-elle celle à laquelle elle songeait ? Et, si c'était le cas, oserait-elle tenter le destin, prendre le risque de s'attacher à lui ? De lui faire confiance ? À tout cela, son cœur répondait un grand « oui », mais son esprit hésitait, rongé d'inquiétude.

Finalement, ils reprirent leur marche en direction du campement et Tom brisa le silence :

— Je voulais aussi te dire que ta performance, pendant le banquet, a été stupéfiante et enchanteresse, Brida.

— Je… Je me suis servie de la musique pour exprimer des choses que je ne parviens pas à dire.

— Vraiment ? murmura-t-il avec une infinie douceur,

tout en passant les bras autour de sa taille. Dans ce cas, j'ai moi aussi un moyen de t'ouvrir mon cœur sans mots.

Il retroussa la manche de sa tunique et lui montra un ruban bleu vif noué autour de son poignet.

— Où as-tu trouvé cela ?

— Je crois que tu l'as tissé avec Gwen, il y a quelques années. Quand j'ai vu sa couleur, variant de l'opale au bleu vif, j'ai su que je devais l'avoir. Il me rappelle un peu la teinte de tes yeux. Regarde, j'y ai même ajouté un message pour toi…

En effet, dans la lueur pâle de la lune, Brida devina quelques mots brodés en vert – la couleur favorite de Tom.

Gan tú níl aon gháire ann.

— Je tenais à te l'offrir, expliqua-t-il.

La gorge soudain nouée, elle le laissa lui passer le ruban au poignet,

— Merci. Je l'adore. Jamais encore on ne m'avait fait un cadeau aussi précieux. Et j'aime le message : « Sans toi, je ne connais plus le rire ».

Le fait qu'il ait pris la peine de l'écrire en gaélique lui fit monter les larmes aux yeux.

— Quoi ? dit-il d'un air étonné. Non. Cela veut dire : « Sans toi, je ne connais plus l'amour ».

— Tu t'es trompé, alors. Tu aurais dû écrire *ghrá ann* pour cela. Il faut reconnaître que les deux mots se ressemblent un peu…

— Quelle honte, Brida ! lâcha-t-il d'une voix qui se voulut offensée. Essaies-tu vraiment de corriger mes erreurs, alors que je suis en train de te déclarer mon amour ?

— Non… Bien sûr que non ! C'est un cadeau magnifique et j'apprécie beaucoup ton geste.

— Je tiens aussi à dire que j'ai toujours senti tes sentiments répondre aux miens avec ardeur. Après tout, n'as-tu pas fait semblant d'être ma femme, à Kinnerton ?

Choquée qu'il ose se servir de ce détail contre elle, elle s'écarta brusquement de lui.

— Tu sais très bien pourquoi j'ai dû prétendre que…

— Brida, du calme ! Je plaisantais, c'est tout.

Elle le dévisagea, incrédule.

— Ne cesses-tu donc jamais de rire ?

— Non, je le crains. C'est au-dessus de mes forces. Je crois que je te provoquerai toujours et que je resterai à tout jamais un idiot. Je ne peux m'empêcher de raconter des histoires farfelues, surtout si cela te fait sourire. Et je ne cesserai jamais de t'aimer non plus.

— Oh ! Tom…

Brida dut faire un effort pour ne pas crier, ne pas laisser s'échapper de son cœur la joie immense qui l'avait envahie. Elle se hissa sur la pointe des pieds, passa les bras autour du cou de Tom et le regarda se pencher sur elle.

Au moment où leurs lèvres s'apprêtaient à se toucher, scellant dans un baiser cette douce promesse, William Tallany sortit de la tente et appela Tom d'une voix rendue plus aiguë par l'excitation.

Tom sourit, déposa un petit baiser sur le front de Brida, puis la lâcha.

— À demain, ma belle. Une fois que je t'aurai posé cette question qui me brûle les lèvres, je n'aurai plus besoin de craindre qu'on nous surprenne en train de nous embrasser…

— Es-tu donc convaincu que j'accepterai tes baisers ? demanda-t-elle en faisant de son mieux pour ne pas rire.

— Oh oui…

Il lui adressa un petit clin d'œil complice avant d'ajouter :

— Une fois de plus, tu es prévenue.

Chapitre 20

Tom eut du mal à dormir, cette nuit-là, et son sommeil fut agité. Il était hanté par des rêves sombres et terrifiants, peuplés par un hideux serpent bicéphale soufflant le feu et la cendre, qu'il ne parvenait à vaincre en dépit de ses efforts acharnés. Quoi qu'il fasse, ses coups d'épée n'atteignaient jamais leur cible et la bête refusait de se soumettre. Au contraire, à l'image des hydres antiques, elle faisait apparaître de minute en minute de nouvelles têtes maléfiques. Bientôt, ses dizaines de gueules béantes rendirent l'air irrespirable et chargé de fumée. Le monstre devint énorme, difforme, plus sinistre encore. Le feu d'enfer qui s'échappait de ses naseaux détruisait tout sur son passage.

Puis le rêve se transforma. Tom se retrouva devant son manoir familial, le soir de l'incendie qui avait tué toute sa famille. Il courut, courut, le souffle court et le sang battant à ses tempes. Malheureusement, il n'arriva pas à temps et vit tour à tour sa mère, son père, ses sœurs et son jeune frère périr dans le halo rouge qui consumait la demeure. Il tendit désespérément les mains, mais n'atteignit personne. Très vite, leurs visages noircis tombèrent en cendres, remplacés une fois de plus par l'hydre monstrueuse.

La bête prononça d'une voix perçante les dernières paroles du père Peter, encore et encore, comme une angoissante ritournelle.

« Et non abscondam ab inferno possit, si anima tua sit liberaremur. Mutatis mutandis. »

Ces mots paraissaient toujours aussi énigmatiques… Tom s'agita sur sa couche, se débattant entre les draps. Puis, d'un coup, il ouvrit les yeux et se redressa, les sens en alerte et le corps couvert d'une sueur glacée. C'est alors que la dernière pièce de l'énigme lui apparut clairement, et il sut qu'il avait enfin trouvé la clé du mystère.

Se levant d'un bond, il s'habilla rapidement sans se soucier des hommes de Kinnerton réveillés par son agitation. Il sortit en courant, jetant des regards affolés dans toutes les directions, et s'immobilisa devant l'horreur qui se déroulait sous ses yeux. Un incendie était en train de dévorer le château !

Tom se précipita vers la tente que Brida et les autres femmes partageaient avec Ralph et Gwen. Tous les occupants, vaguement habillés, étaient en train de sortir aussi.

— Brida ! Est-ce que ça va ? demanda-t-il en saisissant les mains de sa bien-aimée.

Elle acquiesça, les yeux écarquillés. Derrière elle venaient Ralph et Gwen, qui portait leur bébé dans ses bras.

— Tant mieux, reprit Tom. Je veux que tu accompagnes Lady Gwen et les autres femmes. Quittez l'enceinte du château et mettez les enfants en sécurité !

— Et toi ? Où vas-tu ? cria-t-elle pour se faire entendre malgré le bruit et les cris.

— Je dois aider les occupants du château à fuir.

Elle se signa plusieurs fois, manifestement prise de panique.

— Seigneur, non ! Je t'en supplie, Tom, n'y va pas ! C'est beaucoup trop dangereux.

— Je le dois, dit-il d'un air sombre. C'est mon devoir de chevalier, et mon honneur exige que j'agisse : le roi et mon maître sont peut-être encore à l'intérieur…

Il lâcha ses mains et poursuivit avec fermeté :

— Pars. Je n'ai pas un instant à perdre.

— Je t'en supplie, fais attention !

Il acquiesça, avec une grimace qui aurait pu être un sourire, avant de tourner les talons pour rejoindre Ralph, Hugh et Will.

— Le roi Henry, Hubert de Burgh, Llewelyn et de nombreux membres des deux cours manquent encore à l'appel.

Hugh lâcha un juron dans sa barbe.

— Comment une telle chose a-t-elle pu se produire ?

Tom serra les dents.

— Ils étaient deux, dit-il.

— Deux quoi ?

— Un serpent à *deux* têtes… Nous n'avons arrêté que l'un des assassins. Le second est sans doute responsable dc cet incendie.

— Enfer !

Les murs extérieurs du château et les remparts étaient peut-être bâtis en pierre solide, mais les sols et une partie des cloisons du fort étaient en bois – sans compter les tapisseries et le mobilier, qui s'embrasaient facilement.

Les paroles du prêtre prirent soudain un aspect prophétique : les flammes qui s'élevaient maintenant dans le petit jour semblaient tout droit sorties de la demeure de Satan… Tout cela, pour « laver » les péchés des membres du conseil. D'un coup, Tom comprit pourquoi son esprit avait refusé de s'attarder sur la déclaration du meurtrier – pourquoi il l'avait oubliée si vite et n'avait pas écouté sa mise en garde. Ces mots lui avaient douloureusement rappelé un autre fou qui avait autrefois déclenché un incendie pour blanchir l'âme de tous ses proches : son père.

Ce n'était toutefois pas le moment de se laisser distraire par la culpabilité, si familière, qui le rongeait depuis des années. Ce n'était pas le moment d'hésiter. Aujourd'hui, il avait une chance de racheter ses erreurs de jeunesse. Il devait se montrer meilleur, cette fois. Il courut donc vers la tour envahie par les flammes, en même temps que ses amis. Arrivés au pied du bâtiment, ils se séparèrent pour organiser le sauvetage.

— Je vais dans la grande salle pour aider ceux qui s'y trouvent encore, cria-t-il.

— Je t'accompagne, répondit Ralph. Je ne peux tout de même pas te laisser toute la gloire !

Ils bondirent entre les flammes, qui avaient à présent atteint certains bâtiments de la haute cour.

Tom fut soulagé de découvrir deux groupes d'hommes dans la grande salle. Il y avait là les principaux nobles des deux royaumes, ainsi que le roi Henry, Hubert de Burgh, les comtes des Marches et Llewelyn de Galles. Les interpellant, il les rejoignit pour les aider à sortir. Très vite, l'air s'emplit d'une fumée nauséabonde, tandis que des grincements inquiétants se faisaient entendre au-dessus de leurs têtes. Soudain, une partie du plancher de l'étage supérieur s'abattit près d'eux.

— Sire, mes seigneurs, dépêchez-vous ! Nous devons vous mettre en sécurité !

Couvrant leur bouche avec leurs mains pour ne pas suffoquer, ils se précipitèrent dans la cour et la traversèrent en courant pour franchir la poterne. Arrivé là, Tom parvint à rassembler une poignée de chevaliers pour veiller sur le roi et ses conseillers. Malgré tout, il se sentait toujours mal à l'aise, soucieux. Quelqu'un avait tenté de tuer tous ces gens en détruisant le château – et cette personne était peut-être parmi eux, bien décidée à remplir sa sinistre mission.

Aidé par les hommes de Kinnerton et de Clancey, il guida les rescapés jusqu'à un endroit sûr hors des murs du château. Il inspira une grande bouffée d'air frais et toussa violemment. De plus en plus de personnes, chevaliers et villageois, se relayaient pour arroser les murs d'eau dans l'espoir de contenir les flammes, voire de les étouffer.

Tom vit enfin Brida, pâle comme un linge. Son beau visage était déformé par l'angoisse. Elle poussa un grand cri de soulagement en le voyant s'approcher et joua des coudes au milieu de la foule pour le rejoindre plus vite.

— Oh ! Tom ! Je suis si heureuse de te voir sain et sauf ! J'étais si inquiète…

— C'était inutile, Brida. Je vais bien, répondit-il pour la rassurer. Et toi, comment vas-tu ? Tous les autres sont-ils en sécurité aussi ?

— Oui.

— Très bien. Je te rejoindrai dès que possible.

À cet instant, il perçut du coin de l'œil un mouvement brusque qui réveilla ses craintes. Un inconnu qui n'aurait pas dû être là se dirigeait vers Henry. Le regard haineux de l'homme poussa Tom à se ruer vers son roi. Il eut à peine le temps d'apercevoir l'éclat argenté d'une dague que l'homme tira des plis de son vêtement. Tom se plaça entre l'inconnu et Henry, faisant un barrage de son corps pour protéger le roi. Il frappa l'assaillant au ventre pour lui couper le souffle, puis au visage quand celui-ci brandit de nouveau son arme à l'aveuglette. Un troisième coup suffit à le mettre à terre et à le désarmer. Cette fois, tout était bel et bien terminé.

— Gardes ! cria-t-il. Emparez-vous de cet homme !

Essoufflé, il se tourna vers de Burgh, qui hocha la tête, l'air satisfait.

— Je parierais que ce misérable est à l'origine de l'incendie, reprit-il.

Décidément, il avait du mal à parler. Sans doute avait-il inhalé trop de fumée, car sa vision commençait à se brouiller.

— Vous avez sans doute raison, Thomas. Une fois de plus, votre courage vient de prouver à tous votre valeur et votre loyauté.

Soudain, le sourire de De Burgh s'évanouit, remplacé par une expression soucieuse.

— Mais vous ne paraissez pas en bonne forme, mon ami. Tout va bien ?

Non. Tout n'allait pas bien. Pris de vertige, Tom sentait qu'il n'allait pas tarder à perdre l'équilibre. Il plaqua une main contre son torse et vit qu'elle était poisseuse de sang – *son sang*. Dans le lointain, il entendit une voix hurler, puis tout devint noir et il s'écroula.

Brida faisait les cent pas devant la petite tente prêtée par Hubert de Burgh pour que Tom puisse être soigné après avoir été blessé par la dague de l'inconnu. Après avoir pris une profonde inspiration, elle se risqua à l'intérieur. Son chevalier était assis sur une couchette, calé par d'épais oreillers.

— Je suis heureuse de te trouver éveillé, Tom…

Elle sourit et vint s'installer à son chevet.

— Une fois de plus, il semblerait que tu aies besoin de temps pour te remettre de tes blessures.

Il lui tendit la main et elle la serra entre les siennes.

— Uniquement parce que j'ai un don pour me trouver sur le chemin des dagues et autres armes aiguisées, dit-il en haussant les épaules.

— Il faut dire que tu aimes jouer les héros…

— Juste quand c'est nécessaire, dit-il avec un sourire. Je suis content de te voir, ma belle, surtout après avoir passé des heures en compagnie de mon maître et des autres nobles.

— Au moins, le traité de paix est signé, à présent.

— Oui, et je prie pour que la trêve dure longtemps.

— Sait-on qui était le second assassin ?

Tom fronça les sourcils et secoua gravement la tête.

— Non. Tout comme le père Peter, il s'est tué avant que l'on puisse l'interroger. Ces fichus gardes ont eu la bêtise de ne pas le fouiller correctement. Ils n'ont découvert son second poignard que trop tard…

— Deux lames. Deux hommes. Et un serpent à deux têtes.

— Oui. Malheureusement, nos suspects sont morts, nous empêchant de découvrir qui d'autre a pu être impliqué dans ce complot. Je crains qu'il y ait encore des conspirateurs survivants, des traîtres naviguant dans les sphères du pouvoir. Mais, dorénavant, ce sera à de Burgh et à ses autres agents de les démasquer.

Brida haussa un sourcil, surprise.

— Veux-tu dire que tu as l'intention de cesser tes missions clandestines pour lui ?

— Pas encore. Il nous reste quelques détails à négocier concernant mon futur rôle à son service. Le roi a, quant à lui, décidé de m'accorder une rente pour me remercier. Je vais obtenir assez d'argent pour reconstruire le manoir de ma famille, près de Coddington.

Elle sourit.

— C'est une excellente nouvelle, Tom ! J'en suis très heureuse pour toi.

Il serra à son tour sa main et posa un petit baiser au bout de ses doigts, sans la quitter des yeux.

— Je serais encore plus ravi, honoré même, si nous pouvions reprendre la conversation que nous avons laissée en suspens hier soir, avant l'incendie…

Le cœur lourd, Brida secoua la tête à regret.

— Je crains que nous ne puissions plus parler de ce genre de choses, à présent.

— Je vois, soupira-t-il, l'air frustré. Tu as changé d'avis…

Elle le dévisagea un instant, choquée.

— Bien sûr que non. Je t'aime de tout mon cœur et rien ne me ferait plus plaisir que passer le reste de mes jours à tes côtés !

— On dirait que tu es sur le point de gâcher la surprise que je te réservais en répondant à ma question avant que je la pose. Pourquoi donc renoncer ?

Attendrie, elle lui caressa la joue.

— Pendant quelques instants merveilleux, je me suis permis de rêver, Tom. Mais je ne peux accepter ton offre. Un époux, des enfants… Cette vie n'est pas pour moi.

— Parce que l'on t'a autrefois convaincue que tu n'étais pas digne de profiter de l'existence ? Parce qu'on t'a dit que tu es maudite ? Ou à cause d'une obscure prophétie qui t'a déclarée telle ? Ta mère a-t-elle donc réussi à te persuader que le drame atroce qui a frappé ta famille était ta faute ?

— Oui, lâcha-t-elle d'une voix étranglée.

— Mais c'est faux ! Je t'aime, Brida. Je veux t'épouser. Je veux te rendre heureuse. Ne penses-tu donc pas que tu mérites ce bonheur ?

— J'aimerais pouvoir croire tes paroles et tes promesses, mais c'est impossible. Ne comprends-tu pas ?

— Pourquoi serait-ce tellement impossible, pour toi ?

Comment pourrait-elle lui expliquer ce qu'elle ressentait ? Lorsqu'elle l'avait vu s'écrouler, blessé au torse par son adversaire, un frisson glacé l'avait parcourue. Elle avait eu l'impression de vivre une seconde fois le meurtre abominable de son père, de ses frères et de son fiancé. Elle avait cru entendre de nouveau les paroles empoisonnées de sa mère – ses accusations, sa condamnation qui l'avait fait vivre dans la honte depuis ce jour tragique.

— Ne vois-tu pas que tout ce qui s'est passé hier est arrivé parce que nous avons envisagé de nous unir ?

Horrifiée, j'ai dû te voir entrer dans ce château en flammes pour sauver ses occupants et j'ai eu peur que tu n'en sortes jamais. Tu es pourtant revenu, et je me suis laissée aller à espérer, à croire que tu pouvais avoir raison – que je devais écouter mon cœur, tourner le dos à mon passé comme tu l'as fait. Mais tu as été blessé avant même que je puisse courir jusqu'à toi…

Elle prit une profonde inspiration pour ravaler la boule qui se formait dans sa gorge, qui l'étouffait.

— L'aube nouvelle que tu attendais n'est pas arrivée, hélas ! Je ne pense pas qu'elle se lèvera un jour. Pas pour nous.

— Que pourrais-je dire pour te faire changer d'avis ? demanda-t-il avec une grimace. Tout ce que je sais, c'est que je ne t'aurais jamais crue craintive au point de ne pas oser mener la vie que tu désires.

— J'aimerais que les circonstances soient différentes.

— Elles peuvent l'être, si tu le décides.

Il soupira entre ses mâchoires crispées.

— Ne vois-tu pas que j'ai peur, moi aussi, de l'incertitude qu'apporte l'avenir ? Ne vois-tu pas que j'ai aussi souffert de perdre des gens que j'aimais ?

Il laissa sa main courir le long de son bras et lui prit la main.

— J'ai connu le deuil, la perte, et c'est encore douloureux. Mais le seul moyen d'honorer ceux que j'ai vus mourir est de profiter de ma vie aussi pleinement que possible. Tu devrais faire la même chose, Brida.

— J'aimerais…

— Tu *peux* ! Ma sœur Joan aussi s'est crue maudite. Elle qui était presque aveugle a survécu à l'incendie de notre maison quand tous les autres sont morts. Elle s'est sentie coupable, mais je n'ai pas voulu laisser ce drame détruire son bonheur. Dis-moi, Brida, crois-tu que je vais laisser sans rien faire une autre fausse malédiction ronger quelqu'un que j'aime ? Vas-tu réellement laisser cette ombre ternir ta vie entière sans te battre ?

Elle ne pouvait pas le croire. C'était impossible. À moins que… ? Les paroles de Tom étaient un baume, pour son âme torturée. En l'écoutant parler, elle avait presque envie de croire qu'une autre destinée était envisageable. Mais non. Les choses ne se termineraient jamais bien pour eux, s'ils s'entêtaient dans leur folie. Mieux valait sans doute qu'elle le quitte, ici et maintenant. La tentation serait moins forte et la douleur moins poignante, s'ils n'étaient plus ensemble.

Dégageant doucement sa main, elle se leva.

— Je suis désolée, Tom, mais cette conversation ne nous mènera à rien.

Une mèche de cheveux tomba sur le beau front de son chevalier et il la chassa en soupirant.

— Je vois que je ne peux te convaincre.

— Non… Non, en effet, murmura-t-elle, plus pour elle que pour lui.

— Mais je ne baisserai pas les bras.

Surprise, elle releva la tête.

— Je t'en supplie, ne rends pas notre séparation plus pénible qu'elle ne l'est déjà.

— Est-ce ce que tu crois ?

Elle acquiesça et recula d'un pas. Puis d'un autre.

— Je dois partir, Tom. Nous rentrons à Kinnerton.

Il ne dit pas un mot et se contenta de la regarder un long moment. Une émotion qu'elle ne sut déchiffrer hantait ses prunelles.

Enfin, il répondit :

— Je te souhaite un bon voyage, Brida O'Conaill. Que Dieu t'accompagne.

Après le départ de Brida, Tom, sous le choc, resta immobile dans son lit, le regard dans le vide. Elle l'avait quitté. Elle s'enfuyait, retournait à Kinnerton. Et, alors qu'il l'en avait suppliée, dans la cabane du bûcheron, elle avait refusé de faire appel à sa raison, à son bon sens pour se libérer de cette ridicule superstition.

Seigneur...

Tout cela n'avait aucun sens. Néanmoins, si Brida tenait à ce point à ses convictions, que pouvait-il faire, sinon la laisser partir ? Or, il *savait* que ce n'était pas le cas. Il avait vu l'incertitude et le doute au fond de ses yeux. Cette femme avait peur de s'engager dans un avenir qui allait au-delà des frontières étriquées qu'elle s'était imposées à cause d'un mensonge, d'une absurde prophétie. Une malédiction à laquelle elle avait appris à croire. Il devait la convaincre qu'elle se trompait – à tout prix. Et, pour cela, il lui faudrait trouver un moyen de la pousser à prendre un risque avec lui. Mais comment ? Le temps pressait...

Tout cela n'était pas terminé. Il refusait d'abandonner Brida sans se battre.

Chapitre 21

Brida n'avait pas revu Tom depuis de longs jours et autant de nuits. Elle avait eu le temps de réfléchir à leur dernière conversation, de pleurer, et avait à présent du mal à retrouver le sourire. Comme cet homme lui manquait ! Elle regrettait tout ce qui le caractérisait – son sourire entendu, ses plaisanteries, son humour, sa gentillesse et son grand cœur. Elle avait beau essayer de l'oublier, elle en était incapable. Pourtant, ne l'avait-elle pas quitté *justement* pour tourner la page et reprendre le cours normal de son existence ? Malheureusement pour elle, cela n'avait pas fonctionné.

Depuis son retour à Kinnerton, elle mangeait à peine, n'arrivait plus à penser clairement ou à fermer l'œil dans son lit solitaire. Elle baissa les yeux sur les nombreux plats déposés sur la longue table de la grande salle du château et sentit son estomac se nouer. Jetant un coup d'œil aux convives joyeux qui l'entouraient, elle songea soudain qu'il s'était passé exactement trois ans depuis le mariage de Ralph et Gwen – depuis cette soirée où elle avait fini par accepter de danser avec Thomas Lovent pour la première fois. Plus tard, ce jour-là, sous la lune et les étoiles, elle l'avait embrassé, aussi surprise que lui par sa hardiesse…

Tout avait changé lorsqu'il était revenu dans sa vie sans prévenir. Depuis, elle ne se reconnaissait plus. Elle n'arrivait plus à regarder qui que ce soit dans les yeux ; ni les villageois qui, quelques semaines plus tôt, avaient organisé un festin en l'honneur de son « mari » réapparu et qui la dévisageaient à présent avec pitié, ni Gwen qui tentait de la divertir par tous les moyens possibles. Tous ses efforts étaient inutiles. Brida souffrait de l'absence de son amant et avait l'impression de le voir partout à Kinnerton, tant le souvenir de son passage semblait palpable. Réel.

Peut-être devrait-elle partir, une bonne fois pour toutes, et tenter de reconstruire sa vie ailleurs. Mais même cela ne suffirait pas. Où qu'elle aille, elle ne se sentirait jamais vraiment chez elle sans lui. Et, quoi qu'elle fasse, le visage de Tom continuerait à hanter ses journées, ses nuits, ses rêves.

Elle jeta un coup d'œil au ruban bleu qu'il lui avait offert et qu'elle portait encore à son poignet, et sourit malgré elle. Il s'était trompé, faisant broder le mot « rire » à la place du mot « amour », dans son effort pour lui transmettre un message dans sa langue natale…

En ce qui le concernait, cela ne changeait rien : il lui avait apporté la joie et offert son cœur. Et elle avait refusé les deux. Avait-elle commis une erreur irréparable ?

— Brida, fit Gwen, assise près d'elle. Tu n'as pas mangé. Veux-tu que je te serve ? L'agneau est particulièrement bon, ce soir.

— Non, merci.

Elle but une petite gorgée de bière et demanda :

— Pourquoi as-tu engagé la troupe de ménestrels qui a joué au château de Carreghofa ?

Les artistes étaient là, en train de se livrer à leur performance habituelle grâce à d'énormes accessoires qui émettaient des bruits de pets chaque fois qu'ils les touchaient…

Seigneur ! Elle n'était pas d'humeur pour ce genre d'enfantillages !

— Je tenais à les remercier d'avoir assuré ta sécurité près de Carreghofa. Tu n'as tout de même pas oublié ?

— Non, évidemment.

Hélas ! leur présence lui rappelait la soirée passée dans leur campement, quand elle avait laissé Tom la convaincre de jouer du luth. Et, plus tard, leur baiser brûlant…

— Est-ce que tout va bien ? demanda Gwen avec douceur.

Non. Rien n'allait. Elle ne se sentirait jamais bien tant qu'elle n'aurait pas revu Tom. Cette prise de conscience faillit lui arracher un petit cri. Oui, elle avait commis une erreur. Elle voulait prendre le risque d'aimer cet homme. Elle voulait avoir foi en leur histoire… et en *lui*. Tout compte fait, la vie sans Tom ne méritait pas d'être vécue !

— Je te prie de m'excuser, Gwen, mais je crois que j'ai besoin de sortir prendre l'air.

Repoussant son tabouret, elle se leva brusquement et s'apprêtait à quitter la table quand Ralph de Kinnerton se leva à son tour.

— Où allez-vous, Brida ?

— J'ai un peu chaud ici, milord. Je reviens vite, ne vous inquiétez pas.

Il se campa devant elle pour l'empêcher de passer.

— Puis-je vous escorter ?

Elle secoua la tête. Elle avait besoin d'être seule un moment.

— Non, merci.

— Très bien. Mais pourquoi n'attendez-vous pas la fin du spectacle ?

— Je ne raterai pas grand-chose : je serai de retour dans quelques minutes.

Après lui avoir fait une révérence, elle tourna les talons.

Elle ne supportait plus d'être là, entourée par toutes ces personnes qui lui rappelaient Tom, tous ces décors dans lesquels son souvenir était ancré – la salle, les ménestrels, même ses amis. Elle regarda autour d'elle. Il n'y avait pas que Ralph, ici : tous les compagnons et mentors de Thomas Lovent étaient présents. William Geraint et Hugh de Villiers, leurs épouses Isabel et Eleanor, ainsi que leurs enfants avaient décidé de séjourner au château de Kinnerton après la signature du traité de paix.

Will Geraint lui adressa d'ailleurs un grand sourire quand elle passa devant lui.

— Pourquoi ne restez-vous pas écouter la prochaine chanson, Brida ? demanda-t-il.

Surprise, elle ralentit le pas.

— Ce morceau est-il donc si particulier, milord ?

— Je pense que oui, demoiselle Brida, répondit-il vivement. Je suis certain que vous l'apprécierez.

Oui, au moins autant que se faire arracher une dent !

Comme elle ne pouvait se permettre une telle réponse, elle garda le silence, se contentant de saluer le seigneur de la tête avant de poursuivre sa route.

Au moment où elle atteignait la grande porte, le son d'un luth s'éleva dans son dos. Elle reconnut immédiatement les premières notes de la ballade qu'elle avait jouée devant le roi et la cour, au château de Carreghofa.

Non. Impossible...

Très vite, une voix qu'elle pensait ne plus jamais entendre se mit à chanter.

Tom ?

Elle fit volte-face et vit que son chevalier était bien là, s'avançant même vers elle en compagnie de l'un des ménestrels – Baldwin le Sage, peut-être, ou bien Ulric le Fou. L'homme jouait, tandis que Tom chantait d'une voix claire et mélodieuse. Brida aurait voulu se jeter à son cou, mais elle resta pétrifiée.

Que signifiait cette nouvelle mascarade ?

Tom poursuivit son chant sans la quitter des yeux :

— *Dès l'instant où ma belle a fait la moue,*
J'ai su que je me noyais dans ses yeux doux.
Ce frisson, nul ne peut le comprendre,
Car je ressens pour elle l'amour le plus tendre…

Il arriva à sa hauteur et s'arrêta devant elle à la fin du couplet. Brida avait l'impression que son cœur allait exploser.

— Allais-tu quelque part ? demanda-t-il en lui adressant ce sourire qui avait le don de la priver de toutes ses forces.

Oh ! comme il lui avait manqué !

— Tu es revenu, dit-elle dans un souffle.

— Brida, Brida, Brida… Croyais-tu réellement que j'abandonnerais si facilement ?

— Je suis heureuse que tu ne l'aies pas fait.

— Moi aussi. D'autant plus que j'étais persuadé de devoir passer des semaines à te séduire et te supplier avant que tu acceptes ma proposition.

— Je suis prête à y réfléchir, même sans séduction ni supplications.

Il tendit la main pour lui caresser la joue avec tendresse.

— Je voulais te surprendre, mais j'aurais peut-être dû me contenter d'une déclaration plus simple et plus directe.

— Cette déclaration, tu l'as déjà faite à Carreghofa, Tom.

— Et j'ai encore six couplets à te chanter, reprit-il. Dois-je continuer ? Ou dois-je te divertir avec une nouvelle version de *Badinage avec sa jolie fleur* ? Je crois qu'Ulric a même réussi à y ajouter un vers au sujet d'une « puce sur un chien »…

Brida ne put s'empêcher de rire et s'approcha de lui, envoûtée par l'éclat vert de ses yeux et les émotions qui y dansaient.

— Ce sera inutile, murmura-t-elle.

— Dans ce cas, il ne me reste plus qu'à te dire à quel point je t'aime. *Is breá liom tú, Brighid Ni Diarmuid.*

— *Is breá liom tú, Thomas Lovent*, répondit-elle, les

larmes aux yeux. Tes provocations et ton humour m'agacent parfois, mais je suis certaine que je suis tout aussi insupportable avec mes moues et mes critiques, comme tu l'as si bien chanté… Néanmoins, je t'aime de tout mon cœur.

— Toi, ma chérie ? M'agacer ? Jamais ! s'exclama-t-il avec un nouveau sourire espiègle.

— Arrête de parler et embrasse-moi, Tom.

— Devant toutes ces dames et leurs puissants époux ? Je suis surpris, Brida.

— J'ai tenu nos comptes, et je crois que tu me dois encore un baiser…

— Dans ce cas, il serait indigne de ma part de décevoir une lady.

Il prit son visage entre ses mains.

— Mais laisse-moi te prévenir : celui-ci ne sera pas « assez agréable » ou juste « satisfaisant ».

— Je sais, chuchota-t-elle tandis qu'il se penchait pour l'embrasser avec passion.

Autour d'eux, les convives se mirent à applaudir et à les acclamer.

Brida les entendait à peine.

Finalement, Tom se redressa et dit :

— D'après le jeune William Tallany, ce baiser nous oblige à nous marier, maintenant.

Elle sourit.

— Dans ce cas, je crois que nous allons devoir organiser une cérémonie de mariage dans ce château, une fois de plus.

— Oh oui !

Et ainsi fut-il…

Vous avez aimé ce livre ?
Découvrez également *La passion d'un chevalier*,
le nouveau roman de Ella Matthews,
dans votre collection Les Historiques.

Retrouvez prochainement,
dans votre collection

Les Historiques

Cœur de guerrière, de Sarah Rodi - N°972

Pactiser avec les Saxons ? Une idée impensable pour Svea Ivarsson, une jeune guerrière viking qui préférerait les affronter sur le champ de bataille plutôt que de les fréquenter. Hélas, une alliance a été conclue entre son chef et le roi Eallesborough, et voilà Svea contrainte de voyager au côté de ses rivaux d'autrefois. Pire encore, l'un d'eux ne la laisse pas indifférente : Lord Ashford Stanton, ce colosse aux yeux sombres, fait battre son cœur beaucoup trop fort ! Svea manie le fer comme une valkyrie, mais aucun entraînement ne l'a préparée à désirer son plus grand ennemi...

Fiancée au Highlander, de Terri Brisbin - N°973

SÉRIE : ALLIANCES DANS LES HIGHLANDS - TOME 1

Écosse, XIVe siècle

Alors qu'il soulève le voile dissimulant le visage de sa future épouse, Ross reste interdit. La jeune femme qui se tient fièrement devant lui n'est pas celle qui lui était promise mais sa sœur, la mystérieuse Ilysa MacDonnell ! Furieux d'avoir été dupé, le Highlander doit pourtant contrôler sa rage : le sort des MacMillan repose sur son alliance avec le père d'Ilysa. Résolu à sceller l'accord qui l'a conduit devant l'autel, il passe donc la bague au doigt de la belle usurpatrice, tout en se jurant de ne jamais lui faire confiance...

La tentation d'un chevalier, d'Ella Matthews - N°974

SÉRIE : LES CHEVALIERS DU ROI - TOME 2

Château de Windsor, XIVe siècle

Alors que la France et le royaume d'Angleterre se déchirent, le chevalier d'élite Theo Grenville cherche à découvrir qui conspire contre son roi. Et pour cela il n'hésite pas à se rapprocher de Medea, la fille d'un seigneur suspecté d'être un dangereux ennemi de la Couronne. Or rien ne l'avait préparé à tomber sous le charme de cette jeune femme sincère, dont la grâce n'a d'égal que l'intelligence. Dès lors, Theo voit son allégeance au roi mise à l'épreuve par le plus grand des adversaires : l'amour...

L'éveil de la passion, d'Eva Shepherd - N°975

Cornouailles, 1890

Aux yeux de tous, Lady Iris Springfeld est un mystère. Partout où elle se rend, la même question bruisse derrière les gants de soie et les éventails. Pourquoi n'est-elle pas mariée ? Son joli minois et sa cascade de cheveux dorés ne laissent pourtant personne indifférent... La réponse est simple : lasse d'intéresser la gent masculine pour des futilités, Iris préfère rester célibataire ! Jusqu'à sa rencontre avec le comte de Greystone, un soir de tempête. Lui qui ne peut voir sa beauté est-il l'homme dont elle rêve, celui qui l'aimera pour ce qu'elle est vraiment, dans le secret de son cœur ?

Fascinée par le lord, de Helen Dickson - N°976

Londres, 1745

Henrietta doit fuir Londres, seule et sans un sou. Certes, la situation est peu convenable pour une lady, mais sa survie est à ce prix. Car elle vient d'échapper à une tentative d'assassinat et sait que l'homme déterminé à mettre la main sur sa fortune cherche à la retrouver. Acculée, Henrietta se résout à partager, sous une fausse identité, le convoi de Lord Simon Tremain, un fervent jacobin au regard brûlant. Une proximité d'autant plus troublante qu'elle nourrit une profonde aversion pour la cause que cet homme défend et qui a mené ses parents à leur perte...

Captive du Viking, de Michelle Styles - N°977

Scandinavie, 793 après J-C

Plutôt mourir que se soumettre à l'emprise de Haakon Haroldson, le chef arrogant des barbares qui ont saccagé son existence ! Si Annis a dû renoncer à sa liberté lorsque Haakon a fait d'elle sa prisonnière, elle n'ira pas jusqu'à lui abandonner sa dignité : jamais elle ne sera son esclave ! Mais alors que, dans un élan de désespoir, elle envisage une impossible tentative d'évasion, le ténébreux Viking lui propose un marché qu'elle n'attendait pas : si elle accepte de devenir sa maîtresse, il l'affranchira de sa condition de captive pour l'élever au rang de concubine. Une offre scandaleuse... qui laisse Annis face à son destin.